QUAND JE N'AURAI PLUS D'OMBRE

DU MÊME AUTEUR

SUR LA ROUTE DE LA SOIE, Actes Sud, 1990.
LA TERRE PROMISE, Actes Sud, 1993.
EN AFRIQUE, Actes Sud, 1993.
DUNES COLONIALES, Actes Sud, 1999 ; Babel n° 1685.
VIN DE PALME, Gallimard, 2000.
FICHUE FAMILLE, Gallimard, 2003.
LE PROMENEUR, Gallimard, 2008.
TÊTE À CRACK, Actes Sud, 2014.

Ouvrage publié avec le concours
de la Fondation néerlandaise des lettres

Nederlands
letterenfonds
dutch foundation
for literature

"Lettres néerlandaises"
série dirigée par Philippe Noble

Titre original :
Ik kom terug
Éditeur original :
Uitgeverij Atlas Contact, Amsterdam

ISBN 978-2-330-13487-7

ADRIAAN VAN DIS

Quand je n'aurai plus d'ombre

roman traduit du néerlandais (Pays-Bas)
par Daniel Cunin

ACTES SUD

You must sacrifice your family on the altar of fiction.

Il faut sacrifier sa famille sur l'autel de la fiction.

DAVID VANN

All sorrows can be borne if you put them into a story or tell a story about them.

On peut endurer toutes les peines à condition de les restituer dans une histoire ou d'en raconter une à leur sujet.

KAREN BLIXEN

1

On se faisait face, ma mère et moi. Elle d'un côté du coffre, moi de l'autre. Tirant chacun une poignée. Elle portait des mules, moi des chaussures. Elle a glissé et je l'ai prise en étau contre le mur. Victoire !

La clé était toujours dans la serrure. Elle avait demandé à être volée, cette clé mystérieuse, à l'anneau et à la tige grossièrement forgés ; ma mère la portait en guise de bijou autour du cou, à une chaîne en argent. Aucun de ses enfants n'avait jamais eu la possibilité ne fût-ce que de la soupeser.

Par un dimanche oisif, elle traînait sur la table de nuit de ma mère. Alors que cette dernière prenait son bain et que le ballon d'eau chaude mugissait, ma main se coula à l'endroit où elle n'avait rien à faire. S'apprêtant à se rhabiller, ma mère releva l'absence de son fétiche. Elle dégringola en peignoir au rez-de-chaussée où elle me trouva penché au-dessus du coffre, m'acharnant sur la serrure rouillée.

C'est ainsi qu'avait commencé la bagarre, le "à-qui-tire-pousse".

La chaîne en argent toc-toquait contre le bois. J'ai pu me consacrer de nouveau à la clé. Clic – mais ma mère s'est jetée sur mon poignet. Ses doigts se sont boulonnés à ma peau. Des barbelés. J'ai hurlé de douleur, laissé sa main de fer s'emparer de la clé, de la chaîne, de tout, pour voir la première disparaître entre ses seins vaporeux. Une humiliation qui m'a donné la force, entre deux jurons, de tirer le coffre sur le lino – jusqu'au moment où quatre-vingts kilos maternels, au bas mot, se sont abattus sur le couvercle. Elle a braillé : "C'est mon coffre !"

Comment aurais-je pu l'ignorer ? Son nom figurait dessus, en lettres blanches qui avaient bavé. La guerre finie, elle l'avait expédié par bateau, de Palembang aux Pays-Bas – trop lourd pour une dame, seuls des coolies étaient à même de le soulever, et encore, uniquement sous la menace du fouet. Aussi loin que je me souvienne, le coffre, feu couvant sous une pièce de batik, avait toujours été remisé dans un coin de la salle à manger.

La poignée a craqué sous le coup de l'enthousiasme – ou était-ce un soupir de désir ? –, un clou en cuivre a lâché. "Mon coffre, tu bousilles mon coffre !" Une autre traction et le cuir a lâché à son tour. Une brume de poussière – poudre brune. Profitant du silence de l'effroi, j'ai poussé ma mère… elle s'est retrouvée par terre, claquant du dentier. Peignoir bâillant, clé haletante. La clé toute nue. Ma mère a ramené les pans sur sa poitrine ; de ses yeux – d'un marron rehaussé d'une lueur jaune – fusait de la colère. Deux grosses larmes ont glissé sur les ailes de son nez, l'une à gauche, l'autre à droite, avec une grande lenteur – image qui s'est guillochée dans ma mémoire : il arrivait à ma mère de pleurer !

Mes bras ceinturèrent le coffre que je tirai vers la porte-fenêtre, raclant le lino et le tapis, tapis bientôt entraîné dans le mouvement, de même que la table – des livres tombèrent sur le plancher. Tant bien que mal, ma mère se remit sur ses jambes et vint barrer de toute sa largeur la double porte ouvrant sur le jardin.

Je reculai d'un pas et, tel un taureau, fonçai tête la première dans son ventre… la voilà qui valdingue, crac ! à travers les carreaux sertis de plomb… et maintenant que je te dégage du passage, porte-fenêtre grande ouverte, coffre tiré dehors, de la dalle à la pelouse (*sa* fierté, pas un toupet de mousse, tondue chaque semaine par mézigue), le fond en bois creuse des sillons dans l'herbe, de la terre gicle – à côté de ça, un tank, c'est peanuts. Mon champ de bataille. Je n'avais pas conscience jusque-là qu'une femme pouvait hurler aussi fort.

Nous habitions dans un quartier périphérique ; une haie d'aubépine encore récente circonscrivait en partie le jardin large et long, qui au bout se fondait dans un bois. On pouvait tout y faire à son gré. Peu avant, une affaire de meurtre survenue dans les environs avait fait la une des journaux : quelques garçons propres sur eux, qui fréquentaient le même cours de danse que moi, avaient balancé le cadavre d'un copain chiant au fond d'un puits – découvert seulement un an plus tard. À défaut de puits, nous avions un tas de compost et une fosse profonde où fermentait du foin. Cependant, je ne parvins pas jusque-là, bloqué au niveau des lilas. Ma mère s'était accrochée à mon dos ; je la secouai pour lui faire lâcher prise et grimpai sur le coffre. Une cigarette au bec, tirant dessus avec placidité. Inhaler, exhaler. Un signal. Ma façon de déclarer la guerre. À seize ans.

Approche si tu l'oses !

Un après-midi, un des cours du lycée ayant été supprimé, j'avais surpris ma mère devant le coffre.

Passant par hasard devant la porte-fenêtre, je vis sa tête qui saillait au-dessus du couvercle ouvert. Le souffle coupé, je fis un pas en avant. Elle était agenouillée, fesses sur les talons, dos bien droit – il faut dire qu'à l'époque, j'avais une maman yoga, robuste et souple. Ses mains farfouillaient dans des paperasses ; elle brandit une chemise. Les carreaux colorés de la porte-fenêtre m'empêchaient de bien voir ce qu'elle contenait. Les lèvres de ma mère remuaient, elle déchira des papiers. Perçut-elle mon ombre ? Ma brûlante curiosité ?… Soudain, elle se retourna et me vit planté là. J'agitai une main timide, mais elle m'ignora et rabaissa le couvercle. Quand je rentrai, le batik avait retrouvé sa place ; dans le pot de gingembre, les fleurs séchées frémissaient encore – seul émoi dans la pièce –, ma mère était tranquillement assise à table, le nez dans un bouquin. Pas un mot sur ce que j'avais vu. Le coffre n'existait pas. C'était une table basse, un tabouret à l'occasion des anniversaires, au besoin un repose-pieds, en aucun cas un sujet de conversation, rien de plus qu'une chose qui demeurait à jamais verrouillée pour moi.

"Ce coffre, j'le déteste, j'le déteste, j'le déteste." Tel était mon mantra, le jour en question, dans le jardin. Un mantra, j'étais bien placé pour savoir ce que c'est. Après l'avoir répété mille fois, on décolle du sol. Détestedétestedétestedétestedétestedéteste-détestedétestedétestedétestedétestedéteste.

Au point d'en avoir la voix éraillée, de planer.

Ma mère gagna la remise en pleurnichant. Elle réapparut en tenant une hache. "Dégage de mon coffre !" Je lui ris au nez, sautai dans l'herbe et la poussai dans les lilas. (Un simple rameau de lilas :

son odeur me ramène à cette journée.) À moi la hache ! Je la lui arrachai des mains et en portai un coup sur le couvercle. Du côté non tranchant puis un deuxième du côté tranchant. Le bois tropical se fendit. Ma mère plongea sur moi.

"J'te déshérite ! J'te déshérite."

Ses ongles m'écorchèrent le cou, la pomme d'Adam. La tigresse.

Mes poumons firent humpf.

Elle avait gagné.

Le coffre retrouva sa place dans la salle à manger.

Batik par-dessus.

2

Un mois après la mort de mon père, ma mère avait fait un grand ménage. Il s'agissait de tout récurer pour chasser l'odeur et l'esprit du défunt. Elle a traîné dehors le matelas du malade disparu et mis toute son énergie à le battre à coups de tapette. Blaireau, brosse à ongles, brosse à dents, brosse à habits – le feu pour tout purifier avant que le peu qui en subsiste soit enterré au fond d'un trou. Pas le moindre de ses cheveux, pas le moindre de ses poils, pas la moindre de ses pellicules ne devait lui survivre. Après avoir aéré la maison une journée entière, fenêtres chouinantes retenues par un crochet, elle a allumé une bougie. On a alors fait trois fois le tour de la maison, une flamme grelottante entre nos mains, histoire de couper pour de bon la route aux forces négatives qui nous encerclaient. Dorénavant, la colère de mon père ne pourrait plus frapper à notre porte, ses cris ne nous empêcheraient plus de dormir. De la sorte, elle a banni son mari atrabilaire – à renfort de serpillères, d'un balai-brosse, d'une tapette et d'allumettes. Et en poussant la table contre le mur de façon à être la seule à pouvoir prendre place au bout.

Cela fait, mon tour arriva. Moi, le fils, contaminé par le fiel haineux de son géniteur. Un régime allait contribuer à me purger : crudités, germes de blé, yaourt musclé à la levure de bière, bouillon de concombre, curcuma écrasé et litres de jus de betterave. Ainsi, j'ai rincé mes intestins, je me suis lessivé la vessie et j'ai dépassé mon moi inférieur.

Après le corps, l'esprit. Ma mère m'imposa un nouveau mode de vie. En vue de brider mes pulsions, elle se plongea dans le cours par correspondance *Pratique de l'hypnose. Expulser les mauvaises pensées, partout et en toutes circonstances*. Se fondant sur de telles instructions, elle aspirait à sommer mon inconscient de s'assagir – une méthode éprouvée dans le cercle occultiste de ses amies. Puisque le courant vers mon moi supérieur se trouvait endigué, il convenait que j'ouvre mon esprit, rien de plus : les forces positives remonteraient d'elles-mêmes à la surface.

Pendant les repas, elle parlait comme le cours par correspondance : le regard magnétique central est l'émetteur de l'esprit… Au bout d'une semaine passée le nez dans son polycopié, elle m'intima de m'asseoir en face d'elle puis posa solennellement les mains sur mes épaules. Inutile de regimber, j'étais habitué à être son cobaye. Avant de procéder à une hypnose apaisante, il nous revenait de faire confluer nos flux énergétiques – moins il y a de résistance, mieux c'est. Ses manches me gratouillaient les joues. Le cahier d'hypnose était posé sur la table, à côté d'elle. Elle traça au charbon de bois un point sur l'arête de mon nez. La fixant, je dénombrai les petits plis qui cernaient sa bouche, ses rides, ses soucis. Elle faisait de son mieux pour m'observer “de près et en profondeur”, mais à mi-chemin, son regard s'écarta pour se porter sur les instructions.

“Il s’agit à présent que tu fermes les yeux spontanément.”

Je baissai les paupières et les contractai.

“Aie une pensée positive”, ajouta-t-elle d’une voix caverneuse.

Je fis de mon mieux pour penser à “niquer” – un mot qui passait de bouche à oreille au collège.

“Abandonne-toi.”

Je serrai les dents. Pour ne pas éclater de rire.

Doigts qui feuillettent à la hâte. “Tu m’regardes, faut pas !” Le regard magnétique central lui tirait des larmes, alors que moi, rien ne m’arrivait.

“Mauvaise volonté caractérisée !”

Avec le chat, elle avait plus de succès. Les animaux se laissent très facilement hypnotiser, les oiseaux, les serpents, “tout cela prouvé scientifiquement”. Dans le jardin, elle avait délivré une souris de la gueule du matou – uniquement en fixant ce dernier dans les yeux. L’innocence offensée était même venue frotter humblement sa tête contre elle, ce qui n’était pas du tout dans ses habitudes. Ma mère aurait pu se faire embaucher dans un cirque.

De nouveaux livres apparurent sur la table : traitant du magnétisme sain, de la pensée positive, du plexus nerveux sympathique. Ses lectures se firent toujours plus études. Elle prenait des notes ; après le dîner, elle les tapait à la machine à écrire vert tendre au ruban bicolore. Au bout de quelques jours, son diagnostic tomba : je me laissais trop facilement distraire.

Nous nous sommes consacrés à des exercices de concentration. Montre sur la table, on fixe la trotteuse, on se focalise sur elle et on trace un petit bâton sur la feuille dès que nos pensées se détournent d'elle. Rester en dessous de six par minute nécessite un entraînement assidu ; y parvenir signifie qu'on est sur la bonne voie. Elle m'apprit à entrer dans le silence en me concentrant sur ma seule respiration et en éliminant ainsi les bruits. Technique qui pourrait me servir pour les devoirs et pour lire. Dans ce cocon de silence qu'on se crée soi-même, la moindre incitation suffit à voir des choses qui n'existent pas. À présent que ses filles avaient quitté la maison – deux d'entre elles avaient même quitté le pays –, ma mère voyait une opportunité de m'initier à l'art de planer.

Elle m'apprit à interpréter les cartes. Ensemble, nous consultions le *Yi Jing*. Chaque semaine, nous auscultions mon avenir. Préoccupant, préoccupant, mais pas irrémédiable… Elle m'entraînait toujours plus loin dans son univers. J'en avais envie et je n'en avais pas envie. Elle me tenait sous l'envoûtement de sa suggestion. Nous priions ensemble. On ne papotait pas avec Dieu, ça non, on pratiquait encore moins la Bible. Dieu se trouve en chacun de nous. On demandait de la force. Il me fallait m'armer contre la lubricité et l'impatience, contre les pulsions nocives, contre la mauvaise volonté et les ragots. ("On n'est pas comme les autres, tires-en de la fierté !") Et dans cette quête, il convenait de chercher la paix, avec soi-même, avec son prochain. Cela pourrait sembler contradictoire, mais telle n'était pas ma perception à l'époque (aujourd'hui encore, je discerne la logique de son absence de logique).

Avant d'aller nous coucher, nous pressions le bout de nos doigts les uns contre les autres, les uns après les autres. Je sentais la chaleur de sa main sèche ainsi que les crevasses occasionnées par le jardinage. Nos doigts respiraient – “paix inhalée, paix exhalée” – et c’est ainsi que nous bannissions l’énergie négative. Parallèlement, elle en appelait aux rivières pour évacuer nos souillures ; l’eau s’écoulait dans un lac autour duquel s’étendait la *rimboe* (la forêt vierge que j’avais vue en noir et blanc dans l’album photo). Me restait à m’imaginer la lueur orange d’un soleil couchant – orange coiffant une profusion de vert.

Alors qu’elle chantait les louanges d’une existence sereine, moi je voyais en haut de l’armoire de ma chambre la valise des cas d’urgence – toile passée, coins en cuivre qui luisaient quand le clair de lune se glissait dessus. Elle était remplie de produits de première nécessité, de savon Sunlight, de désinfectant – au cas où la guerre serait déclarée. Le speaker de la radio évoquait-il les chars soviétiques en Hongrie que ma mère descendait le bagage pour le compléter avec des denrées périssables : cacao, glucose, aspirine, huile de foie de morue ainsi qu’une boîte de crème Nivea. “C’est pas la première chose qui vient à l’esprit. Pourtant, la guerre c’est mauvais pour la peau.”

Elle m’enfonçait dans le crâne des panoramas indiscernables, fertiles, luxuriants et hospitaliers : “Vert vert. Orange orange.” Mais moi, le cobaye, je voyais un tout autre vert : mon short taillé dans un manteau militaire, picotant et rêche, à porter jusqu’à la première neige, histoire de devenir un homme. Prêt à affronter les Ruskoffs. Endurci pour la Sibérie. Et je voyais un tout autre orange : celui du ruban de la médaille du courage, du mérite et de la fidélité à la Reine et à la Patrie que mon père, titulaire de l’ordre, à la sortie d’une semaine d’insomnie, avait déchiqueté avec ses dents puis, après un salut grotesque, épinglé à ma veste de pyjama. Ma mère n'avait pas entendu un seul cri. Elle avait quitté ma chambre, loin du sang souillant ma poitrine – pénétrée d'une paix supérieure.

Atomise tes pulsions. Aspire à t'améliorer. Que le positif l'emporte ! Rentre-toi ça dans la tête ! Nous jouions au marteau et à l'enclume, nous nous rencontrions dans une force antagoniste.

3

À l'âge de dix-neuf ans, j'ai quitté le domicile familial, léchant les blessures laissées par l'amour maternel. Dès lors, j'ai gardé une certaine distance – si j'ai retenu une chose des leçons de ma mère, c'est bien ça. Elle ne s'opposa pas à mon départ, estimant sa tâche accomplie – j'étais formé. De surcroît, j'agissais en totale conformité avec les horoscopes qu'elle tirait. La flèche du Sagittaire fusait au-delà de son domaine. Elle se satisfaisait d'un coup de fil sporadique et de trois visites annuelles.

Après son quatre-vingt-cinquième anniversaire, elle a emménagé dans une maison de retraite désuète, non loin du littoral. Cela tenait-il à mon installation à Paris, à mes fréquents voyages ? Toujours est-il qu'un passage à sa nouvelle adresse tombait régulièrement à l'eau, ce dont je ne me sentais pas coupable : les rares fois où je faisais un saut chez elle, elle levait à peine les yeux de son livre pour me servir un thé tiède. J'avais l'air de la déranger. Elle s'en sortait très bien toute seule. Deux filles décédées, la troisième à l'étranger – jamais une plainte. ("Non, vous n'avez pas besoin de passer, je suis tout aussi occupée que vous, vous savez. Enfin, c'est à vous de voir.") Encore toute sa tête et, selon son propre mot, “increvable”. Allez donc vous préoccuper d’une telle maman ! Dire qu’elle était exigeante, c’eût été mentir. Jusqu’au jour où elle m’appela : “Quand viens-tu en Hollande ? Faut que tu règles un truc pour moi.”

Quand elle ouvrit la porte, je ne la trouvai guère changée, tout au plus était-elle un peu plus ratatinée. Elle éprouvait des difficultés à marcher, cherchant à prendre appui sur une poignée de porte ou le placard à gants. Dans un coin du vestibule se trouvait un déambulateur – les plinthes ainsi que le vieux persan, dans le salon, portaient les marques du frottement des roulettes. Aucune chaise, aucun fauteuil n’était libre, à l’exception du sien, un trône en bois au coussin flétri – des livres et des journaux occupaient chaque endroit destiné aux fessiers. (“Il faut préférer la visite d’un livre à celle d’un être humain” – l’une de ses expressions préférées.) La grande table était jonchée de papiers et de volumes, la moitié ouverts et entrelardés d’enveloppes, plutôt déchirées qu’ouvertes ; à gauche et à droite de son fauteuil, des pots à crayons et stylos, une coupe à fruits, une coupelle de jade débordant de pierres semi-précieuses ainsi qu’une patte de lièvre contre les rhumatismes – à portée de main, une canne noueuse, cintrée comme un sabre. Un bien de famille taillé dans un arbre de la propriété, qui, après avoir fait office de trique dans mon enfance, servait le plus souvent, depuis son emménagement dans la maison de retraite, de manche à balai pour faire comprendre aux voisins sourdingues que leur télé beuglait – du moins en avait-il été ainsi lors de mes visites précédentes. Cette fois, elle lui permit de gagner la cuisine. Elle progressait courbée en deux, constatai-je, tout en maintenant de l'autre main un gros ventre – ce qui ressemblait à une grosseur. "Qu'est-ce que tu te traînes là ? – Rien. Ici, on m'engraisse." Je me proposai de l'aider. Non, écarte ton bras. "Tenir bon. Tenir bon." Sa canne faisait de longues journées. ("Une bonne canne, ça ne prend pas de retraite.") Non sans fierté, elle me montra comment elle ramassait du bout de son bâton, sans se baisser, un journal tombé par terre ; comment elle récupérait une cuillère tombée entre le réfrigérateur et le mur carrelé ; comment ouvrir et fermer, grâce à ce troisième bras, le vasistas de la cuisine. Tu vois bien, j'ai besoin de personne ! La théière qu'elle posait sur la table en traînant les pieds aurait mérité d'être astiquée : la porcelaine Wedgwood – aussi ancienne que sa vie – noircie par les bougies chauffe-plat, au bout de bec entartré… Heureusement, le thé était tiède. Toujours tiède. Moi qui venais, un bref instant, de redouter qu'elle eût perdu ses vieilles habitudes…

La nappe disparaissait sous les taches. Au niveau de son fauteuil surtout, on relevait l'endroit où elle se poussait en avant, où elle dépliait son set de table, où elle étalait chaque jour ses cartes de tarot et lançait des pièces en cuivre pour interroger le *Yi Jing* – l'avenir, et pas uniquement le passé, laisse des traces. Il s'agissait avant tout du lieu où elle s'adonnait à la lecture, lequel révélait des marques d'usure occasionnées par le suspense ou l'ennui : à son âge, elle lisait encore trois ou quatre livres par semaine. Là aussi, une vieille habitude.

Après avoir fait le tour de la table, elle se hissa non sans mal sur son trône, ficha le coussin devant son ventre et – “qu’est-ce que t’as à tourner en rond” – me somma de m’asseoir. Je libérai l’une des chaises à proximité – “non, pas à côté de moi, en face et arrête de me regarder comme ça.

— Oui, maman.”

Elle ajusta son cardigan en laine en tirant dessus et recentra son collier au milieu de sa poitrine – soigneusement choisi dans sa collection de bijoux. Chaque douleur ou bobo, chaque journée, chaque activité nécessitait une pierre spécifique. Cette fois, elle avait repêché un collier en résine pétrifiée de la mer Baltique, bien que le jaune doré jurât avec le rouge de son chemisier : l’ambre était la pierre qu’elle portait en voyage.

Car elle entendait voyager. Depuis des semaines, une idée ne la laissait pas en paix. Elle ne pouvait la garder pour elle plus longtemps et n’y alla pas par quatre chemins : “Je veux revoir une dernière fois ma maison natale. Sans traîner.”

Elle frotta l’ambre. “Le temps presse.

— Mais que se passe-t-il ? lui demandai-je, soucieux.

— Rien. C’est juste que mes mains rêvent de terre glaise et moi, j’aimerais tellement aller sur la digue.

— Mais tu peux à peine marcher.

— Tu me pousseras.

— Et c’est maintenant que ça te prend ? Les paysans, je croyais que tu ne voulais plus en entendre parler.

— Je rêve de la forteresse. Les soldats marchaient au pas cadencé sur notre domaine.

— La guerre, soupirai-je, nous revoilà au point de départ.

— Ce sera mon dernier voyage.

— D'où tu sors ça ?

— On me l'a annoncé, fit-elle, l'air triomphant pour ne pas dire narquois.

— Annoncé ? Qui te l'a annoncé ? Le médecin ?

— Non, des voix, de vieilles voix."

Ah là là ! Quand s'était-elle rendue là-bas pour la dernière fois ? Cinquante ans ? Soixante ans en arrière ?

"Regarde, des chaussures de marche neuves, achetées pour l'occasion." Deux bandes de velcro couinèrent sous la nappe. Je lui proposai d'apporter la prochaine fois mon ordinateur portable afin qu'on survole la campagne en question à bord de Google Earth. Quant à la glaise, il suffisait que je m'arme d'une bêche pour en trouver.

Sa canne tapota le plateau de la table. "Non, tu ne saisis pas… Là-bas, j'ai des traces de pas, mon premier moi, ma première guerre…" Elle s'interrompit pour feuilleter impétueusement son agenda. Jour de la virée déjà souligné : la date de son anniversaire.

"Mais c'est bientôt, et je ne suis pas libre.

— Allons, rien qu'une petite journée pour ta vieille mère. J'aurai quatre-vingt-dix-huit ans, nom de Dieu !"

On s'est chamaillés, mais je n'avais aucun argument à avancer. ("À Paris, tu fais quoi au juste ?") De surcroît, sous peu, aucune autre journée ne serait propice au voyage. Elle avait pris soin de consulter les éphémérides – pour preuve, sur la table, le livret bleu clair indiquant la position des astres – et déjà commandé un fauteuil roulant pour le jour J.

Pendant des années, on n'avait pu l'arracher à son trône, elle n'avait jamais voulu entendre parler d'une sortie en voiture. Or, voilà qu'elle n'arrêtait pas de parler de notre itinéraire, de la durée du trajet, des kilomètres à couvrir. Pour sûr, on allait vivre une belle journée, loin des festivités imposées, des fades félicitations de la directrice et du gâteau dans la salle commune.

"Tu ne crois quand même pas que je vais fêter mon anniversaire au milieu de toutes ces petites vieilles ?"

4

Une semaine plus tard, quand je suis passé la chercher, il bruinait. La maison de retraite sentait le café ; à côté de la réception, les journaux du matin étaient ouverts sur la table de lecture ; quelque part au loin s'élevaient les notes d'un piano tandis que des dames aux cheveux biscuités pilotaient avec dextérité leur déambulateur en direction de la salle commune – leur habileté m'émut, leurs mains recroquevillées racontaient que, dans un lointain passé, elles avaient fait de la trottinette. Mais où étaient les hommes ? Ne remisait-on dans ces lieux que des veuves ? Question que j'avais posée un jour à ma mère. Sa réponse : "Les femmes sont plus résistantes. Me dis pas que tu ne le sais pas." Se moquer des hommes, ça la mettait immanquablement de bonne humeur : "En captivité, ils clamsaient les premiers." Songeant à ma condition physique, j'ai pris l'escalier.

Au premier régnait une chaleur oppressante, toutes les fenêtres étaient fermées. Certains résidents avaient accroché des tableaux dans leur entrée, en majorité des paysages, de l'art qui n'offensait personne si ce n'est le bon goût – autant de cartes de visite de bienséance. Sur chaque paillasson trônait un petit sac-poubelle : manifestement, c'était la journée du ramassage des ordures. Une odeur méphitique stagnait près des portes. Des couches, le remugle de la vieillesse.

L'appartement de ma mère donnait sur le jardin. Il fallait faire partie de la fraternité remontrante pour vivre si coquettement – critique qu'elle prenait à la légère : elle était membre d'au moins cinq confessions, même si elle ne se rendait jamais au temple. ("Pour trouver Dieu, j'ai pas besoin d'un pasteur.") Sa porte était entrouverte, elle m'attendait dans le vestibule, prête à partir dans le fauteuil roulant de la résidence – manteau boutonné et sac à main sur les genoux, canne à la main. Je n'eus qu'à la pousser, par l'entrée des fournisseurs s'il te plaît, pas du côté de la réception – elle ne tenait pas à croiser la directrice.

Le fauteuil tenait tout juste dans le coffre. Ma mère encore plus difficilement dans la voiture. La ceinture l'oppressait. "C'est quoi cette connerie ? On dirait une camisole de force !

— C'est la loi, maman.

— Je m'expliquerai avec les gendarmes."

Soulagés, nous avons quitté le parking. Elle avait échappé au gâteau et au discours. Voilà, rien ne l'empêchait plus de se consacrer à son anniversaire, dans son manteau de tweed rêche, canne coincée entre les genoux, sac à main sur les cuisses.

"Pose ta canne.

— Non.

— Alors, débarrasse-toi de ton sac.

— Non.

— Et enlève-moi cette écharpe horrible.

— Bon, d'accord, puisque tu insistes."

Au bout d'une petite heure, elle se résolut à déboutonner son manteau, en rabattit un pan sur le levier de vitesse. Elle ne se lassait pas de regarder les panneaux perchés au-dessus de l'autoroute et tirait régulièrement sur mon bras pour attirer mon attention sur les trèfles autoroutiers où l'on risquait de se tromper de direction. On longea des quartiers périphériques récents, des zones industrielles, des rubans de béton et de verre – plus une parcelle d'horizon dégagé, nulle part. "Ça s'est construit de partout", fit-elle, déçue.

Vivant depuis des années à Paris, j'avais moi aussi un peu de mal à m'habituer à cette Hollande qui se bétonnait toujours plus. La conurbation de l'Ouest du pays était presque parachevée – ne restait qu'à élever autour quelques kilomètres de mur antibruit et à poser sur le tout un couvercle. Quelques jours plus tôt, j'avais lu dans le journal que les Néerlandais étaient le deuxième peuple le plus heureux d'Europe, juste derrière les Danois ; grands consommateurs d'antidépresseurs, les Français figuraient beaucoup plus bas dans ce classement.

"Bien souvent, on n'a pas d'autre choix que de tirer du bonheur de nos mensonges." Ma mère prononça ces mots à voix basse, presque sans réfléchir, tout en farfouillant dans son sac.

"T'es heureuse, toi ?"

Elle se tourna vers moi, surprise. "Ce ne sont pas des choses qu'on demande à sa mère.

— Et à son fils ?

— T'as pas à te plaindre de ton sort, si ?"

Elle n'attendait pas de réponse de ma part, le contenu de son sac lui importait plus, un sac en cuir brun sur lequel le chat avait fait ses griffes – un chat mort depuis vingt ans. Où avait bien pu passer cette foutue carte ? Hé, hé, après avoir trifouillé un bon moment, elle l'exhuma. Elle la déplia sur ses genoux et le volant. Non pas la région, mais la totalité des Pays-Bas, un réseau de routes sinueuses rouges qu'elle avait parcouru soixante ans plus tôt en solex. L'Afsluitdijk figurait tout juste dessus, pas les nouveaux polders ni les digues du plan Delta. Du revers de la main, j'écartai la Hollande méridionale. Le doigt de ma mère cherchait la route dans le passé ("On est où, là ? On est où ?") – sa mémoire conservait une carte bien différente.

On traversa un pont à vive allure, sur des kilomètres ("Ça, ça s'appelait « mer ». À mon époque, il fallait une journée pour y arriver."), avant d'emprunter la nouvelle route en direction du sud. ("Nom d'un chien, au beau milieu de nos terres !")

On bifurqua, ralentit et traversa des villages endormis, pour la plupart guère plus qu'une chaussée boueuse bordée de quelques maisons d'ouvriers agricoles. Les betteraves dressaient déjà la tête ; ici et là s'étendaient des jachères, des flaques d'eau scintillaient dans les sillons. Oui, le sol a parfois besoin de se reposer, ma mère ne l'avait pas oublié. Une route étroite, beau noir mouillé au milieu de la glaise brune, nous conduisit à un panneau indiquant l'entrée dans une nouvelle province, au blason altéré par les intempéries ; le feuillage fouettait les roues, il me fallut ralentir par respect pour la végétation (une exigence !), rouler au pas. Mais je ne pus rétrograder, le pan de son manteau me gênait cette fois encore. Un coup de coude et un peu de remue-ménage de la canne plus tard, surgit soudain un mur vert – remparts de terre, fortification délabrée au sommet en pierre. “Regarde, la voilà la forteresse” – elle était haute, imposante. Ma mère essayait de replier la carte tout en regardant dehors. Exaltée, elle chiffonna le polder en une boule. Mon Dieu, comme c’était délabré... Elle montra du doigt deux yeux creux. “Là, il y avait le canon, l’Yser, c’est ainsi qu’il s’appelait.” De son temps à elle, il tonnait encore, pour faire impression. De son temps à elle, le canon était pointé vers le sud pour effrayer les Allemands qui progressaient de l’autre côté de la frontière belge. “Il nous fallait préserver notre neutralité. Les Pays-Bas étaient lâches et n’avaient pas pris parti, mais une étincelle aurait suffi pour que la guerre se propage ici.”

Elle regrettait l’absence des drapeaux, des étendards près de l’entrée ainsi que celle des beaux saules : tous abattus. De son temps à elle... Elle chercha à ouvrir sa vitre. (“Comment ça marche ?”) Je la baissai, une décharge de bruine s’engouffra dans la voiture, le vent aplatit son cheveu rare ; cependant, c’est en riant qu’elle renifla les vapeurs de la terre ainsi que la mer qu’on devinait derrière la digue. “Tu sens ?”

Son père cultivait des terres entre betteraves et soldats, des soldats qui cependant ne chantaient plus. Pendant la Première Guerre mondiale, la forteresse en accueillait plusieurs centaines. Des gars qui adressaient un signe de la main à ma mère, qui baissaient le pont-levis quand elle apportait, avant la nuit, une bouteille de gnôle au commandant, en présentant les compliments de son père. Un jour, elle était venue chercher l’infirmier, car un valet s’était fait une vilaine blessure. Pour ses huit ans, le tailleur de l’armée lui avait offert un costume de matelot. Quant aux cuisinières, elles faisaient de la soupe pour les réfugiés belges. Lesquels occupaient une grange entière de la ferme. Ma mère dégoisait à n'en plus finir, tout habitée de son enfance campagnarde. Jamais encore je ne l'avais entendue s'exprimer ainsi sur le polder. Autre étrangeté : la façon dont une guerre vieille de près d'un siècle prenait forme alors que, jusque-là, dans ses récits portant sur la famille, elle réduisait cette période à une aventure baignant dans le flou.

Une pression sur le bouton et, dans un chuintement, les vitres se refermèrent. On longea au pas la forteresse, à la recherche de sa maison natale – elle ne devait pas être très loin, la bâtisse où ma mère avait été enfant, jeune fille, jusqu'au jour où son père avait affermé toutes ses terres pour se retirer dans une maison haute, à côté du temple –, loin de la boue et du fumier.

“Regarde, là, là, cette digue”, elle avait marché dessus, alors que la construction était encore peu fréquentée, rectiligne, et peut-être pas aussi large. Chaque jour, six kilomètres pour gagner l'école, même dans la neige. Chaussée de sabots. Avec lesquels elle frappait des gamins catholiques sur la tête. Et si possible, la moitié d'une poêlée d'anguilles au petit-déjeuner, jamais se mettre en route l'estomac vide. Son père les attrapait lui-même dans les étroits chemins d'eau qui scindent les terres. Les écorcher vivantes, ils le faisaient ensemble – ça forge le caractère.

De ces longues marches, elle avait gardé de robustes mollets ainsi qu'une nuque et un menton altiers. Le craquelé de sa peau tannée, les plis profonds cernant sa bouche pointue, je les sondai à la recherche de la vie rurale. Cela faisait des années que je ne m'étais tenu aussi près de ma mère. Alors que je m'apprêtais à poser ma main sur elle, elle se cala contre la portière et plaça son sac à main entre nous.

M'avait-elle vu venir ? Ne m'avait-elle pas vu venir ?

Mes genoux touchaient son manteau. Dans les virages des chemins affaissés des polders, impossible d'éviter le contact des corps. On cherchait à ne pas être trop déséquilibrés, nos épaules se frôlaient, se cognaient. Voyant mes bras près des siens, nos bras malagauches, je me suis une énième fois rendu compte que j'avais la même carcasse qu'elle – une carcasse de paysan. Malgré notre carrure, on était deux gosses en vadrouille...

Je me glissai de nouveau dans la demeure de mon grand-père – vaste et cossue, large escalier, pièces mystérieuses où des draps couvraient fauteuils et canapés. Mon grand-père ne riait pas souvent. Après la naissance de son fils, il a pleuré toute sa vie son épouse, morte en couches, une grand-mère que je n'ai donc pas connue et dont je n'ai pas même vu la moindre photo.

L'horizon de grand-père était aussi rectiligne qu'une digue. Un rythme balisé déterminait ses actions : douche froide au lever du soleil, informations de la radiodiffusion hollandaise à midi et à dix-huit heures, déjeuner chaud, petite promenade à quinze heures et, sur les coups de dix-sept heures, le premier petit verre de gnôle. L'été, il occupait le côté ombre de la demeure, l'hiver, le côté soleil. Il indiquait sur le calendrier la date de ce déménagement. On ne le voyait qu'en costume noir trois pièces. Harnaché dans les quatre R de sa vie : régularité, repos, récurage et rendement – lui, tellement habitué à remplir toutes sortes de coupons de réductions. Il détenait des actions dans tout mais n'en menait dans rien du tout. Assis dans son haut fauteuil en bois (dont sa fille devait hériter), il lisait son journal en fumant, dans une maison où régnait un silence de mort, sans me juger digne du moindre regard. Si ce n'est que, quand je me risquais à balancer les jambes, je l'entendais grogner. Je n'osais pas bouger le petit doigt. Au-dessus de sa tête, celle d'une femme furibonde de Rembrandt nous épiait – l'estivale plus lugubre encore que l'hivernale.

Plus tard, j'ai compris que ces tableaux effrayants, qui passaient pour être authentiques, étaient des copies du XIXe siècle. Un jour, on hériterait de tout ce bric-à-brac de grande valeur, sans compter que ce n'était pas le seul : chaque année, on me traînait chez deux tantes, deux vieilles filles auxquelles je devais me montrer sous mon meilleur jour, montrer mes souliers cirés, mon col propre et mes bonnes manières. “Ne dis pas « zut alors ! » devant elles, elles prendraient ça pour un gros mot.” Dommage que du côté de ma mère, on devienne vieux comme Mathusalem.

On scrutait l'horizon du polder, vaste étendue, et ses rangées de peupliers en coulisses. Où se trouvait, bon Dieu, sa maison natale ? Le mieux n'était-il pas de monter sur la digue pour avoir une vue imprenable ? On a cherché un escalier, un accès, pour finalement s'arrêter au niveau d'un chemin qu'empruntent habituellement les tracteurs. Il pleuvinait toujours, éclaboussures tièdes, ce qui ne nous a pas empêchés de déplier le fauteuil roulant. Le sac à main était de la balade. “Donne-moi ça ! – Non !” Comment allais-je la pousser jusque là-haut ? Elle s’est adossée au fauteuil, a levé les yeux sur les nuages gris. Les gouttes glissaient sur ses joues. Bon pour la peau. Autrefois, elle dansait sous la pluie, aujourd’hui deux roues la portaient. Qui dérapaient sur l’herbe.

Nous voyant patauger, un paysan, perché sur un tracteur qui tirait une charrette de fumier, nous fournit la délivrance : il porta le fauteuil, ma mère et le reste, sans même s’essouffler, alors qu’il n’était plus tout jeune. Une fois sur la digue, ma mère s’extirpa de son siège et utilisa le bon Samaritain comme canne. Il fut à même d’en rire : “Ma mère est pareille.” Elle jeta un regard inquiet en contrebas, tendant le doigt vers les traces laissées par le tracteur dans la glaise. “Quand j’étais petite, on avait un McCormick rouge, la première arracheuse de betteraves du polder.

— J’veux bien croire qu’ça a fait une sacrée différence, dit le paysan, car pendant la récolte, on manque toujours de mains.” Il parlait le dialecte de mon grand-père, mais d’une voix douce, cordiale, et il portait un jean – pas le type à se trimbaler accoutré d’un col amidonné ou de chaussettes noires de calviniste bégueule.

Le champ attirait ma mère, elle se pencha en s’appuyant sur le bras de notre sauveur, comme pour s’adresser à ses propres terres : “Avec le McCormick, c’était pas du travail de précision, beaucoup de betteraves étaient déchiquetées. Les valets et les bonnes étaient habitués à manier le couteau et le transplantoir – gamine, je marchais dans les traces laissées par leurs sabots.

— Oui, oui, mais ils finissaient la journée avec un tour de reins."

Bras ou machines, ils ne savaient dire ce qu'il y avait de mieux. Ils s'attardèrent sur la dernière récolte, sur le prix du sucre, les dégâts causés par l'hiver, la boue sur les chemins le soir venu. Tous deux se comprenaient. Ma mère parlait avec un accent que je ne lui connaissais pas. Une douceur dans son intonation lui redonnait le sourire.

En connaisseurs, ils observèrent les fanes agitées par le vent et suivirent des yeux une nuée de corneilles jusqu'à l'extrémité du champ. Ma mère montra une ferme qui se cachait derrière une haie de peupliers. Façade crépie en blanc, et le toit… Elle se ratatina d'un coup : n'était-ce pas plus grand autrefois ? Mais qui d'autre avait, dans les parages, un toit aussi large, plus haut que la digue ? Ah ! la fenêtre du dernier étage était toujours là. Oui, sa maison natale, à n'en pas douter. "Quand je posais un chauffe-pieds sous la fenêtre, je pouvais voir la mer et les voiles marron des cotres."

Le paysan passa son bras autour de l'épaule de ma mère et m'écarta gentiment. "Aujourd'hui, par cette fenêtre, on voit les caboteurs." Il rayonnait.

Stupéfaite, ma mère applaudit. Connaissait-il bien cette maison ?

Pas qu'un peu, il habitait là, petit-fils du premier métayer !

Ma mère fit un pas de côté pour le dévisager. Merde alors, ce menton pointu, ce haut front : un vrai Hopstake !

Les terres à betterave n'étaient guère étendues, le polder non plus. Ils énumérèrent des noms, ceux de voisins, d'oncles et de tantes éloignés, de neveux mariés à des nièces. De cette façon, les terres restaient dans la famille. Les métayers eux aussi étaient attachés à la terre, génération après génération, jusqu'à ce qu'ils puissent faire un emprunt et les acheter. "Les intérêts de la fierté", commenta le paysan.

Ils évoquèrent mon grand-père, son nom éveillait encore certaines résonances dans le polder. Le Dur-à-Cuire, tel était le sobriquet de ce jeune veuf opulent. D'un grand geste du bras, le paysan engloba la digue dormante et l'arrière-pays. Pareils grands fermiers n'existaient plus. Deux fois par an, le père du bonhomme se rendait à la Maison-Haute (sa voix trahit les majuscules) pour payer le fermage, dans la salle d'apparat – un verre de gnôle à chaque billet de 100 florins. Un jour synonyme de beuverie. Il en revenait chaque fois riche de bien des histoires.

Ma mère, gourmée : "Ah bon ?

— En tant que premier métayer, on est presque de la famille."

C'était ainsi. Moi, j'étais planté là, sans rien avoir à dire, même si je portais un patronyme de bouseux. L'homme qui avait pris le bras de ma mère aurait pu être son fils, tant ils semblaient proches. Le désespoir de mes jeunes années ressurgit.

Mon grand-père lisait les cours de la Bourse en maniant une mince règle de fer – austère rituel au cours duquel il ne tolérait pas le moindre dérangement. Sa moustache jaunie sentait déjà la gnôle. Des étincelles jaillissaient de sa pipe en pierre. Cependant, un jour, je me risquai à me manifester alors qu'il lisait le journal. Je voulais devenir comédien, ce que je trompettais au monde entier. En jouant un rôle, j'allais m'en tirer, pas autrement (même en temps de guerre, car je ne me laisserais jamais prendre et j'avancerais déguisé dans les rangs de l'ennemi). Aussi, lors de notre visite pascale annuelle, je voulus épater mon grand-père en lui récitant un poème de Vasalis que j'avais appris par cœur pour l'occasion : *L'Idiot au bain*. Peut-être avais-je visé trop haut. Il n'empêche, l'une de mes demi-sœurs, bien plus âgée que moi, enseignante, qui m'a procuré de bonnes lectures durant toute ma scolarité – toujours au-dessus de mon niveau étant donné qu'un enfant se doit de s'élever –, l'avait recopié. Selon elle, Vasalis était une grande poétesse doublée d'une psychiatre capable de "lire dans l'âme des névrosés". Lisant le poème pour la première fois, je crus que cette femme avait regardé par le trou de la serrure de notre salle de bains…

L'infirmière l'aide à se couler dans l'eau ;
bras osseux pliés sur la poitrine, l'idiot
pousse le soupir d'une prime soif qu'on étanche ;
du ravissement affleure autour de sa bouche.

Dans ce fou, j'avais reconnu sur-le-champ mon père quand, après une éruption, ma mère lui faisait prendre un bain. Rituel qui le calmait : l'eau donnait naissance à un autre homme.

Un sujet approprié à une déclamation devant les membres de ma famille, me semblait-il.

"L'Idiot au bain…" Je me plantai devant son journal et déclamai la première strophe (peut-être allait-il me récompenser d'une pièce) : *"Cou dans les épaules…"*

Mon grand-père baissa son journal et me considéra, interloqué.

"paupières mi-closes..."

"Qu'est-ce qui nous tombe dessus ?"

"... se prenant les pieds dans le tapis, / d'une laideur..."

Alors que je me tenais fièrement devant lui, bien droit, l'air se mit soudain à feuler, un son aigu qui me fouetta les oreilles, souffle qui trémoussa mes cils... La règle de fer, il me chassait d'un mouvement de sa règle de fer ! Je fis un bond en arrière.

S'ensuivit une réplique qui allait bien plus marquer les mémoires qu'un quelconque poème, sortie que grand-père prononça d'une main tremblante tandis qu'un de ses yeux, à moitié fermé, restait posé sur les obligations remboursables par tirage au sort : "Marie, tu as un fils bizarre."

Une sorte d'anathème.

"Ne porte-t-il pas votre nom ?"

C'était là tout ce qu'elle avait de fierté. Le comédien battit en retraite.

La bruine cessa, un maigre soleil perça. Ma mère se laissa reconduire dans son fauteuil. De la main, elle chassa les gouttes de son sac. Les roulements à billes émirent un grincement. Combien elle aurait aimé se pencher pour attraper une poignée de glaise, est-ce que je ne pouvais pas... D'un coup de pied, je dégageai quelques grumeaux de terre que je déposai dans les mains qu'elle gardait tendues. Elle malaxa le tout. "Contient-elle encore une part de moi ? Un pas ? Un atome ?" demanda-t-elle à voix basse. Le paysan me décocha une œillade et alluma une cigarette.

Ma mère fixa le toit de sa maison natale, elle se remit à parler le dialecte local, elle se revoyait à la fenêtre grande ouverte, l'été, tard le soir, après l'heure du coucher, son petit frère dort déjà. La chaleur la tient éveillée. Elle se glisse au rez-de-chaussée pour tenir compagnie à son père. Dans son fauteuil, ce dernier fume, fourneau disparaissant dans le poing. Le moindre brin de tabac incandescent représente un danger. On est en pleine mobilisation, la nuit venue tout le polder s'éteint, on a peint les lampes en bleu et sous le plateau de la table on a fixé un fusil. Le valet et la bonne dorment à l'arrière de la ferme, les réfugiés belges dans la grange, soldats qui ont fui le terrain des combats et que des bateliers ont débarqués sur la digue.

À la nuit tombée, on lève le pont-levis. Les paysans doivent dès lors assurer leur propre sécurité. Le voisin, gardien du fort, ne détient pas même un fusil. Si l'on se risque à cette heure sur la digue, on voit le ciel en feu au-dessus d'Anvers. Et quand souffle le vent du sud, on entend de lourds grondements.

La poignée de glaise lui échappa des mains, laissant son manteau maculé de boue, mais peu lui importait. Elle jouait avec un coquillage qui s'était détaché de la terre.

"C'était la pleine lune… je t'en ai déjà parlé ? Une lune magnifique. Tout à coup, on a vu surgir un cavalier. Au pied de la digue. Mon père a pris son fusil et est sorti."

Non autorisée à mettre le nez dehors, la petite Marie pousse la chaise devant la fenêtre et grimpe dessus. Le clair de lune grossit tout. Son père se tient derrière un arbre, épaulant son fusil. Les bottes du cavalier luisent au clair de lune. Il se rapproche toujours plus. Son père crie : *Werda ?* Qui va là ? "À l'exemple des gardes de la forteresse." Le cavalier se penche en avant pour attraper quelque chose. Un coup de feu. Dont l'écho se répercute contre les murs. Le père se camoufle. Main devant la bouche, Marie pousse un cri, un filet sourd sur la face intérieure de sa cuisse. Mille choses se passent à la fois : le cheval se cabre, les corneilles s'envolent des peupliers, le chien dérape en tirant sur sa chaîne et aboie, les réfugiés se bousculent dans la grange, le valet et la bonne sortent pour voir ce qui se passe, la lumière du gardien de la forteresse s'allume – bleu pâle – puis la bonne s'écrie : "File de là ! À cette heure-ci, tu devrais dormir depuis longtemps." Mais à l'étage, elle distingue mieux que personne la scène : cavalier désarçonné, pied coincé dans l'étrier, cheval qui le traîne. Le gardien et son père qui courent derrière, le valet qui fonce au milieu des betteraves. Le cavalier parvient à se dégager et s'engage en trébuchant sur la digue. Un deuxième coup de feu, plus loin. Dans la forteresse, on sonne l'alarme, mais Marie ne voit plus rien. La digue reste déserte. Le lendemain matin, on ne lui raconte rien de ce qui est survenu de l'autre côté, elle en a déjà bien trop vu. Son père se contente de lui dire qu'il s'agissait d'un saligaud, un type qui dénonce les Belges que l'on cache à la ferme.

Mais où est-il ?

Pas un mot à ce sujet.

Et le cheval ?

Achevé.

Le valet en sait plus. On avait eu recours à un couteau.

Le paysan et moi nous tenions silencieux de chaque côté d'elle, un rien décontenancés par l'issue sanglante. Il considéra sa terre coupable en secouant la tête ; je posai la main sur l'épaule de ma mère, mais elle la chassa d'un grelottement tout en récurant d'un ongle tous les autres. S'agissait-il bien de ma mère ? La femme qui ne souhaitait plus se souvenir de quoi que ce fût si ce n'est de quelques anecdotes élimées, la femme qui se transformait tout à coup en une fillette curieuse penchée à une fenêtre et partageant avec nous ce qu'elle voyait. Jamais sa maison natale n'avait joué le moindre rôle dans toutes ses évocations du passé. Mélangeait-elle maisons, régions, événements ?

Je lui demandai si cette histoire l'avait obsédée pendant longtemps.

"Mais non, ça vient de remonter à la surface. Moi, y a rien qui me pèse, si c'est de ça que tu veux parler.

— Ton père a vraiment poignardé ce bonhomme ? (Le mot « grand-père », je n'arrivais pas même à le mâchonner.)

— Ils ont arrêté le valet le lendemain." Elle fixa l'horizon au-delà de la digue et inhala une bouffée de vent salin.

Son sac glissa par terre. "Allez, on y va." Le betteravier souleva le fauteuil et porta ma mère jusqu'à la voiture. Elle prit appui, en oscillant, sur son épaule. Ses yeux cherchèrent une dernière fois les terres. Ayant retrouvé ses jambes, elle demanda : "Où sont passées les granges ? Et la maison du gardien ?"

Le bonhomme la considéra d'un air interrogateur. Il ne connaissait les lieux que sous leur apparence actuelle. Certes, le gardien de la forteresse, il en avait entendu parler, sa maison avait été emportée par les eaux lors de la catastrophe de 1953, des années avant sa naissance. Il indiqua l'endroit où la digue s'était rompue. Lors des sécheresses, il arrivait que les terres changeassent de couleur – plus d'un demi-siècle après ! – et l'œil aiguisé parvenait encore à distinguer les traces de sel qui scintillaient alors sur les murs. "Notre ferme, ç'a été la seule épargnée, bien plus mastarde qu'les autres." Quant à la forteresse, elle avait brisé les vagues. Ma mère se retourna et posa les yeux sur une mer apprivoisée.

"Allons, avec ce froid, vous v'là toute pâle, fit le bonhomme. Un café vous f'ra du bien, j'vous fais visiter la ferme, vous verrez ma mère, elle vit avec nous, j'imagine qu'elle a connu vot' père."

Non, elle ne voulait pas, vraiment pas. Mais nous avons insisté, le paysan et moi. "Allons, venez." "Allez, viens."

J'ai démarré la voiture et suivi le tracteur. La charrette chargée de fumier projetait boue et merde sur le pare-brise. La canne cogna furieusement la vitre. "On n'y va pas, tu continues tout droit.

— Pourquoi ? C'est toi qui as voulu venir.

— C'est un cul de basse-fosse.

— Allez, moi, j'ai envie de voir où t'es née. Peut-être l'occasion de prendre des photos.

— Ma mère est morte sous ce toit."

La charrette de fumier bloquait le passage. On n'eut d'autre choix que de descendre de voiture.

On a pris le café à une table de bois blanc, dans une cuisine ensoleillée, aménagée selon la dernière mode. De grandes fenêtres donnaient sur des champs et des peupliers dont les feuilles bruissaient et s'amusaient à projeter leur ombre au-dessus de la cuisinière, sur le mur en faïences jaunes. À l'intérieur régnait une chaleur estivale. Ma mère garda son manteau, alors même que l'Aga ronronnait. Une odeur de pain fraîchement cuit se répandait d'une pièce à l'autre. Elle explorait les lieux avec mépris : deux vases blancs vides sur un rebord de fenêtre, sur un autre deux oies en plastique ornées d'un ruban – la vie idyllique à la campagne embuait les carreaux. "Ben oui, fit-elle, deux, c'est forcément rassurant."

Après que le betteravier eut appelé à trois reprises sa mère, celle-ci apparut, poussée dans la pièce par sa belle-fille qui décampa. Un agneau braillait, le vétérinaire était en route.

Un faciès intense nous fixait – yeux noirs, sourcils en brosse sans un poil gris –, hargneux au point que ma mère en fut choquée. Sans aucun apprêt, cette femme aurait très bien pu passer pour une Espagnole. En rien son fils. Elle se présenta sous le prénom de Cor. Ma mère marmonna à son tour le sien, mais Cor se contenta de l'appeler froidement "madame".

Le paysan coupa le gâteau et plaisanta pour briser la glace. "Alors, mesdemoiselles, vous vous connaissez ?"

Un labrador brun entra en remuant la queue puis se coucha sous la table en bâillant.

"Peut-être qu'on s'est croisées dans les champs, hein, fit ma mère en adoptant le ton chantant de la région, on nous mettait tôt au travail, ici."

Cor émit un couinement, manipula son appareil auditif. "Au travail ? Mais vous, z'avez pas eu besoin de vous casser les reins ? Votre papa, il a pas tardé à confier ses terres.

— Oui, mais il n'aimait pas les fainéants, il nous a élevés à la dure, vous savez."

Cor mordit dans sa part de gâteau. Elle mâcha, mais dans ce silence, je perçus un "oui" assourdissant.

Les dames se considéraient avec défiance.

"Lui, l'est de qui ? demanda Cor en me désignant du menton.

— De Juste.

— Mais Juste, c'était pas un Noir ?

— Un Caramel, vous voulez dire ! s'insurgea ma mère. Né aux Indes, un officier, vous avez dû le voir, non ?

— Mesdemoiselles, mesdemoiselles, tenta de les apaiser le betteravier.

— Moi, je suis de son second mari, il se prénommait lui aussi Juste", dis-je sur le ton le plus cordial possible.

Ah oui, y avait un truc compliqué… un deuxième bonhomme. Mais voilà, tout le polder avait parlé du premier, c'est vrai, quel âge avait la paysanne quand ma mère s'était mariée, une dizaine d'années ?

"Ça s'bousculait devant l'temple, on n'était pas habitués, hein ?"

Ma mère posa d'un coup sec son sac sur la table et essaya de se lever. Son manteau sentait l'humidité.

"Et vot' famille ?" fit Cor en me désignant à nouveau du menton.

Je ne compris pas sa question : "Mes demi-sœurs ?

— Non, ici, au polder ?"

Je posai un regard interrogateur sur ma mère. "À cause des Indes, le passé est noyé – elle parlait d'une voix tellement basse que je dus me pencher –, sans compter le destin.

— Pardon ? fit Cor.

— Le passé est noyé, je criai.

— Ah, pour ça, c'est sûr, on en a bavé. On en avait par-dessus la tête, toute cette eau, tout emporté, mais les murs ont tenu. Chez not' frère, la porte a cédé. Y restait plus rien – la maison, le bétail, la belle armoire…

— Voyons, laisse, maman." Le paysan alluma une énième cigarette.

Mais Cor ne *laissa* pas, elle se cala sur sa chaise qu'elle avança, cuisses écartées, pareille à une bougonne de gamine, mains qui tremblaient sur ses genoux. Puis elle aboya : "Non, faut qu'elle sache, une fois pour de bon. Monsieur vot' père, il est resté où après le raz-de-marée ? Et vous ? J'vous ai vue nulle part. Vous étiez au sec, alors que nous – elle déglutit, une bouchée de gâteau, une larme, de la colère ? –, dehors dans les champs, acculés contre la digue, on a vu l'surlendemain un petit soulier dépasser de la boue. Ma cousine."

Ma mère fixait son sac. "Mon père est passé à moto, il a recueilli mes tantes.

— Mais y s'est pas arrêté chez nous, clama Cor. Comme à chaq' fois, il a fait l'choix des sous."

Je poussai des petits cris compatissants.

Cor attira mon attention sur la marque de sel au-dessus de la porte de la cuisine – cicatrice laissée par la catastrophe de 1953 : "Elle transpire tous les étés." *Madame* était-elle au courant que Meeuwis et son fils avaient été emportés sur la digue ? R'trouvé avec son bétail, un gars si loyal.

"Qui c'était, Meeuwis ? demandai-je.

— Un cousin germain d'Line ! Mais pas un mot, hein, aucun secours, que dalle.

— Et Line ?

— C'en est assez !" Ma mère se redressa en s'appuyant sur la table. J'étais trop abasourdi pour lui prêter main-forte.

"Demandez-le-lui t'à l'heure, fit Cor en secouant la tête. C'est noyé sous les années…"

Le paysan offrit son bras à ma mère, mais elle refusa son aide. Elle me laissa toutefois porter son sac. Dix kilos me sembla-t-il. Elle tituba de la cuisinière à la porte, un dos bien droit en guise d'au revoir.

Le chien nous suivit jusqu'à la voiture. Le betteravier libéra le passage. Avant de monter, ma mère regarda une dernière fois le toit.

On quitta le polder sans prononcer un mot.

"Qui c'était, Line ? lui demandai-je une fois sur le pont.

— Ma mère."

Première fois que j'entendais ce prénom. "Que sais-tu d'autre sur elle ?" Elle serra les lèvres. "T'as une photo d'elle ? Tu lui ressembles ? Pourquoi avoir tu tout ça ?

— Avoir tu quoi ? Tu m'as jamais rien demandé."

5

De la franchise.
De la franchise.
De la franchise.

Ce bout de phrase cliquetait en même temps que la voiture. Pourquoi se plaisait-on autant à mentir dans la famille ? Pourquoi recouvrait-on tout ce qui pue ? En rentrant à Paris, je ruminai notre virée au pays du sucre, pays des mensonges de ma mère – comment se faisait-il que je sois passé tant de fois près de sa terre natale, me ruant vers la frontière belge, sans jamais faire le détour ? À présent, je posais un autre regard sur les panneaux le long de l'autoroute – des localités à proximité desquelles je roulais une semaine plus tôt encore sans me soucier de leur nom prenaient une signification inattendue. La bourgade où ma mère s'est mariée, jeunette encore, avec son officier à la peau caramel, se trouve à quelques kilomètres à peine de l'autoroute. Étrange, la facilité avec laquelle son passé rural s'était laissé refouler par les Indes. Son Deuxième Pays, ainsi qu'elle l'appelait, joue un rôle conséquent dans mes romans, non qu'elle en parlât beaucoup, pas du tout, jamais en réalité me dis-je, c'est mon père, né à Java, qui orchestrait les histoires qu'on entendait à la maison ; ses mensonges à lui, je me les suis appropriés, non sans en ajouter de nouveaux. Chez nous, ma mère était la grande taciturne.

Peut-être vivait-elle en outre dans l'ombre des années passées dans la résidence des rapatriés, là où elle avait atterri après la guerre avec sa petite famille en piteux état. Sur cette époque, j'ai beaucoup écrit, précisément parce que je ne relève pas des Indes néerlandaises, ni de leur guerre, ni de la couleur de mes demi-sœurs ou des autres enfants de la résidence, ni du *sambal*, de la table de riz, ni du malais dans lequel on racontait les blagues à table ; voilà pourquoi, moi, l'enfant de la paix et le roi des taches de rousseur, je goualais avec eux, à pleins poumons, les chants de captivité ; voilà pourquoi je détestais, à leur instar, les Japs qui les avaient humiliés. Je me voulais gardien et trésorier de leurs traumatismes.

Mais les paysans, ne méritaient-ils pas eux aussi une histoire ? On avait hérité d'eux, après de longues années de patience, je m'étais moqué de leur argent et de leur religion, amusé de mes tantes laides restées vieilles filles. Leur faim de terres n'était tout au plus digne que de quelques pages.

Et que savais-je de la catastrophe de 1953 ? Je me souviens du dimanche matin, de mon père et ma mère collés à la radio, les digues s'étaient rompues, une partie des fermes de la famille était en danger. Ma mère composait numéro sur numéro sans obtenir personne au bout du fil. Nous avions envoyé des vêtements aux victimes – j'avais dû renoncer à mon blouson préféré à carreaux noirs et jaunes. Un sacrifice, mais faire des sacrifices, c'était bien.

Or, voilà que j'apprenais que sa terre natale avait disparu sous les eaux, le métayer n'avait pas été épargné, des gens qu'elle connaissait, un grand-oncle s'était noyé et, qu'en savais-je, peut-être d'autres membres de la famille.

Reprenons cela autrement. En toute franchise.

Nous étions dans tous nos états. Le raz-de-marée avait également touché notre village, l'eau avait pratiqué une ouverture dans les dunes, elle arrivait devant notre maison. Mon père était persuadé que c'était un coup des Ruskoffs, eux qui tripatouillaient le cosmos, influençaient le climat, utilisaient des armes nucléaires secrètes, oui, les Ruskoffs étaient en avance sur les Américains, sous peu les bombes nous survoleraient et exploseraient dans l'Atlantique – New York et Londres disparaîtraient sous les eaux. Ma mère le rassura, les étoiles prédisaient autre chose, des conjonctions pacifiques se profilaient, un silence succéderait à la tempête. Raison pour mon père de fulminer plus encore : les Ruskoffs cherchaient à détruire le Monde libre. La bombe, la bombe, vieille rengaine qui ne nous empêchait plus de dormir depuis longtemps, mais voilà, l'hiver en question, il était tombé sur d'autres armes, il avait dépiauté des centaines de journaux à la table de lecture de l'Hôtel des Bains à laquelle, contre le prix d'une tasse de café, le personnel l'autorisait à passer des heures et des heures. (Chômeur le mieux habillé de la localité, il était aussi de loin le plus instruit.) Savions-nous qu'au-delà de l'Oural, on croisait des êtres humains avec des singes afin de constituer une armée invincible ? Toujours derrière le Rideau de fer, on brassait un élixir qui permettait aux gens de vivre plus longtemps ! Les Ruskoffs allaient nous survivre en masse. Sans compter les laboratoires où l'on élaborait des bactéries létales… Sur la carte du monde qu'il déployait, mon père entourait l'Oural de pointillés, là où des savants diaboliques, le plus haut possible dans les montagnes, bombardaient les nuages de produits chimiques et opposaient entre elles des zones de basse pression, ce qui provoquait ouragans et tempêtes.

Ma mère avait beau tenter de l'apaiser, il en appelait de surcroît à ses livres à elle pour attester d'une catastrophe mondiale imminente : Nostradamus avait tout prévu ; les cartes ne prédisaient, elles non plus, rien de bon. Les mondes entraient en collision. Mon père mélangeait ce qu'il avait lu, entendu et inventé, il se corrigeait et feuilletait des carnets remplis de notes tout en parlant. Comment ça, on ne le croyait pas ? Non ? Ah bon ! dans ce cas, il allait mettre le feu aux fléaux qu'il avait confiés au papier. Et illico, sur la grande table des rapatriés ! Ma mère se tenait déjà prête, armée d'un seau et d'un gant de toilette, non pour éteindre un incendie mais pour refroidir le front bouillant de mon père – après lui avoir vigoureusement tamponné la figure, elle l'emmenait, mains ceignant ses poignets comme des menottes, près de la baignoire. La tempête durait plusieurs jours, je tremblais de peur dans mon lit.

Le raz-de-marée ?

Pas chez nous. Nous n'avions aucune pensée pour les paysans, nous étions submergés par nos ego.

De la franchise. Peut-être le moment est-il venu de transcrire un souvenir – un événement que je n'ai jamais jugé digne de la moindre annotation.

Cela remonte me semble-t-il à ma deuxième année parisienne. Depuis Amsterdam, mon éditeur m'a transmis une lettre de l'Association des agricultrices de la ville de S., qui me demandait de donner une conférence. Des femmes du monde rural, quel honneur ! À la campagne, on lit plus qu'en ville. En ville, on traite en gros les opinions, on compte les étoiles d'une recension et on suit la dernière mode, alors que là où il n'y a aucune distraction et où l'obscurité s'étend sur les pâturages dès après le dîner, où l'on n'a pas encore tiré la fibre optique si bien que la télé n'a que dalle à offrir – dans ce silence d'horloges qui tictaquent et de chiens qui aboient dans la cour des fermes, ouvrir un livre est souvent l'unique chose à faire. Un livre en papier à l'ancienne. Voilà ce que je pensais, bien que mon avis, comme tant d'autres, ne fût pas étayé. Je détestais la suffisance d'Amsterdam. Le panier de crabes littéraire. Balivernes ! De la franchise. Mon amie, établie à Amsterdam où elle avait un emploi du temps chargé dans son cabinet d'avocats, souhaitait vivre avec moi. Je n'osais pas. Depuis trente ans, je n'osais pas. Je n'osais pas la partager avec moi-même. Pas nuit et jour. Comme elle avait insisté : "On vieillit, bientôt il sera trop tard pour le faire", j'avais fui à Paris : rester jeune, ceci malgré la solitude – tout seul et coupé du monde, situation bien plus propice à l'écriture. Une fois par mois, elle montait dans le train et passait une semaine à Paris. La distance était bénéfique à notre amour.

Un écrivain doit se salir les mains – dans sa tête. À sa table de travail, il voyage, commet des meurtres, des viols, aime, il est à la fois l'auteur des faits et la victime, la bite et la chatte, le sabre et la nuque.

L'expérience nourrit son imagination. Quand celle-ci se présente, il ne doit pas laisser échapper la matière première sous peine de composer des histoires trop stériles. Le matériau brut – la famille, les fous (pour autant que ceux-ci et celle-là ne se confondent pas), les ragots, les amis, les problèmes de couple des autres, la rue, la province –, tous ces gens que la plume n'a pas encore polis. En conséquence, j'ai dit "oui" aux campagnardes et me suis présenté à l'endroit convenu de la ville de S., Het Wapen, un café abritant une salle au-delà du zinc, aux murs brunis par la fumée et au plancher usé par les mariages et les fêtes.

Toutes les chaises étaient occupées – moitié femmes, moitié hommes. La librairie locale avait disposé mes romans sur une table. "Hé ! Arjaan, y coûtent bonbon tes bouquins ! me cria un homme qui tenait un verre de bière à la main. Si on d'mandait des prix comme ça, plus personne y mettrait du sucre dans son café." Un betteravier. À l'époque, ça ne me rappelait rien. Je serrai d'innombrables mains en m'efforçant de ne pas trop en faire.

Je leur parlai du fait d'écrire à Paris. De l'importance de sortir de sa cage et de rencontrer des gens en dehors du cercle si sécurisant de nos familiers. Nous avons traversé la banlieue en tenant la main de ma femme de ménage, immigrée illégale. J'ai prédit la révolte. La salle bâillait.

"Et ta mère, c'est-y quoi qu'elle pense de tout ça ? Elle aussi, elle est partie bien loin, non ? demanda le betteravier en se levant. Tu viens bien d'ici, hein ?"

Je restai bouche bée. Il se présenta sous le nom de Van Dis, la moitié de la salle était remplie de Van Dis. Alors, je me résolus à parler de ma mère, l'originale du polder, la Marie-Sauvage qui s'était mariée en transgressant la séparation entre les couleurs de peau et qui, jeune encore, partit aux Indes, sans se retourner. Rentrée en Hollande après la guerre, abrutie par trois ans et demi de camp japonais et par l'atroce mort de son mari. Pour la première fois, elle pouvait montrer à la famille de la campagne ses trois magnifiques filles caramel ainsi que, pour ne pas désespérer, son nouvel amant à la peau hâlée, qu'elle avait rencontré à Sumatra, dans un camp d'évacuation – il allait assumer le rôle de nouveau père pour les filles. Ce sur quoi personne n'avait compté – et que la famille ne vit d'ailleurs pas cette fois-là –, c'était le bébé, monté clandestinement à bord, sous l'œdème de famine. Un petit singe sorti du chapeau de ce petit bonhomme des tropiques, qui ne devait jamais devenir le mari légitime de ma mère. Chez son père, celle-ci n'était plus la bienvenue. Sans un sou vaillant, elle a emménagé dans quelques chambres d'une résidence du littoral de la Hollande septentrionale, accueillant des personnes chassées des Indes. Elle m'a donné son nom, à moi, pion d'un opiniâtre jeu familial. Tenir bon. Tenir bon, telle était son expression préférée. Une semaine après ma naissance, ses dents sont tombées à cause d'une carence en vitamines.

Ça mordait. Ils se tenaient tous bien droit sur leur chaise.

Pendant la pause, une femme m'entraîna un peu à l'écart, la fille d'un autre métayer de mon grand-père, paysanne de l'est de la région où ma mère avait grandi, et qui, par son mariage, avait fini par "tomber dans les Van Dis". La preuve brillait d'un éclat terne à son doigt : la chevalière de son mari récemment décédé. Vengeance ultime. Elle me remit un livret généalogique. Les armoiries de notre famille sur la couverture, dans les pages son mari ainsi que ma mère : un rameau d'un authentique tronc – pour ma part, je pendouillais tout en bas, pomme sans descendance.

"Tu n'as qu'un seul prénom, me dit la fille du métayer. Tous les fils légitimes en ont deux. Ton grand-père ne voulait pas en entendre parler parce que tu es un bâtard."

Bâtard, une insulte dont je devais, selon ma mère, tirer de la fierté.

Il faisait chaud au café Het Wapen. Ma causerie terminée, je fus assailli par un groupe de collégiens qui tous voulaient prendre un selfie avec moi – assister à un événement littéraire leur permettait de gagner des points pour le cours de "Formation culturelle". Peu importait l'auteur qui prenait la parole et, heureusement pour eux, ils n'étaient pas tenus de lire le moindre de ses ouvrages. Entre-temps, les hommes s'étaient réfugiés autour de la tireuse à bière tandis que les dames trépignaient devant la table du libraire. Elles attendaient une dédicace. Accompagnée d'un mot personnel. Van Dis signant pour Van Dis. Toutes voulaient appartenir à ma famille. Femmes costaudes, les mêmes mensurations que ma mère. Dans la voix de certaines, je percevais la sienne. Moi, citadin au col blanc et aux boutons de manchette, je percevais leurs yeux qui montaient et descendaient le long de mon corps. "Pourquoi ne portes-tu pas notre chevalière ?" "Tu as vraiment les mains des Van Dis." Je gardais mes distances tout en voulant faire partie du groupe.

La fille du métayer ne s'écartait pas de moi, elle me réservait une autre surprise : l'acte de vente d'une ferme. "Je l'ai achetée à ta mère en 1978."

On possédait encore des terres à l'époque ? Elle me remit les copies.

Cela reste une soirée mémorable.

Le lendemain, j'ai appelé ma mère. "Je suis chargé de te transmettre le bonjour d'une flopée de Van Dis.

— Comment ça ? Nous sommes en voie d'extinction.

— Ils sont au courant de tout… En 1978, t'as vendu une ferme."

À l'autre bout du fil, un silence se fit. J'entendis son collier racler le combiné.

"Oui, c'est avec ça que j'ai pu payer tes études.

— Mais j'avais fini mes études depuis déjà un bail."

Oups. Un petit mensonge.

Nouveau silence. Le produit de la vente était destiné à ma demi-sœur qui vivait au Canada.

Je n'en ai jamais reparlé. Après tout, c'était son argent.

De la franchise. Tout de suite.

Jaloux ? Non, pire : le sentiment d'être exclu.

6

Ma mère ne me laissait plus tranquille. Elle a commencé par me téléphoner, prudemment, en tâtant le terrain, au moins une fois par mois. Je ne comprenais pas ce qui m'arrivait, elle qui avait toujours été laconique, plus encore quand je séjournais ou vivais à l'étranger, ne se souciait plus de la durée ni du coût de l'appel. Elle ne se plaignait de rien, ne me demandait pas comment j'allais, racontait tout simplement une histoire. Sur le passé, la ferme, la forteresse, le plaisir qu'elle éprouvait quand on portait les étendards dehors par beau temps, la façon dont les commandements retentissaient, l'attitude des soldats à chaque "Présentez… armes !". Elle aimait les capotes des officiers, grises aux passepoils verts ; le commandant avait quant à lui des épaulettes bleues ou rouges, elle ne se souvenait plus au juste, de même couleur que le passepoil du képi. Le cor, c'était son réveille-matin, qui se faisait entendre plus tôt que les coqs.

Un mois plus tard, elle avait retrouvé l'usage du malais. Comme ça, après une nuit de veille. Pendant des années, elle avait été incapable de parler cette langue, avec qui aurait-elle d'ailleurs pu le faire ? Alors qu'elle prononçait quelques phrases à voix basse pour s'assurer qu'elle n'avait pas rêvé, elle vit soudain sa *baboe*, la nurse indonésienne ainsi que les infirmières de la mission, autant de visages dont elle n'avait gardé aucun souvenir. Il ne s'agissait pas d'illusions d'optique, que cette idée n'aille surtout pas m'effleurer, encore moins de rêves, impossible quand on est assis bien droit dans son lit ; au cours de ces heures ténues, entre obscurité et petit jour, elle avait l'impression de feuilleter les pages de sa vie, comme quand on lit un livre duquel s'élèvent des odeurs, dont les personnages acquièrent une voix et le décor un coloris. Elle ne parvenait pas à chasser ces images, celles-ci ne disparaissaient que lorsque les premières lueurs pointaient et qu'elle s'endormait.

Au début, elle avait cru qu'il s'agissait d'affabulations, mais tout ce qui défilait devant elle durant la nuit, elle le retrouvait sur les photos qu'elle avait envoyées à son père avant la guerre et que, par la suite, elle avait rangées dans un coin pour les oublier. Chaque visiteur nocturne, elle était en mesure de le nommer ; de même, le décor correspondait sans faute à la réalité : les demeures, les vérandas, les jardins, la colline surplombant la baie intérieure, la baie extérieure… "Bizarre, hein ?"

C'est peu de le dire. J'en avais les oreilles qui chauffaient. Moi aussi, le regard perdu sur les toits en zinc de Saint-Germain-des-Prés, je voyais resurgir de vieilles images : une mère qui refuse d'ouvrir un album photo, qui ne veut plus cuisiner indonésien et qui s'interdit par principe de parler du camp jap, de son existence antérieure à l'apparition de mon père – malgré les questions répétées du gamin que j'étais. Pas question, les Indes étaient remisées dans un coffre, ce satané coffre plein de papiers et de secrets, qui demandait à être fracturé. Si je me risquais à insister, elle ne se souviendrait plus de rien du tout. *Soedah*, laisse tomber. Or, voilà que sa mémoire débordait en quelque sorte.

Des conversations agréables, à vrai dire, même si je n'avais pas voix au chapitre. Elle optait pour le monologue. Ça ne correspondait pas toujours aux faits, elle mélangeait années, lieux et îles, mais je n'avais pas à relever ces points de détails. ("Non, pas maintenant, plus tard, plus tard.") La plus petite diversion la dérangeait, provoquait des ratés dans sa mémoire. Parfois, perdant le fil, elle raccrochait le combiné. La rappeler ne servait à rien. Si jamais je le faisais, elle jouait les abonnés absents. "Bah, ton avalanche de questions… j'ai tout oublié."

Un matin, elle m'a téléphoné alors que je dormais encore. Six heures et demie. Elle venait, n'est-ce pas, de passer une nuit atroce. Des heures une hache à la main devant l'évier, les yeux dans les yeux avec un python recroquevillé derrière le four, l'épiant, respirant doucement ("comme un p'tit vieux"), sans bouger. La *baboe* l'avait vu se glisser à l'intérieur, juste après la tombée de la nuit, alors qu'elle se tenait sur la véranda avec les filles. "Hou là là, cette peur ! Ces bêtes, ça vous étrangle avant qu'on ait fait ouf, les chasser ou les appâter, ça sert à rien. Elles sont intelligentes, tu sais, elles vous surveillent pendant des mois, chacun de vos mouvements, là où vous vous asseyez, là où vous dormez, l'heure à laquelle vous allez au lit et vous vous levez, la place qui est la vôtre à la cuisine, elles vous guettent et quand elles connaissent votre rythme, elles frappent.

— Et tu as réussi à l'attraper ?"

J'ai jeté un œil sur le réveil, cela faisait au moins dix minutes qu'elle tenait le crachoir. Elle n'entendit pas ma question et ronchonna parce qu'une *baboe* avait poli les couverts en argent avec du dentifrice.

Mais comment ça s'est fini avec le serpent ?

En passant, comme si elle avait oublié la raison de son appel : "Oh, il n'est sorti de sa cachette que vers le lever du jour et je lui ai tranché la tête."

Sur la façon dont elle avait procédé, pas plus de détails. L'eau du thé s'évaporait sur le feu.

J'ai pris la décision de faire se tortiller le serpent sur le papier. Ce même jour, j'ai acheté un nouveau carnet Moleskine.

La fréquence des appels téléphoniques augmentait, presque toujours juste après le lever du soleil, la plupart à propos d'une lettre qu'elle avait retrouvée, d'un flash qu'elle avait éprouvé en regardant le journal télévisé ou du passage d'un livre, messages friables ayant réveillé les tropiques en elle. Incroyable ce qu'elle avait pu s'enfoncer dans les terres, incroyable comme la *klamboe*, la moustiquaire, vous collait à la peau, et dire qu'elle s'était réveillée avec le goût de quinine dans la bouche. Bizarre, hein !

Ma requête : arrêter de m'appeler aussi tôt, elle s'en moqua. La boîte vocale montra plus de patience que moi. Je ne crois pas qu'elle ait remarqué qu'une voix en conserve la priait de laisser un message. Elle saturait sans aucune difficulté mon répondeur.

Le carnet tout neuf a reçu un titre : Les Monologues du combiné.

Il arrivait à ma mère de faire court : "Écoute. Peux-tu te procurer facilement des somnifères ? Prends-en une boîte pour moi."

Après un tel message, je la rappelais : “Tu dors si mal que ça ?

— Oui, le toubib me donne des somnifères pour midinettes.

— Mais alors…

— Désolée, on m’apporte mon repas.” Combiné raccroché.

Le lendemain, sur le répondeur : “Écoute, ça t’arrive d’aller en Suisse ? Là-bas, se procurer des pilules, c’est simple comme bonjour. Sans ordonnance.”

J’ai commencé à me faire du souci.

7

Ma mère se rapprochait – par le biais du téléphone. Mon stylo ne parvenait pas à suivre son débit ; elle papillonnait dans tous les sens, souvent sans prendre le temps de tourner autour du pot. “T'as pas idée combien il était difficile de se procurer du bleu pour le linge, d'ailleurs ils ne m'en envoyaient pas non plus. Négligeable ! Le genièvre, ça, ils l'oubliaient pas.” S'ensuivit une histoire sur la façon de faire la lessive sous les tropiques. Le bleu d'azurage permettait de garder les chemises bien blanches. Des questions, j'avais depuis longtemps renoncé à en poser, cela bloquait le flux. Elle ne pouvait faire autrement que parler. Quelque chose la tourmentait. Mais quoi ?

L'écouter me rassérénait, je faisais la connaissance d'une autre mère, pas plus gentille, toujours distante, mais qui se confiait un peu plus à moi.

Au bout d'un mois environ, elle me demanda sans crier gare : “Dis, tu voudrais pas parler à mon médecin ?” Elle était membre du club d'euthanasie ; cependant, le type n'avait pas même voulu voir son codicille : “Vous êtes en bonne santé, on ne va pas vous tuer.” Quel tintouin ! “Combien de temps faudra que ça dure encore ? J'ai pas vraiment l'intention de devenir centenaire.”

Si je voulais en savoir plus à son sujet, mieux valait éviter de traîner.

La crise financière est venue à notre aide. Paris était devenu hors de prix. Je retournai m'installer en Hollande. Je n'avais presque plus d'économies. Il s'agissait de choisir entre, d'un côté, pauvreté et renommée littéraire et, de l'autre, me vaseliner le derrière pour aller me vendre. Cette dernière solution, bien sûr.

L'éditeur m'ayant donné une avance pour un roman dont la première ligne n'était pas encore écrite, j'ai acheté une maison en bois dans l'Achterhoek, une région où la nature est encore préservée. Silence, isolement, internet de pacotille, promenades dans les bois avec mon amie, fouines qui rognent les fils d'alimentation de la voiture et, à deux cents kilomètres à l'ouest, une mère qui aspire à mourir. Qui s'était plaint des longues distances ? Dans la métropole parisienne, rouler une heure de plus ou de moins, ça ne change pas grand-chose ; or, je n'ai pas tardé à remarquer que, sur le réseau routier saturé des Pays-Bas, les mêmes kilomètres se révèlent interminables. J'étais donc toujours aussi loin d'elle. Néanmoins, je lui avais promis de passer une fois par semaine. Il fallait bien qu'un membre de la famille soit là pour elle au cours de ses dernières années. (De la franchise. Non pas poussé par la bonté, mais par la curiosité de démêler l'énigme “maman”. Matériau brut !) De plus, j'étais le dernier de ses enfants à ne pas vivre à perpète (un enfant qui prenait le chemin de la retraite), sa benjamine, déjà septuagénaire, avait suivi la famille de son propre fils en Italie.

En déballant mes cartons dans la nouvelle maison, je suis tombé sur des photos de mes demi-sœurs. Trois belles filles dans des jardins tropicaux. Il était temps d'en encadrer quelques-unes pour évoquer une part de leurs Indes entre mes murs qui émettaient des craquements. Ma mère dressa elle aussi la tête. Elle tomba de la chemise que ma sœur institutrice m'avait remise sur son lit de mort. Une jeune Marie rayonnante, vive et pleine d'espoirs, dans la robe la plus blanche qui se puisse imaginer. Se souviendrait-elle du lieu où avait été prise cette photo qui la montrait, tenant à la main un sac tressé, sur un appontement en bois ? Je décidai de la glisser dans ma poche lors de ma prochaine visite.

8

Elle est restée un long moment à se regarder, fascinée par la photo, mains tremblantes. "T'as trouvé ça où, bon Dieu ?" Ma réponse ne lui est pas parvenue, elle était déjà partie en voyage…

"Le coton, on le lavait tous les jours, c'était tellement humide qu'à cause des trous des ceintures, de la rouille s'incrustait dans le tissu. Il pleuvait parfois pendant des semaines. Ça commençait à quatre heures de l'après-midi, ça continuait souvent toute la nuit, une pluie tiède qui moisissait tout. Je prenais au moins deux ou trois bains par jour. Dès qu'on quittait les passages délimités par des planches, on pataugeait dans la boue, pourtant je m'habillais toujours en blanc. Fallait pas glisser, hein, pas faire comme tant d'autres qui se réfugiaient dans l'alcool, y en a qui attaquaient leur bouteille de genièvre dès dix heures du matin. Ils dégringolaient dans le delirium, par mélancolie."

Elle a adossé la photo à une rangée de livres. Nous étions assis à la grande table, l'îlot autour duquel elle passait ses journées.

"On voyait plus de tombes que de maisons." Pour sa part, elle ne buvait jamais. Elle blanchissait quotidiennement ses chaussures à la chaux. "Tu comprends ?" Elle s'empara de sa loupe. "Oui, c'est ça, cette photo a été prise avant notre embarquement ; un jour plus tard, je pénétrais dans la *rimboe*, pour la première fois de ma vie." Par quoi pouvait-elle commencer ? Par le bateau ?

J'ai sorti mon carnet.

"C'est le blanc qu'il fallait prendre, un vapeur qui faisait la liaison huit fois par an. Au-delà de la péninsule, on atteignait le fleuve qui charroyait le limon des montagnes. En s'enfonçant dans l'intérieur des terres, on découvrait nombre de troncs d'arbres et d'avulsions. À cause de ces portions de terrain arrachées à la rive, on restait parfois une journée sans avancer."

Elle décrivit la brume du matin, le soleil rouge qui perce, les cris qui s'élèvent dans la forêt, les singes, les perroquets et les cacatoès blancs à huppe jaune. Quand le timonier, au coucher du soleil, faisait retentir le sifflet à vapeur dans une courbe sombre, une nuée de chauves-souris s'éparpillait. Au-dessus de la table, les mains de ma mère imitaient leur volettement, elle percevait à nouveau tous ces bruits, revoyait la scène : les remous entre les racines des mangroves, le plouf des graines chutant dans l'eau et les bulles d'air trahissant la présence d'un crocodile. Plus en amont, les arbres rampaient sur le bord des deux rives, les branches des uns se mêlant à celles de ceux du côté opposé. "On ne voyait plus le ciel, on naviguait dans la pénombre, ça faisait peur, par moments la forêt vierge ressemblait à une église."

Le vapeur passait devant des avant-postes abandonnés où le paludisme l'avait emporté sur les habitants. "La déliquescence..." Sa voix tremblotait. "Surtout, il ne fallait pas réfléchir. Réfléchir, ça rendait fou."

La panique la gagna : “Qu’est-ce que je viens de dire ?” Parler, à présent que j’étais en face d’elle et non plus au bout du fil, c’était bien différent.

Je rangeai mon carnet et tirai un album photo vers moi, il y en avait au moins trois sur la table, vieux et éraillés – “c’est au cas où j’arrive pas à fermer l’œil”. On s’est mis à feuilleter ses années tropicales. Une odeur de camphre s’élevait des pages. Ces albums, je ne les avais jamais vus, il s’agissait de photos de voyages qu’elle avait effectués avec son mari. Provenaient-ils du coffre ? Je n’osai pas lui poser la question. Pas encore.

Mon œil se fixa sur un portrait de groupe, pris à bord d’un bateau. Le vapeur ? Oui, c’était Juste en uniforme blanc, entre des fusiliers en tenue de combat, aux côtés de fonctionnaires de l’administration coloniale et là, au premier plan, ma mère, mariée depuis peu, dans une robe blanche lavée de frais, devant un mur de jeunes hommes de la compagnie. “Des serviteurs de l’État, des salopards pour faire court.” Elle plaqua les mains sur ses yeux.

Mal à l’aise, je posai le regard sur le grand tapis – un vieux persan, l’objet le plus précieux de la famille. Mes yeux suivirent le sentier séparant le fauteuil de la bibliothèque, celui séparant le fauteuil de la cuisine, puis celui séparant la cuisine de la porte du balcon. Les voyages les plus lointains que ma mère effectuait.

Malgré tout, elle était en train de voyager sur le *kali*, le fleuve.

“C’était un bateau pour les hommes, fit-elle à voix basse. On était le seul couple à bord, les subalternes n’avaient pas le droit de voyager avec leur épouse, quel être sensé aspirait d’ailleurs à vivre dans la jungle de Nouvelle-Guinée ? La plupart de ces types y étaient envoyés car ils n'étaient bons à rien d'autre. Des bougres imprévisibles. Dans un tel environnement, une femme n'était jamais en sécurité. Quand ils picolaient, il me fallait les repousser, ils étaient pires que les moustiques, les guêpes et les sangsues réunis.

— Mais ton mari était où ?

— Oh, il lui arrivait de s'absenter pendant des semaines pour surveiller la construction d'un deuxième « carcan », plus en amont du fleuve. Pour moi, c'était trop pénible de l'accompagner." Elle remarqua les questions qui surgissaient dans mes yeux. Le carcan, c'était la prison. "Des camps fermés pour des indigènes communistes." Elle eut un rire sarcastique. "De nos jours, on appelle ça des prisonniers politiques, non ?"

Son mari était par ailleurs responsable de la morale sur le terrain militaire. "Il me demandait de dénoncer ceux qui se comportaient mal. Je servais d'appât."

Elle mit de l'ordre dans les livres dispersés sur sa table, une collection d'ouvrages sur les Indes néerlandaises, un *Yi Jing* défraîchi, la *Bhagavad-Gita*. De la sueur perlait sur son front.

"Les livres ont été ma bouée de sauvetage, à l'époque, la plupart, je les ai lus deux ou trois fois, mais le chef du bureau de poste les gardait souvent par-devers lui : la distribution des conserves, de l'alcool et des munitions passait en priorité. La seule radio se trouvait au mess des officiers, pour les cas d'urgence. Une fois, j'ai perçu la voix de la reine à travers beaucoup de friture. On n'avait pas l'électricité, on comptait pour des moins que rien. On m'avait promis de la compagnie au bout de quatre mois, la jeune épouse d'un capitaine ; fou de désir, il la fit venir. Dans la semaine où nous attendions le vapeur du gouverneur, je repassais chaque jour ses draps pour qu'ils soient secs. De ma propre initiative, un geste de bienvenue. Les officiers occupaient des maisons en bois au toit en tôles ondulées, des nids de moiteur, toute la sainte journée les tic-tic des oiseaux au-dessus de nos têtes, parfois on entendait un rat déguerpir.

“Je la vois encore sur le pont du vapeur, tout l'avant-poste s'était déplacé. Une belle femme. Même le peuple timide de la *rimboe* était venu voir, dans l'espoir d'hériter d'une poignée de tabac. Les soldats s'agglutinèrent près de l'appontement pour avoir le privilège de porter sa malle. Elle en choisit trois. On aurait dit qu'il s'agissait d'un jeu ! Elle se laissa porter pour franchir un bourbier. Le même après-midi, elle vint prendre le thé. Elle s'appelait Diana, nous déduisîmes que nous avions dû nous croiser en Hollande, aux bals de l'Académie militaire. Elle avait du rouge à lèvres, le bord de sa tasse en portait la trace. Je l'ai mise en garde : nous sommes deux femmes face à quatre-vingt-dix hommes. Elle s'est un peu moquée de moi.”

Ma mère s'est levée et s'est traînée jusqu'à la cuisine.

“C'est fou, comme on arrive à se souvenir de quelqu'un… Elle était d'une telle élégance, tellement jeune et fraîche sur le pont du vapeur.”

Elle posa des tasses, la bouilloire électrique s'emportait.

Nous avons bu notre thé en silence. Je n'osais pas la ramener au présent.

“Le soir, j'ai entendu des cris. J'étais en train de lire dans ma chambre, à la lumière d'une lampe à l'huile, à l'abri de ma *klamboe*. Je n'ai pas osé aller voir. C'est alors qu'un coup de feu a claqué, j'ai entendu quelqu'un qui appelait, ai éteint la lampe et me suis cachée dans mon lit, percevant le craquement des passerelles en bois ainsi que des voix derrière les baraques. Au petit-déjeuner, on m'a appris que Diana avait été étranglée. Par son mari. La balle, c'était lui, pour lui."

Elle avala une gorgée de thé et fixa le vide. "Dommage. J'aurais aimé mieux la connaître."

Une dernière tasse avant de partir. Nous avons posé albums et livres un peu à l'écart afin de faire de la place pour le dîner qui pouvait être apporté à tout moment – on entendait le chariot dans le couloir. Bruits caractéristiques des maisons de retraite, bien loin du sifflet d'un vapeur et des moustiques. Ma mère regarda une dernière fois la photo, un sourire absent glissant sur ses lèvres. "Ça t'a fait du bien de parler ?

— Du bien ? C'était une époque horrible.

— La prochaine fois, c'est toi qui choisiras une photo."

Elle soupira et se frotta le ventre. "Je veux mourir." Rien de dramatique dans son ton, plutôt une considération rationnelle. Elle me remit son codicille. Une enveloppe qui m'attendait.

"Fais-en quelque chose." Elle tendit la main vers sa canne cintrée, qui se tenait cachée derrière la table, et me laissa sortir. Mon bras, elle le repoussa.

Je l'embrassai, elle recula d'un pas puis je fermai la porte.

"Fais quelque chose", entendis-je de l'autre côté alors que je m'engageais dans le couloir.

9

Une mère qui lave le sang de vos genoux, une mère qui fait des boutures sous la pleine lune, une mère qui lit dans la main, une mère qui danse sous la pluie, ses mouvements traçant des lettres… Dans le paysage de mon enfance, j'en ai appris, des choses bizarres : la douleur, ça se chasse par la pensée ; la peur, grâce à un cerceau de confiance en soi ("entre dedans, tiens bon") ; après la mort, on renaît ("la vie, c'est comme la marée basse et la marée haute") ; le crottin du cheval de la brigade de sauvetage que l'on enfouit revient lui aussi – sous forme de nourriture –, et si jamais on trouve une cartouche près des bunkers, il convient de l'enterrer profondément, histoire de camoufler la guerre sous terre.

C'est à travers des incantations que je cherchais ma mère.

Dans la cuisine, après le dîner, une fois que les assiettes – étincelantes – avaient retrouvé leur place dans le buffet, je passais les gants en caoutchouc qu'elle utilisait pour faire la vaisselle (ma façon de sentir sa chaleur) et lisais son avenir dans les nervures mouillées. Je lui prédisais une vie heureuse, mère dotée de vraies dents, propriétaire d'un grand potager, sans Ruskoffs à la frontière, sans un chômeur de concubin planté à ne rien faire devant la

> fenêtre – un vantard ayant échappé à la mort. Dans les dunes, j'enterrais sa mémoire sous un roncier, m'ouvrant le genou au contact des épines, tandis que le vent d'été s'engouffrait dans ma chemise et que le sang éclaboussait le sable, les fourmis en portant bientôt une goutte rouge. Je tenais bon et elle me serrait dans ses bras.

Soixante ans plus tard, je roule en direction de l'Achterhoek, le cerveau colonisé par ma mère. Des nuages pourpres processionnent, prés et champs ondulent sous la lumière vespérale. Un paysan du coin bêche son potager.

> Je me tiens à côté de ma mère. Penchée en avant, elle plante des œillets d'Inde contre les fourmis, se fiche de ses ongles sales : c'est sa terre à elle qui les endeuille. Enfin ! un terrain à soi, acquis grâce à un héritage. Nous avons fui les dunes, n'avons plus à nous battre contre le sable. Le sol est fertile. J'apprends le latin des jardiniers. *Skimmia vinca hop là.* Nous avons planté des pommiers, des groseilliers à maquereau, aménagé un espalier de griottiers comme les paysans le lui ont appris. Dépoté et mis en pleine terre les lupins pour extraire le poison du sol. Le matin, je pisse sur le tas de compost, le soir, nous obéissons à la lune et je taille les framboisiers.

J'ai dépassé les méandres de l'IJssel, plus que deux collines et je verrai ma maison, isolée dans un paysage où personne ne m'attend.

Entre les pierres calcaires de Paris, je languissais déjà après un jardin. Est-ce la raison pour laquelle j'ai échangé les toits de zinc, les ponts et les arches sous lesquels j'entendais le Moyen Âge clapoter, contre des bois et des champs où je découvre la période glaciaire dans les marais et les vallonnements ?

Des thrips éclaboussent mon pare-brise, une lueur d'un rouge vaporeux flotte au-dessus des moraines. Derrière ce halo, je cueille mes groseilles et livre bataille à l'herbe aux goutteux ; je vais scier une branche de pommier pour en faire une canne, récolter aux jours appropriés. Si je n'ai plus d'argent, rien ne m'empêchera de planter des pommes de terre ; si la guerre survient, j'adopterai une chèvre. Je n'ai pas choisi les dunes où rien ne pousse, de peur de me heurter, dans le sable, à ma mère. Je pensais lui échapper en m'établissant loin à l'intérieur des terres, or voilà que je la retrouve sous mes ongles noirs.

Plus que quelques kilomètres et je fouis ma terre à moi.

Sur une route sinueuse, le téléphone sonne et me tire brutalement de mes rêveries motorisées. Ma mère me ramène au présent : "Les Indes me tiennent tout le temps éveillée." Et au fait, me serait-il possible de lui apporter la prochaine fois une boîte de chocolats ? Je me gare au bord de la chaussée pour prendre sa commande : truffes à la pistache, palmiers au fromage, tuiles aux amandes, ceux de la Maison van Laack – le fournisseur de la cour –, ce sont les meilleurs.

Bien, Votre Majesté.

"Et les pilules ? T'as pensé aux pilules ? Ou tu préfères qu'on aille ensemble en Suisse ?"

Oui, bien sûr, divertissant, mourir dans un lit d'hôtel, un sac sur la tête.

Deux chevreuils traversent la route – oreilles frissonnantes, aux aguets.

Entendent-ils la voix de ma mère ? Sa voix coercitive : “Fais quelque chose ! fais quelque chose !”

Je reste sans répondre. Elle raccroche avec brusquerie.

Je vais la délivrer. La délivrer de ses histoires, et si je tiens bon, je la délivrerai de la vie en lui tenant la main.

10

Ah ! cette main ! cette main ! Main de paysanne, grande, forte, rude. Des mains dont elle avait honte, mains qu'on garde sous la table, qu'on cache derrière un sac ou sous un coussin – et sur les photos prises par un professionnel : bras immanquablement croisés, mains dissimulées sous les coudes ou sous les aisselles. Donner des câlins avec de telles mains, des caresses, relevait de l'impossible, jamais un doigt qui se promenait sur le dos de ses enfants. Une torgnole, ça oui, pour le reste, les mains avaient surtout une vocation utilitaire : mains croisées ? rien à becqueter.

Adolescent, j'ai lu je ne sais plus où que les prisonniers, dans leur solitude, cherchent du réconfort auprès de leur main, main sur laquelle ils s'assoient d'abord un quart d'heure pour faciliter l'excitation, la branle-main, non pour la réchauffer mais pour l'insensibiliser, l'endormir, l'enfourmiller, et quand ils se manipulent avec elle, ils ont l'impression que c'est un tiers qui les astique. Peut-être ne l'ai-je pas lu, peut-être quelqu'un me l'a-t-il raconté d'une voix rauque dans un petit cercle de secoueurs de gland, derrière le garage à vélos du lycée. Ce dont je me souviens, c'est de l'excitation que cela m'a procuré, au point que le jour même, j'ai écrasé ma main sous mes fesses, sur l'une des chaises en bois de la maison, ça m'a d'abord fait mal puis elle est devenue froide, a été envahie de picotements comme si le sang en était chassé, et quand je l'ai libérée, elle était blanche, toute bizarre, elle dormait. La main m'a cherché, non pas à l'endroit où couve d'habitude la libido d'un gamin de quatorze ou quinze ans, elle m'a caressé la joue, la nuque, s'est faufilée sous ma chemise, a caressé mon épaule et je me suis figuré qu'il s'agissait de ma mère. Cette main, je l'aimais. Et je n'ai pu m'empêcher de pleurer.

11

Une semaine plus tard. “Je l’ai trouvé”, s’est-elle exclamée dans l’encadrement de la porte. Courbée sur ses roulettes, sans m’accorder le temps d’ôter ma veste, elle est retournée près des livres ouverts sur sa table. “Écoute ça. *General* Patton est bien plus que le libérateur de l’Europe. Dans ses vies antérieures, il prenait déjà la tête d’armées : il a été un Viking ; Grec, il a combattu les Perses ; il a servi sous les ordres d’Alexandre le Grand ; il a participé à des batailles au côté de Napoléon. Dans chacune de ses nouvelles vies, il est revenu en tant que soldat : *Dying to be born a fighter, but to die again once more*. Sans compter qu’il a composé des poèmes. Sais-tu que, par-dessus le marché, il a été une réincarnation d’Hannibal ? Au combat, il parlait en employant les mots du Carthaginois : *J’espère que les dieux me donneront de mourir sur le champ de bataille*. Et celle-là, comment tu la trouves ? *On ne va pas tuer les Boches au fusil, on va les déchiqueter vivants et utiliser leurs tripes pour lubrifier les chenilles de nos chars*. Elle est de lui, celle-là. Faut oser, hein ? *War is life. You fight wars to win*. C’est la vérité, de quelque côté qu’on se trouve.”

Elle ne voyait pas que je me tenais près de la table, les mains chargées, l’une tenant un sac rempli de ma première récolte (fraises, roquette et sauge), l'autre deux sachets en papier du fournisseur de la cour – tuiles aux amandes, chocolats, palmiers au fromage. "Pose ça dans la cuisine", me dit-elle, penchée derrière le mur de livres disposés en demi-lune devant elle – cette fois encore, pas mal d'ouvrages sur la guerre, comme j'eus le temps de constater au passage.

"Patton avait des chars d'assaut, Hannibal des éléphants portant une armure. Il pouvait pas faire autrement.

— Mais qu'est-ce que tu fabriques, bon Dieu ?

— J'ai tellement peur de revenir en tant que femme d'un soldat, pour la énième fois."

Si ma mère cherchait une bonne part de son avenir dans les étoiles, elle s'était en outre fait tirer son horoscope de réincarnation, lequel révélait, clair comme le jour, qu'elle avait été au moins, dans quatre vies antérieures, l'épouse d'un soldat tombé sur le champ de bataille. "Le karma, soupira-t-elle, quand en aurai-je donc fini avec ma corvée ?"

Karma. Cause et effet, disons le destin. Son mot passe-partout pour qualifier chaque bonheur comme chaque malheur. Et moi, avais-je déjà eu une mère comme ça dans mes vies antérieures ? Et quand me serait-il donné de me délester de ce fardeau ?

On a bu du thé et accordé une bonne note aux tuiles aux amandes. Elle ne manifestait aucun intérêt pour mes fraises. L'esprit du général américain planait au-dessus de la table. "Patton envisageait la vie comme une compétition, on se bat pour gagner, et si jamais on n'y arrive pas, on tire un trait sur l'existence." Elle cassa une tuile aux amandes en deux (on aurait dit un coup de feu) et en trempa un bout dans le thé. “Vieillir, c’est aussi une guerre, un combat du feu contre la glace – c’est comme ça que je vois les choses. Quand l’énergie décline, la glace l’emporte. Si tu savais les efforts que ça me coûte, me couper les ongles des orteils. Mes pieds, je ne les sens plus.

— Demande à un pédicure de venir.

— Bah, tout ce tripatouillage.

— Bien, tu continues donc à te battre.”

Je pris mon stylo et consignai quelques notes.

Elle fit comme si de rien n’était. “Je veux comprendre, hein, pourquoi j’ai atterri, dans cette vie comme dans les autres, au milieu des soldats. Cette question m’occupe beaucoup ces derniers jours.”

C’était à cause de la forteresse, notre passage sur sa terre natale avait décanté bien des choses en elle. Le premier hiver dont elle se souvenait, elle se tenait sur la digue avec son père – elle devait avoir quatre ou cinq ans, il avait neigé, l’air portait les sons très loin, ils écoutaient ensemble la guerre si étrangement proche. La guerre, c’était du bruit dans la forteresse et des voix dans les granges où se cachaient des soldats ayant fui la Belgique occupée, attendant un bateau pour rejoindre le front libre. Parmi eux, il y avait des échalas, gamins qui n’avaient jamais tenu une arme à feu – mais qui brûlaient de se battre.

Comme elle évoquait tous ces hommes regroupés près de la ferme, ses pommettes se colorèrent. Quand il faisait trop froid, on leur permettait de s’asseoir autour du poêle, dans la cuisine, et on leur servait un verre de gnôle ; elle restait immobile et silencieuse derrière ces dos verts pour éviter qu’on ne l’envoie au lit. Dissimulée entre les bidons de lait, elle avait vu les soldats de la forteresse fournir des armes aux Belges.

Ma mère avala une grande gorgée de thé. “J’ai trouvé ça magnifique.”

M’avait-elle déjà raconté qu’elle avait appris à tirer, en haut de la digue ? Calée entre de forts genoux et de grosses mains. À six ans, elle dégommait déjà des rats dans les champs. (Pour elle, l’ennemi avait une queue.) Cette dextérité lui avait été utile plus tard, aux Indes. “Avec des pacifistes, on n’arrive à rien.

— En effet, nous devrions nous entretuer davantage.” (Aucune réaction de sa part.) Je ne pouvais pas ne pas lui rappeler que moi, fils d’un militaire de carrière, je m’étais verni les ongles pour échapper à l’armée. Plutôt pédé que soldat.

Elle haussa les épaules. “Un petit gars qui se respecte, ça se bat.

— Merde alors, fis-je en tapant du plat de la main sur la table, tu vaux pas mieux que ce facho de Patton.

— Bah, l’homme a ça dans les gènes, et ça date pas d’hier.”

Sur l’île de Célèbes, elle avait vu de ses propres yeux combien le jeu de la guerre excitait sexuellement les macaques. Des singes à houppette, tout mignons, qui paradaient en agitant leur bite. Ils avaient poursuivi un intrus, poussant des cris ils l’avaient frappé, mordu et tabassé par terre. Le pauvre animal avait essayé de se protéger la tête, mais il saignait tellement qu’il avait fait le mort. Dans leur exaltation, les combattants tambourinaient sur des troncs d’arbres. Le combat, ça amusait ces singes. Les femelles léchaient le sang de leurs hommes blessés. Rien de plus naturel. Elle avait connu deux guerres, sans compter un soulèvement çà et là. Elle aussi avait entendu les tambours et lavé des plaies. Les soldats, ils avaient marqué sa vie entière.

Pendant les premiers mois de la Grande Guerre, ils avaient également accueilli nombre de femmes et d'enfants belges, mais elle n'en savait guère plus à leur sujet. Si ce n'est qu'il y avait eu alors beaucoup d'animation dans la maison. On n'autorisait pas les femmes à rester dans la grange. À l'époque, rien n'était comme maintenant. Sa mère morte en couches, un petit frère en plus, gamin qui causait beaucoup de problèmes à son père. Lequel regrettait son épouse, raison pour laquelle il ne pouvait refuser sa porte à la moindre femme. "Il était sévère, toute sa vie on l'a surnommé le Dur-à-Cuire, et pourtant il n'a jamais dit « non » à un réfugié." Elle serra sa tasse entre ses mains comme s'il s'était agi du quart d'un soldat. "La guerre l'a bien plus ébranlé qu'il ne l'a reconnu. Nos champs de lin étaient proches de la frontière. Zone de guerre. Les métayers ont été mobilisés.

— Des champs de lin ? ai-je marmonné presque imperceptiblement. Mais combien d'hectares possédiez-vous en tout ?

— Toi, tu penses qu'à l'argent, me rabroua-t-elle, détournée de son propos. (Quand donc serait-elle enfin sourde !) Les femmes et les enfants ne restaient pas longtemps, ils gagnaient un camp de réfugiés ou retournaient dans leur village occupé ; les hommes, il en venait toujours de nouveaux, des soldats qui fuyaient devant les Allemands. Chaque matin, la gouvernante entrée peu avant à notre service leur préparait des œufs sur le plat. Parmi eux, il y avait un Noir, un gars venu tout droit du Congo. Mon premier nègre. Chez nous, à la ferme. Il avait accès à la maison, nos yeux ne se détachaient pas de lui. Crois-moi, c'était quelque chose ! D'après ses camarades, lors de sa fuite, il avait survécu à un bombardement, vu ses premiers cadavres. Un beau garçon qui sentait bon la terre. On lui a servi de la gnôle. Après quelques gorgées, il s'est mis à pleurer. Mon père l'a envoyé dans la grange." Elle avait essayé de le réconforter, mais il parlait français, pas un mot de hollandais.

Ah ! elle le voyait comme s'il avait été là devant nous… Le jour de son départ, on l'avait lavé sous la pompe – une sorte de baptême. Il étincelait. La bonne lui avait préparé une chemise propre. Elle n'osa pas lui dire au revoir quand toute la grange, tous ces hommes retapés et revigorés, prirent la direction du port pour être transportés clandestinement en Angleterre avant d'être envoyés sur le front de l'Yser – une opération secrète, en fait un vrai secret de polichinelle. Au-dessus des remparts, par centaines, les soldats de la forteresse suivaient tout cela des yeux. Le Noir. Les courageux Belges. "Les Hollandais s'ennuyaient à mourir dans cette forteresse, ils aspiraient à se battre, ils étaient bourrés comme des coings. Tu sais ce qu'ils criaient ? « Où sont les balles allemandes ? Les balles allemandes ! les balles allemandes ! » Ils ont tiré en l'air comme des forcenés. Eux aussi voulaient aller à la guerre." Une histoire racontée par son père – des dizaines de fois, mais on aurait dit qu'elle avait elle-même entendu ces cris. "Et le Noir qui n'arrêtait pas de chialer…"

Elle resta silencieuse, le regard dans le vide, la fillette orpheline de mère qui ne versait pas de larmes, la fille qui aimait être entourée de soldats et qui réconfortait un pleurnichard. "Ce gars a fait grande impression sur moi…" Elle réfléchit, chercha ses mots. "Bizarre qu'après plus de quatre-vingt-dix ans, je me surprenne à éprouver des sentiments pour quelqu'un qu'on considérait comme une chiffe molle."

Tout à coup, sa main se porta sur la pile de livres, elle en feuilleta un, en tira des feuilles couvertes de gribouillages, le reposa, en prit un autre, chercha quelque chose, trouva quelque chose, lut sans bruit, dans un marmonnement. J'écoutais les pages qu'elle tournait. À toute vitesse. Collégien puis lycéen, j'ingurgitais à petites doses les lectures obligatoires ; pour sa part, elle lisait haut la main soixante pages à l'heure. Moi, je peinais à en parcourir vingt. De préférence, elle lisait deux ou trois livres en parallèle. Quand un polar la captivait trop, elle le mettait de côté et prenait un livre plus sérieux pour se calmer les nerfs. Elle alternait le terre à terre et l'ésotérisme ; pour ce qui est des romans, elle en découvrait d'abord le dernier chapitre : ça permet de lire de manière moins compulsive. Encore membre de trois clubs de lecture, elle connaissait mieux la littérature récente que moi. Mais quel effet produisaient toutes ces lectures sur elle ? *La Conscience de Zeno*, je n'avais pu le lire qu'en fumant cigarette sur cigarette ; *I Jan Cremer*, en me masturbant à chaque chapitre – elle, une fois l'ouvrage terminé, elle le posait tout simplement sur la pile BD – Bon Débarras !

"Qu'est-ce que tu cherches ?

— Rien, une citation pour accompagner mon avis de décès.

— Je vois, un truc réconfortant à la Patton : *Life is war*."

Elle referma un livre. Fâchée. “T’as parlé à mon médecin ?

— Pas encore, j’ai laissé mon numéro à son assistante.

— Tu traînasses trop à mon goût.” Elle pêcha un faire-part de décès dans la coupe de fruits. “Tiens, le troisième ce mois-ci, bientôt il n’y aura plus un chat, si tu ne te dépêches pas, ça va être le calme plat lors de ma crémation.” Il y avait bien d’autres défunts parmi les mandarines. *Après une longue épreuve… Nous remercions le personnel de l’hospice… Bien que notre mère ait vécu ces dernières années dans son propre monde… Une lutte inégale…* “Moi, je ne veux pas que ça se passe comme ça. Ça doit se faire en une seule fois.”

Les cartons tremblaient dans sa main, elle ouvrit le tiroir et posa sur la table la récolte de l’année écoulée – une poignée de deuils cernés de gris et de noir réunis par un élastique. “J’en noircis le verso, comme ça ils servent au moins à quelque chose.” D’un air triomphant, elle me les transmit. “Tiens, mes pensées sur la mort.”

Je compulsai le paquet ; ratures et phrases entrelacées me firent peur. “Depuis quand tu fais ça ?

— Depuis qu’un mort tombe hebdomadairement sur mon paillasson, répondit-elle en éclatant de rire. Mais non ! comme je fais du rangement, je tombe sur tellement de choses que j’en deviens folle. Les souvenirs m’empêchent de dormir, il faut bien que je les consigne.

— Lis-en un passage.”

Elle prit l’un des cartons et se pencha sur son écriture en secouant la tête. “Je n’arrive plus à lire.” La loupe ne la soulageait plus. Moi non plus, je ne parvenais à rien déchiffrer, l'œil accroché par le nom des morts et celui des cimetières imprimés au recto, dont l'ombre inversée transparaissait à travers les pattes de mouche.

"Tu veux que je t'aide ? Tu parles et j'écris." Je sortis le carnet de ma poche intérieure et l'agitai sous ses yeux d'une manière menaçante.

Elle me dévisagea avec méfiance. "Si tu crois que je ne t'ai pas vu faire !

— Il ne s'agit que de notes éparses.

— Tu n'aurais pas l'idée d'écrire un livre sur moi, par hasard ?

— Peut-être, si tu te décides à mentir un peu moins.

— C'est toi qui oses dire ça ? rit-elle avec mépris.

— Tu y vois un inconvénient ?

— Uniquement sur moi ? demanda-t-elle en rayonnant.

— Tu auras le rôle principal.

— Si jamais tu m'offenses, je saurai où te trouver. Même après ma mort."

J'ai suggéré de l'interviewer.

"Drôle de proposition, qu'est-ce que j'ai à dire ?

— Bien assez de choses." Pour le prouver et gagner sa confiance, je lui laissai lire quelques-unes de mes notes. Elle feuilleta mon carnet.

"Des appels téléphoniques ? T'as consigné ça aussi ? C'est scandaleux, je suis sur écoute !

— Pas du tout, c'est toi qui m'appelles. Ce sont tes histoires, tu voulais t'en débarrasser.

— Ce que t'écris, c'est pas du tout ce que je dis.

— C'est ce que je retiens de tes récits.

— T'as tout embelli.

— Il faut dire que t'es parfois un peu trop directe.

— Je tiens ça de mon père. Autrefois, on était plus avare de mots."

Elle sombra dans ses pensées. Garda le silence. Fixa un long moment le rebord de la fenêtre, gagna celle-ci cahin-caha en s'appuyant sur sa canne, arracha des feuilles sèches des géraniums d'un ou deux mètres de haut (bouturés à la pleine lune, stimulés sur le mode anthroposophique. "Faites de vot' mieux, les gars, grandissez." "Désolée, je viens vous taquiner un peu.").

"Vas-y, pose-les, tes questions, me dit-elle en me tournant le dos.

— Sur tout ?

— Tout."

Les questions les plus caustiques me traversèrent l'esprit : Pourquoi t'es-tu enfuie aux Indes ? Pourquoi quittais-tu la salle à manger quand mon taré de père arrachait le papier peint, de l'écume aux lèvres ? Tu n'as jamais remarqué les bleus que j'avais ? Pourquoi tes filles se sont barrées le plus tôt possible à l'étranger ? Et ces astres, ces prédictions… Pourquoi ce dada de débile mentale ? Mais je n'ai pas ouvert la bouche. Je ne voulais pas la blesser, pas encore. On ne fait pas de mal aux femmes, ça on me l'avait enfoncé dans le crâne dès mes plus jeunes années. Libre à elle de me raconter ce qu'elle voulait. Dans la mesure où elle osait être un peu plus mère et mettait de côté l'acier dont elle était faite. Le pied-de-biche, je le gardais en réserve.

Elle regagna la table, prit un rectangle de carton dans le tiroir (un menu de Noël) et écrivit au dos : *Tu peux tout me demander*. Et au-dessus de ces mots, en caractères d'imprimerie : *Contrat d'écriture*.

On a dressé une brève liste. Appels téléphoniques. Lettres. (“Je les sélectionnerai moi-même.”) D’accord, d’accord. J’ajoutai un point : De la franchise.

“Pas d’exhibitionnisme.” Voix sévère.

Pouvais-je lui poser des questions sur sa vie amoureuse ?

“Ho là là, ça fait cinquante-cinq ans que j’ai plus embrassé un homme. J’sais plus du tout c’que ça fait.

— Et sur l’argent ? Y a encore combien en caisse ?

— Ça t’regarde pas.

— Et sans prendre de pincettes ?

— Oui, sauf sur le camp, toutes ces japoniaiseries…

— Un petit peu quand même.”

On se chamaillait.

Nos mots concordaient, les mêmes mots, le même ton parfois, les pauses, le rythme. On complétait les phrases de l’autre. “T’entends, lui dis-je, tu parles en moi et moi en toi.

— Deux d’une même voix.” Une phrase qui lui plut, qui vint rejoindre la première dans le contrat.

Nous avons prêté serment ensemble : je lui donnerais une vie de papier, ou mieux : une nouvelle vie. Une vie dans laquelle elle pourrait à nouveau marcher normalement, mettre du rouge à lèvres, porter des jupes amples ou des tailleurs ignifuges. Je voulais mettre en scène une mère qui danse, une combattante. La femme forte de ma jeunesse.

“Une vie de plus, grommela-t-elle d’un air satisfait, mais je veux bien avoir quelque chose en échange : donnant, donnant.

— Je veux bien faire toutes tes courses, passer la serpillère à la cuisine…

— Les pilules. Une histoire pour toi, une pilule pour moi."

Nous avons apposé nos signatures sous le contrat.

Pour conclure, j'ai lavé les fraises et les ai coupées en lamelles. Qu'elle a mangées, enjouée. Pilules rouges.

Ce n'est qu'au moment de mon départ, alors qu'elle me dictait une nouvelle liste de courses, que je relevai qu'elle s'était habillée spécialement pour l'occasion : pantalon blanc et chemisier rouge sang. Feu et glace. Parure de guerre du catalogue de vente par correspondance.

12

Dans la voiture, je songeai : Pendant des années, j'ai râlé au sujet de mon père, expulsé sa guerre hors de moi à force d'en parler, ses pulsions, ses poings… Je l'ai fait revivre dans mes livres, lui, mon aversion, mon ombre – je ne faisais plus un pas sans lui. Ma mère, je m'évertuais à la tenir à l'abri du vent, y compris dans mes pages. S'il m'arrivait de la décrire, uniquement dans la marge. Elle avait trop souffert. Pire : elle était encore en vie, il me fallait la ménager. Compassion ! Mais tout à coup, je me rendais compte que l'officier à la maison, c'était elle, plus élevée en grade que les pauvres diables en uniforme qui, sous verre dans leur cadre, montaient la garde dans le salon. Bien plus que mon père, c'est elle qui m'a formé.

Fichtre ! un instant de clairvoyance, comme ça, sur la route qui mène à l'Achterhoek.

13

Données au compte-goutte, nonchalamment, les précisions sur les terres familiales (une entreprise horticole affermée, des champs de lin) m'avaient rendu avide. Je tenais à savoir une fois pour toutes combien la famille en possédait à présent. Oui, le fric, quoi d'autre nous liait les uns aux autres ? J'ai téléphoné aux Archives agricoles. Une semaine plus tard, je pus me rendre sur place où les documents m'attendaient. Je relevai des noms familiers ; c'étaient surtout les pieuses tantes restées vieilles filles qui paraissaient avoir été bien nanties. Elles avaient lesté leurs héritiers d'une obligation des plus absurdes : ils ne pourraient choisir que des métayers protestants. Une exigence presque impossible à observer dans une région à prédominance catholique. Ma mère n'avait reçu sa part qu'après la mort de mon père. Longtemps, son concubinage peccamineux avait fait obstacle à la transmission des biens en question.

Quant aux propriétés de mon grand-père, elles réservaient plus de surprises : avant son quarantième anniversaire, il possédait cinq belles terres agricoles. Après 1917, seules deux fermes restaient à son nom. Que s'était-il passé ?

Emportant une chemise pleine de photocopies du cadastre, je gagnai le pays perdu. Je zigzaguai d'un côté et de l'autre de la frontière hollando-belge à la recherche de champs de lin. Le cadastre m'envoyait sur des chemins de terre ; comme il bruinait, il me fallait descendre tous les cent mètres pour tenter de retrouver le plan dans le paysage. Les champs étaient verts, cependant je n'avais aucune idée de ce à quoi ressemblait le lin et ignorais si on le cultivait encore. Je téléphonai à ma mère. "Je fais une virée dans les anciennes terres de lin de ton père."

De la friture, très peu de réseau. "Qu'est-ce que tu cherches là-bas ?

— De l'argent !" criai-je.

Un géant, comprit-elle. "Mon père, un géant ? Oui, quand il avait un coup dans l'nez. Toute sa vie, il a…

— Le lin, à quoi ça ressemble ?" l'interrompis-je.

C'était l'époque où il était en principe en fleurs. Quelle couleur ? Bleu clair. Je ne voyais que des tiges vertes. Elle me demanda de les décrire. Quelle taille ? Moins d'un mètre. "Gamine, je me perdais quand je m'enfonçais dans un champ de lin. Descends de voiture. Tu sens l'odeur des graines de lin ?" Juste la bouse. Les fagnes, je ne les voyais pas les fagnes ? C'est là qu'on trempait les tiges. Et les prés… c'est là qu'on les faisait blanchir. Elle scrutait les environs avec moi, me tirait par la manche. "Avance. Avec tes pieds, pas avec tes yeux. Tout ce que tu vois, c'était à nous." Le cadastre ? Ça n'a rien à voir, il s'agit de ressentir les choses. Est-ce que je passais à la hauteur d'un moulin, à gauche de l'église ? Derrière, il y avait une autre ferme, autre propriété de son père. Je me perdais dans la voix de ma mère. Elle semblait avoir envie de voyager.

“Pourquoi a-t-il tout vendu en l’espace d’un an ?
— Demande aux Ruskoffs.”

Elle gloussa. Après la révolution bolchevique, les biens de son père s’étaient évaporés du jour au lendemain. Il avait mis en gage ses terres pour spéculer sur les obligations des chemins de fer russes ; sous le dernier tsar, on avait posé des dizaines de milliers de kilomètres de rails. Quiconque avait trois sous sautait sur l’occasion. Ça rapportait gros, plus que les travaux agricoles. Jusqu’à ce que la révolution éclate – les titres ne valaient plus rien. Il avait perdu les trois quarts de sa fortune.

Incroyable tout ce que je réveillais !

Un désastre. Puis un défilé après qu’un employé de la banque eut vendu la mèche. Ils se sont présentés les uns après les autres, le notaire, le pasteur, les créanciers, les métayers. Son père se livrait à des calculs, assis à la table de la cuisine. “Pendant des semaines, il n’a pas osé se montrer.” (La nouvelle gouvernante, cette femme que nous, les enfants, appellerions grand-mère, avait tout raconté à ma mère bien des années plus tard ; elle avait eu pitié de cette famille sans maman – dormant dans une minuscule chambre, sans toucher le moindre salaire – et devait rester fidèle à mon grand-père jusqu’à la mort de ce dernier.)

“On était la risée, feula ma mère dans le téléphone. Un riche protestant dans la mouscaille ! Ç’a bien fait rire les papistes.” Une vieille haine resurgit : faux jetons, pisseurs d’eau bénite. Catholiques : élastiques.

“Mais tu sais le pire ? poursuivit-elle furtivement. À l’annonce de la débâcle des chemins de fer russes, il est devenu impuissant.

— Comment tu sais ça ?

— Je le tiens de grand-mère. Elle m'en a parlé bien après, ce qui est sûr, c'est qu'il s'en est jamais remis."

Nouveau gloussement.

14

Lors de l'une de mes visites suivantes, je trouvai le buffet ancien vidé. Portes et tiroirs bâillaient. Le canapé disparaissait sous des piles de linge et des boîtes de couverts en argent – toujours dans leur écrin de velours, rarement utilisés, mais précieusement conservés pour les temps difficiles. Or, elle s'en débarrassait. Qu'en avait-elle à faire, à son âge, de la pompe et des apparats ? Des rubans tenaient cuillères à café et fourchettes à dessert en petits bouquets ; elle les destinait au personnel de la cuisine. Sa fille chérie croulait de toute façon sous l'argenterie et ses petits-enfants trouvaient cela ringard. ("Ringard ! Ils n'ont aucun goût !")

Elle avait dressé des listes de membres éloignés de la famille qui entraient en considération pour hériter du damas sur lequel, plus d'un siècle auparavant, une main laborieuse avait brodé les armoiries de la famille. Circulaire et lourd comme une omelette paysanne. Héritage qui passait d'un tiroir à l'autre et qui ne tarderait pas à se désagréger. J'ai demandé : "Ça te fait quelque chose ? – Non, a-t-elle répondu. Un mort, ça se doit de voyager léger."

Les enveloppes destinées à accueillir le faire-part de décès qu'il restait à imprimer étaient elles aussi prêtes. Papier recyclé, d'un gris laid. "J'ai préféré écrire les adresses moi-même, de toute façon, tu n'arrives pas à déchiffrer mon écriture." Ses joues rosirent.

Près de cent années d'existence ordonnées à la toute dernière minute. Actes notariés, papiers de la famille, correspondance sur des indemnisations jamais reçues, beaucoup de rage ressortie des tiroirs, qu'elle avait déchirée.

Avec fierté, elle me montra une corbeille à papier pleine. "Ça fait du bien."

Et le coffre ?

"Je ne suis pas encore prête pour ça."

Elle avait par ailleurs fouillé dans les photos, modifié les légendes qui figuraient dans les albums. "J'ai amélioré les choses, se justifia-t-elle. Ici et là, l'année ne correspondait pas à la réalité, et j'en ai retiré quelques-unes." Elle brandit celle de la maîtresse de mon père sous mes yeux. (Une infirmière en uniforme avec laquelle il était resté en contact après son opération du cœur et qu'il avait sans prévenir collée dans l'album de famille. Une page que l'on ignorait systématiquement – la dernière qui plus est. Pas de doute, le manque d'oxygène affecte le cerveau. On ne gaspillait pas de salive sur le sujet.) On a passé la loupe sur son uniforme, elle portait un insigne. Croix noire, service des aliénés. "Diplôme de pacotille, commenta ma mère. Lessive, toilette, nettoyer le vomi, c'est tout ce que ces infirmières savaient faire." Et hop, voilà l'infirmière des débiles mentaux en huit morceaux. Étonnant qu'elle n'ait pas connu ce sort plus tôt. Les tantes bigotes y passèrent, elles aussi. Avec toute la reconnaissance de ma mère.

Elle ouvrit une enveloppe contenant des photos de bébés : ses filles sur un tapis de jonc dans le crépuscule tropical, clichés spécialement réalisés pour la famille du Brabant. Et moi, grassouillet sur une peau de mouton – je respire la paix. Je me voyais déjà déchiré dans la corbeille à papier. D'où lui venait cette frénésie de se débarrasser de tout ?

"Après ma mort, je n'veux pas finir en seconde main. Les photos restent entre nous." Ma mère m'observa une nouvelle fois. "J'avais tellement peur que tu manques de quoi que ce soit, j'avais encore des taches de malnutrition sur la peau." Elle caressa mon portrait. Un frisson me parcourut le dos. "Ça t'intéresse ?"

Quand je pris congé, elle était accrochée à moi. Elle s'étira pour que nous nous embrassions. Je sentis ses mains sur ma nuque, elle tira ma tête vers elle ; sentant le sucré de sa bouche, je reculai, effarouché – une mère ratatinée levait les yeux sur moi. Elle dit quelque chose que je ne compris pas, mais que je pouvais deviner, un "au revoir", un "fais attention sur la route". Je me détachai d'elle, tournai les talons et m'éloignai à grandes enjambées. Les photos des bébés palpitaient contre ma poitrine. Quelle déroutante mutation ! Celle qui m'avait expulsé d'elle s'appuyait sur une canne tandis que moi, qui avais tant désiré une caresse d'elle, je m'enfuyais. Elle se souvenait de ce que j'avais oublié (mes premiers mots), je retiendrais ses derniers mots (stylo et papier fin prêts). Des mots qui ne resteraient pas seulement entre nous.

Au volant, je fis le tour de l'immeuble pour adresser un dernier signe au balcon – un rituel auquel elle était attachée. Je saluai des bacs à fleurs derrière lesquels se cachait une tête.

Dans l'accordéon de la conduite au ralenti et des bouchons, j'ai fredonné une chanson pour ma mère.

> Quand je suis né, tout était rationné. Mes quatre kilos ont fait contrepoids à la mort, à la maladie, à la guerre, quatre kilos de vie tandis que toi tu perdais tes dents, toutes tes dents. Tes seins étaient à sec, la faim logeait sous ta peau, comme tu m'abreuvais de lait fermenté, je remplissais mes couches de caca aigre. Mais moi, j'étais pas venu pour démontrer que j'étais capable de me battre, de souffrir sans me plaindre – au contraire de toi : les dents serrées, prothèse ou pas – non plus que pour chasser l'ennemi. Pour tout ça, je suis trop trouillard. J'étais venu pour la consolation, une caresse et des yeux ouverts. Je voulais que tu voies comment mon père se déchaînait chaque fois, ou que tu entendes ce que je ressentais, mais toi, tu te réfugiais dans la cuisine, assourdissais tes oreilles en ouvrant le robinet. J'étais venu pour l'amour, maman, un bien grand mot, s'il te plaît, prends-moi sur tes genoux. Mais toi, tu préférais recourir à un torchon humide pour me gifler. La tendresse elle aussi était rationnée, notre amour n'a jamais pris un départ. Trouillard. Trouillard. Trouillard. Un héros ? Un géant ? Ni pour les femmes, ni pour les hommes. Fils sans balise, à la charge de personne. Valise en haut de l'armoire, prête à prendre la fuite. Nous ne nous attachons pas à la famille, rien qu'au fric, un tiroir plein d'argenterie, une chaîne de montre – meilleure façon de survivre à

la guerre. Te voilà pour ainsi dire au terme du combat, nous débarrassons et empaquetons, tu appelles cela feu, un nouveau départ. Tu t'accroches, te suspends et cherches ma main, mais je te repousse.

Cette chanson que j'avais écrite des semaines plus tôt, je la lui ai chantée sur le mode *parlando*. La nervosité faisait trembler ma voix, j'avais peur de la blesser, c'est pourquoi j'appelais ça *chanson* – un genre plus léger que le poème. "Qu'est-ce que t'en penses ? lui demandai-je. – Bigre, répondit-elle après un long moment de réflexion, t'es encore obnubilé par ton père ?"

15

L'entreprise Otto avait livré un paquet. Un survêtement rouge.

"Qu'est-ce que tu vas en faire ?

— Le porter, mes pantalons me serrent trop.

— Mais c'est du polyester ! m'écriai-je, horrifié.

— Quand on le lave, c'est tout de suite sec.

— Pourquoi pas un noir ou un gris ?

— Les couleurs sombres, ça vous vieillit.

— Pour quelqu'un qui veut en finir, tu m'as l'air de garder le moral.

— T'es rien qu'un snob."

Ma mère était une femme de grande taille. Agile, elle faisait en moins de rien le poirier, ce qui l'embellissait encore : jambes en colonnade, panty neuf, jolis souliers. Pour éviter les vertiges, elle enchaînait souvent une petite danse de derviche, jupe tournoyante et figure toute rouge. Son yoga à elle. ("Fais comme moi, ainsi tu ne seras plus jamais malade.") Mais il s'agissait là d'une mère d'une époque reculée. Elle n'avait plus dansé depuis des années, ne papillonnait plus, robes et jupes avaient été remisées au grenier dans des housses, de même que s'étaient volatilisés les deux tailleurs en tweed et les talons mi-hauts. La féminité l'entravait désormais.

Elle avait opté pour des pantalons, des chemisiers et des gilets informes, commandés à la société de vente par correspondance pour les personnes âgées. Faciles à passer, moches à souhait. J'avais honte de cette mère qui avait gommé la part la plus sympathique de sa personnalité.

Elle a insisté pour enfiler sur-le-champ le survêtement rutilant : si jamais il la serrait un peu, elle le retournerait le jour même au bureau de poste. Elle traîna la boîte dans la salle de bains. Avant de réapparaître au bout de cinq minutes, haletante et en sueur. Ma mère, une tomate hollandaise – sans aucun goût.

Une mère cuirassée, je pouvais m'y faire, mais une mère vulgaire, ça allait trop loin. Je rangeai mon carnet dans mon sac et partis sans avoir noté le moindre mot.

16

Après quelques jours de silence, elle se manifesta de nouveau. Chaque fois par le moyen d'une histoire qu'elle interrompait à mi-chemin. Je voulais en savoir plus ? "Viens me voir !" Oh ! comment pouvais-je me montrer aussi cruel ! Elle comptait sur moi… s'il te plaît. Une liste de courses m'attendait… Elle n'avait plus de biscuits.

Le petit commissionnaire était-il disposé à passer ?

Elle avait préparé du thé. Tiède, comme depuis la nuit des temps. Le survêtement était resté au placard. Elle portait un pantalon et un pull sobres. Geste de réconciliation.

Le pull accusait son ventre.

Un ventre qui faisait des siennes. Un fibrome la contrariait, les derniers mois il s'était mis à pousser impétueusement si bien qu'elle se trimbalait avec une bosse qui l'amenait à adopter des tailles plus grandes. Elle refusait d'être examinée. Herbes, morceaux de quartz rose à suçoter, huile de jasmin et litres de jus de betterave – son remède : la désintoxication. De plus, garder le ventre au chaud, de préférence sous un coussin, ce qui avait un autre mérite : masquer la grosseur. Parfois, son ventre, disait-elle, faisait de la musique ; après chaque repas, elle ne pouvait s'empêcher de lâcher un gargarisme de rots. "À croire que je picole du gel déboucheur."

Elle gagna cahin-caha les toilettes (son satané sac à main pendillant au guidon) – toutes les dix minutes, il lui fallait faire pipi. Non, pas question que je l'aide. "Je me débrouille toute seule." Les roulettes du déambulateur égratignèrent les plinthes ; ne pouvant se passer de son véhicule, elle laissa la porte des toilettes ouverte, je lui emboîtai le pas, elle ne remarqua pas que je la vis se laisser tomber sur la lunette avant de baisser tant bien que mal son pantalon et d'attendre le pipi. Un pipi insistant, mais qui tardait à venir. Elle se mit à pleurer doucement. Dans sa culotte, une couche. Qu'elle jeta dans une poubelle avant d'essayer d'en extraire une autre d'un paquet. Sans y parvenir.

Incapable de supporter ce spectacle, je m'agenouillai devant ma mère qui chouinait. "Va-t'en !" Je caressai ses genoux. Ma mère qui refusait qu'on la touche, tellement lisses, ces genoux, d'un satiné de jeune fille, ils brillaient. Ils tremblotaient. Le pipi arriva accompagné d'une petite crotte causée par la frayeur. Elle n'arrivait pas à s'essuyer les fesses, ses habits la gênaient. Je m'en chargeai en recourant à des lingettes humides. Elle en prit une pour essuyer ses larmes.

"Faut pas que tu me voies comme ça. Un fils ne peut pas voir sa mère dans cet état.

— Moi aussi, j'ai une panse dont j'ai honte." Et je me mis à pleurer avec elle. Pour gagner sa confiance.

On lui mit une couche propre et on remonta son pantalon. Elle regagna son fauteuil – toujours ce damné trône en bois dur. Elle refusait tout siège plus confortable. “Mon père est mort dessus.” Elle passait tout juste entre le mur et la table, pétrissait son ventre contre le plateau. Bouger ou déplacer quoi que ce soit, je n’y étais pas autorisé. Pourquoi ne s’allongeait-elle pas sur le canapé ? On pouvait faire installer un divan plus élevé.

“Non, je veux rien.”

Personne ne devait voir la grosseur. Elle évitait les autres résidents dans le couloir. Plus aucune visite à la bibliothèque, pas de conversation au foyer, pas d’échange de journaux avec la voisine. Le personnel, elle le recevait assise derrière le coussin, son bouclier.

Le coussin était devenu son enfant, elle le berçait, le pressait avec angoisse contre elle, le duvet geignait aux coutures.

“Tu veux que j’en achète un neuf ?

— Non.

— Mais il sent pas bon, il est sale.

— Non.” Elle le pressa contre sa joue. Je me tenais devant elle, elle me regardait en me suppliant.

Devant la deuxième théière : “Tu le sais, hein, pourquoi j’ai le ventre en compote ?”

Oui, je connaissais l’histoire, elle me l’avait racontée tant de fois, en l’enjolivant systématiquement. “À Java, n’est-ce pas ?

— Non, Sumatra, un an avant la guerre, on rentrait d’un anniversaire, un ami conduisait. La pluie transformait la route en une couche de graisse. Les filles logeaient chez des copines, on devait passer les récupérer. Quelque chose a traversé la route, aucune idée de ce que c’était, l’ami a freiné d’un coup, la voiture a dérapé, on a éraflé deux ou trois caoutchoutiers, le rétroviseur a été arraché, ma portière s'est ouverte et j'ai sans doute été alors éjectée. Des heures qui ont suivi l'accident, j'ai tout oublié, je me souviens seulement que je me suis réveillée en éprouvant une douleur au ventre, dans un lit que je ne connaissais pas, dans une chambre que je ne connaissais pas, chambre rehaussée d'estampes, de boiseries autour des portes et de vases posés sur des colonnettes en bois. Une servante chinoise se tenait à mon chevet, elle m'a raconté qu'un planteur nous avait trouvés, en contrebas d'un talus. La voiture avait fait des tonneaux. Conducteur mort. Juste souffrait d'une grave commotion cérébrale. Le médecin d'une plantation était passé, on attendait les véhicules qui nous transporteraient à l'hôpital, mais les routes n'étaient guère praticables après les pluies. Juste occupait une autre chambre. On m'interdisait d'aller le voir – je ne devais pas bouger.

"Il faisait une chaleur à crever, je transpirais toute mon eau. La domestique a posé des linges humides et froids sur mon front et sur mon ventre. Ils étaient brodés – une marque distinctive énigmatique. Nous étions dans la demeure d'un commerçant singapourien, à quelques centaines de mètres de l'endroit où la voiture avait quitté la route. Les dragons des boiseries se mouvaient, l'épuisement m'empêchait d'avoir peur tant des dragons que des grues en vol des estampes. La serviette sur mon ventre se faisait toujours plus lourde. Je la caressais comme s'il s'était agi d'un enfant mort.

"La servante se retira. Je m'assoupis. Un vent frais me réveilla... À ce moment-là, je vis un gamin dans l'embrasure de la porte. Cette image ne m'a jamais quittée."

Ma mère frissonna. Quand le garçon est apparu, sa voix s'est cassée – cet épisode faisait lui aussi partie de l'histoire. Il m'était interdit de l'interroger plus avant. Ce à quoi je m'étais tenu par le passé, mais pas cette fois. “Le garçon, lui demandai-je à voix basse, qu'est-ce qu'il faisait, ce garçon ?”

Elle regarda son coussin.

“Le médecin qui m'a examinée plus tard à l'hôpital m'a dit que je ne pourrais plus jamais avoir d'enfants. Je n'ai pas trouvé ça très grave, trois filles, ça me suffisait. Je ne voulais plus d'enfants de Juste.

— Mauvais diagnostic.

— Toi aussi, t'es un accident.” Une blague qui la fit éclater de rire.

17

Ma mère était de nouveau assise à côté de moi dans mes songes motorisés. Après chacune de mes visites, elle jouait à l'auto-stoppeuse, se plaignant du médecin qui refusait de lui donner quoi que ce soit : injection, pilule, pas le moindre coup de pouce. Vieille jérémiade. Elle montra du doigt les watergangs bordant la route où l'herbe venait d'être fauchée : un coup brusque sur le volant et elle serait débarrassée de tout. Mais moi, je n'avais pas envie de mourir avec elle. D'abord, hériter. Dans quelle eau un fils pouvait-il abandonner proprement sa mère ? Celle d'une rivière, d'un port, celle ondoyante d'un lac ou celle de la mer ? La mer. Elle optait pour la mer en espérant flotter jusqu'en Angleterre – sereine et glaciale satisfaction. Nous avons roulé jusqu'aux dunes, là où j'ai vu le jour, histoire d'explorer des terres anciennes. Tourbillons et courants de fond, le danger le plus propice. L'ultime virée exige une bonne carte. Le sentier qui menait à la plage se confondait avec le reste du sable, les mouettes nous précédèrent vers l'entaille où la mer tend une langue dans la dune. Le sable me griffa le visage, la douleur me rajeunissait. Le passé habitait le vent. L'enfant que je redevenais – pour quelques secondes – s'accrocha à une mère en baudruche. Elle s'éloigna en dansant. Je la lâchai.

Cherchant à m'abriter, je me roulai dans un creux. Un soleil aqueux a percé, la mort de ma mère a duré tout au plus le temps d'un somme.

18

Une coupure de presse s'échappa de l'un de ses livres, un article du *Sumatrabode* datant de mars 1935. Le papier s'émiettait presque, cependant le titre restait lisible : UN DRAME AÉRIEN. "Oh ! les pauvres", soupira ma mère (avec cette intonation brabançonne qui resurgissait chez elle ces derniers mois). "Elizabeth et Jane Du Bois, qui ne les connaissait pas à mon époque !" Penchée sur ce lambeau de journal, qu'une amie de captivité lui avait envoyé après la guerre, par nostalgie, elle resta à rêvasser.

Elizabeth et Jane, deux sœurs, filles d'un consul américain, menant une vie de bamboche, à peine vingt ans. Ma mère ferma les yeux et feuilleta son excellente mémoire. Elles faisaient la une de la presse internationale, avaient passé leur jeune existence à danser et faire la fête, connaissaient Rome, Paris et Londres comme les poches de leur manteau de fourrure. Oui, une vie qui se prête à être découpée, plus encore dans les tropiques où l'on est coupé du grand monde. Leurs jupes gainées étaient devenues à la mode, leurs chapeaux, leurs chiots… Les sœurs étaient chez elles chez Maxim's, ce restaurant où l'on retrouvait, en faisant le ménage, des boucles d'oreilles en diamant entre les coussins des canapés… Paris : qui n'en rêvait pas ? Elles étaient amoureuses de deux officiers aviateurs, héros qui faisaient la fête d'un aérodrome à l'autre, y compris jusqu'à Singapour. Elizabeth et Jane partageaient leur gloire. Elles se sont fiancées chacune avec l'un d'eux, la presse s'est étendue sur leurs bagues. "Je suivais cela comme aujourd'hui un feuilleton télévisé."

Les deux pilotes se sont écrasés près de Messine – leur moteur a rendu l'âme au-dessus de la mer. Les sœurs les ont doublement pleurés et se sont retirées du beau monde. Elles ont réservé un vol Londres-Paris en achetant toutes les places. Dans les airs, le pilote remarquant que, derrière lui, les sièges étaient vides, fit immédiatement demi-tour. La nouvelle du malheur était parvenue à la tour de contrôle avant même son atterrissage. Deux ouvriers anglais avaient vu un paquet tomber du ciel et s'écraser dans un bruit sourd au milieu d'un pré. Ils ont trouvé les deux jeunes femmes le visage enfoncé dans le sol. Dans les bras l'une de l'autre.

Suicide par amour, ma mère en rayonnait. Même après toutes ces années. Comme elle replaçait la coupure de presse entre les pages d'un livre, son visage s'assombrit. Oh ! Singapour, un nom aux ténébreuses sonorités…

"Singapour était tombée. On habitait à la caserne, on attendait la guerre, imminente. Par une nuit claire, alors que je ne pouvais pas dormir, j'ai gagné le divan sous le *waringin*, les branches de ce figuier brillaient au clair de lune, elles dégageaient une grande force, elles m'ont soulevée et je me suis vue en train de planer au-dessus de la caserne, seule, la veste de l'uniforme de Juste sur les épaules. Je m'éloignais de moi-même. Je soufflais comme le vent, je bruissais. En même temps, j'étais exhalaison, parfum suave. Il y avait de la lumière dans les baraques, les soldats faisaient du bruit, mes filles dormaient malgré tout ce raffut. Tout à coup, j'ai vu trois types s'engager dans notre véranda, l'un d'eux portait un flambeau. J'ai couru jusqu'à la maison… un rideau avait pris feu. La fumée envahissait déjà le couloir, j'ai chassé les filles dehors.

"Les pompiers de la caserne ont sauvé Juste in extremis. Je lui ai raconté ce que j'avais vu près de l'arbre. « Pourquoi tu ne m'as pas réveillé ? » m'a-t-il demandé. La réponse, je la lui dois encore."

Elle m'accompagna à la porte. Me chuchota, alors qu'on échangeait une bise glaciale : "Tu ne respectes pas ta promesse. Si tu ne te dépêches pas, je m'en occupe moi-même. Et je peux te dire que ça sera le bazar."

La mort. Toujours à la dernière minute – inéluctable piqûre de rappel.

"T'as encore toute ta tête, quel est le problème ?

— T'as déjà essayé de raviver un feu allumé la veille ? Voilà comment je me sens. Où est passé le feu ?"

19

Avec un plaisir manifeste, elle était en train de déchirer des lettres ; le tapis disparaissait sous les bouts de papier. Pour la énième fois. Les enveloppes y passaient, elles aussi, qui portaient des timbres des Indes orientales néerlandaises. Pourquoi, me demandai-je, pourquoi attend-elle que je sois là pour se livrer à ce jeu, qu'y a-t-il que, de toute évidence, je ne dois pas savoir ? Paraissant renifler ma question, elle fit : "Tu devrais être content que je m'en occupe. Un souci de moins pour toi." Je chipai l'enveloppe qu'elle tenait, une lettre adressée à son père, jaunie et friable – je reconnus son écriture toute fine, plus nerveuse que celle de ces dernières années. Illisible.

Je la mis au défi de me la lire – deux feuillets poids plume – mais elle resta bloquée sur la première ligne, une tache masquait en partie la date. "Ça remonte sans doute à la première ou à la deuxième année." Elle me la rendit. "Tu ne crois pas qu'il est temps que tu apprennes à déchiffrer mon écriture ? Comment tu vas te débrouiller tout bientôt ? Tu es mon exécuteur testamentaire."

Je m'emparai de sa loupe, allumai la lampe et fis une deuxième tentative. Après que j'eus trébuché sur quelques phrases, elle prit le relais : "… au loin, la pluie tambourine, cela va prendre encore au moins dix minutes avant qu'elle ne tombe ici, elle fulmine en ce moment sur la jungle. Demain le bateau-poste part à Java, je m'empresse de vous écrire, autrement il me faudra patienter plusieurs semaines. Noël, nous l'avons fêté dehors, sous une chaleur humide, tout à fait irréel. J'espère que vous avez reçu ma carte de vœux à temps."

Elle baissa le bras, regarda dehors sans rien dire, à croire qu'elle cherchait la rivière, un lieu précis, un nom.

"Au Nouvel An, j'étais seule, un calme agréable. La nature me suffit. Cela, je le tiens de vous. Juste a dû remplacer au pied levé un lieutenant emporté par la malaria." Elle marqua une hésitation, quelque chose la contrariait. "Nous habitons à la lisière de la *rimboe*, nous resterons en principe un certain temps ici. Les meubles vont nous suivre. Juste, ils le déplacent comme un pion sur un échiquier. Pour ma part, je fais de mon mieux pour me sentir chez moi partout."

Je l'interrompis pour lui demander combien de fois elle avait déménagé. Elle me fila une tape hargneuse sur la main : "Laisse-moi lire ! La première semaine, des pilotes nous ont survolés. Ils ont pris des photos aériennes pour mieux cartographier les champs de pétrole. À l'intérieur des terres, les gens n'ont pas la moindre idée de ce qu'est l'argent, or cette région pourrait bien devenir très riche. Les Japonais pensent de même, l'un des aviateurs a vu un croiseur au large de la côte. Raison suffisante pour que nos militaires se montrent partout.

"Juste est parti pour quelques semaines, il effectue un voyage d'inspection. Je loge provisoirement à la mission, en attendant de disposer d'une maison. En échange, je cuisine pour deux missionnaires et un ingénieur – tous les trois célibataires. Soupe de semoule, épinards en conserve, œufs brouillés, carottes en conserve, haricots verts, pommes de terre que nous achetons aux marchands chinois. Tout provient de Java. On est obligés de cuire les légumes frais un sacré bout de temps pour tuer les bacilles du typhus. Moi, je préfère manger du riz, mais ces bonshommes ne jurent que par la pitance hollandaise."

La tonalité de sa voix changea, elle était de retour dans son écriture de jeune femme. Elle se mit soudain à lire plus vite.

"Le poste de mission surplombe le fleuve et l'aérodrome. Les aborigènes qui vivent dans la forêt sont plus adaptés ici qu'ailleurs, certains habitent en effet de petites maisons, même si les hommes se trimbalent dans la rue tout nus, arc et flèches dans le dos. Leur odeur, je m'y suis peu à peu habituée. La même que celle de notre étable un jour d'hiver. Les bibles sont arrivées."

Elle poussa un juron à voix basse et déchira finalement la lettre.

"Je n'ai pas droit au reste ?

— Rien que des mensonges. Des bibles, des bibles, une pleine malle… Un coup des tantes. Au lieu de nous envoyer de la quinine ! On n'avait pas même un pansement…"

Elle évita mon regard interrogateur, se leva, attrapa son déambulateur et se traîna jusqu'à la cuisine. (Elle utilisait de moins en moins sa canne. "Mes pieds se prennent dans le tapis.") Elle me laissa l'aider à préparer du thé, mais de retour près de la table, elle insista pour me servir elle-même. Elle en renversa sur les lettres. Exprès, aurait-on dit. Je les secouai pour qu'elles sèchent plus vite, mais l'encre bava.

"Des larmes coloniales." Elle tirait plaisir de sa petite boutade.

"Mon père avait conservé toutes mes lettres, je les ai retrouvées dans une boîte après sa mort. La plupart d'entre elles, je les ai déjà déchirées. Heureusement : pour le rassurer, j'embellissais bigrement mon quotidien. Il a exigé que je remercie les tantes pour l'envoi des bibles, faute de quoi mon héritage serait en danger. M'abaisser devant l'argent, moi qui avais fui la Hollande à cause ça !"

Je lui adressai un regard moqueur.

"Tu piges ça, quand même ?"

Elle rassembla en un tas les lettres déchirées. Sa honte. Elle avait hérité, s'était abaissée – toujours habillée en noir quand elle rendait visite à la famille, talons bas sur le sol glaiseux, au temple comme tout le monde. Des heures durant. La famille était incapable de lui pardonner d'avoir choisi un soldat. Un paysan, ça n'était donc pas assez bien ? Les candidats ne manquaient pourtant pas, la ferme était à sa disposition, elle aurait pu y rattacher bien d'autres terres. Son frère avait quitté le nid avant elle pour s'installer en ville. Comme lui, elle rompit avec une tradition vieille de trois siècles, trois siècles de transmission des terres. "En partant aux Indes, je me retrouvais en bas de la liste pour l'héritage."

Ces aveux faits, elle s'attaqua aux autres lettres. Ça la soulageait. "Je ne veux plus penser à l'argent, ça me fait peur."

À un moment donné, j'ai envisagé d'emporter tous ces bouts de papier. Une poignée de maman. Mais ils me furent confisqués sans ménagement. Elle tenait à les offrir au feu. Les allumettes s'agitaient dans la boîte : avait-elle quelque chose à conjurer ? On fit jaillir une flamme et de la fumée dans la coupe à fruits au bord doré, vestige d'un service de trente-six pièces hérité de son père.

Quand les enveloppes tachées de thé se recroquevillèrent à leur tour sous l'effet de la chaleur, elle estima le moment venu de me dire que la malle pleine de bibles avait échappé aux cordes qui la retenaient et s'était écrasée sur la jetée. Des porteurs avaient été blessés. "J'avais prévenu le commandant du port de mon absence d'intérêt pour cette livraison."

Quelques jours plus tard, elle avait vu un Chinois en train de vendre de la chaux à chiquer et des *katjangs*, des cacahuètes, dans des cornets de papier bible. Le vent emportait les psaumes dans les buissons.

Le même soir, elle me téléphona : "Tu veux que je te dise ?" Sa façon d'entamer chaque conversation, laquelle me dispensait de répondre. "Grâce à ces bibles, j'ai fait la connaissance de gens singuliers. Les porteurs, c'était des *strapans*, des truands condamnés à effectuer certaines tâches. Comme je me sentais responsable de leur état, je suis allée les voir à l'infirmerie, tous des voleurs et des meurtriers. Une bouffée d'air frais après les bigots de la mission. Juste a pu faire en sorte de louer les services de quelques-uns de ces porteurs pour notre déménagement. Ils ont transporté toutes nos affaires en haut de la colline, ont poli les planchers. Peut-être s'agit-il des seules personnes avec lesquelles j'ai établi là-bas un véritable contact. Curieux, hein ?"

Elle prit une profonde respiration et rota.

"Avec les meurtriers, je m'entendais bien. Un meurtre, on n'en commet généralement qu'un, alors qu'un voleur, ça reste un voleur. Dès que j'avais besoin d'eux, ils se précipitaient. Eux n'habitaient pas dans la forêt, ne va pas croire ça : les hommes des bois, ils ne savaient même pas se servir d'un robinet, ils étaient utiles à rien. Tous nos *strapans* avaient navigué. J'ai ainsi passé des jours seule avec eux. Des gars comme ça ! Un jour, j'ai demandé au chef de tout ce petit monde : « Combien en as-tu tué ? – Un seul, madame. – Et pourquoi ? » Il avait tué à coups de couteau l'amant de sa femme adultère. Tu vois, des choses pareilles, dans le polder, on n'en vivait pas."

Une sonnette retentit, on lui apportait son repas. Elle raccrocha. Sans dire au revoir ni quoi que ce soit d'autre.

L'irritation a émergé au moment où je mettais mes notes au propre, pas avant. Quelle coquette chieuse ! Essayait-elle de me séduire en me racontant des histoires viriles ? Autour de quoi tournait-elle ? Le camp, elle refusait d'en parler ; en revanche, ça lui plaisait de flirter avec des voleurs et des meurtriers. (Le fusil de son mari à portée de la main.) Ça joue la dure… mais aussi longtemps que je me souvienne : toujours trois serrures à double tour. Je ressentis une distance plus grande que jamais. M'en rendre compte la rapprocha soudain dangereusement de moi…

20

La distance. La vaillance. Ma mère, la battante. Londres, 1962. Plan de la ville à la main, on cherchait à gagner l'hôtel où le *swami* allait donner une conférence. Bien des mois à l'avance, elle était parvenue à se procurer une invitation – le jour en question, elle évoluait dans les plus hautes sphères. Comme on s'était un peu fourvoyés, on dut demander à deux ou trois reprises notre chemin. Un voleur à la tire profita de notre embarras pour tenter d'arracher le sac de ma mère. Elle se montra plus expéditive que son agresseur, lui en portant un coup sur la tête, puis un second ; alors qu'il demeurait insolemment planté devant elle, elle lui administra un coup de pied bien appuyé dans les tibias. Queue entre les pattes, le type décampa. Elle, trépignant de colère, le poursuivit de ses cris ; des passants la sommèrent de se calmer mais, dans son anglais le plus châtié, elle les envoya au diable. Rien ne lui était plus précieux que son sac à main. Moi, j'en restai tout interdit. Des claques, elle savait en distribuer, je le savais, mais des coups de pied, sans un atome de pitié… avec une telle férocité… “Ça fait partie des choses qu'une femme apprend quand il lui faut survivre sur une île, pendant des mois, au milieu de soudards !”

Soufflant à pleins naseaux, elle traversa dans les passages cloutés, moi dans son sillage. À peine deux rues plus loin, elle m'ordonnait de l'aider à dissimuler le sac sous son manteau. Ainsi affublée, elle se présenta à la réception de l'hôtel – gonflée d'excitation.

Son *swami*, je n'en avais que faire. J'aurais préféré aller battre le pavé, seul, échapper à la cloche d'occultisme qu'elle maintenait sur moi, marcher dans les pas des *mods*, ces jeunes gars libres chaussés de Desert Boots de daim noir *(the real Clarks)*, vêtus d'un col roulé en coton de même couleur, flirtant avec des filles aux panties noirs, qui crachaient leur chewing-gum pour accueillir un baiser. Le noir, j'allais l'adopter, couleur qui concorderait avec ma vie de bohème. Il s'agissait de mon premier séjour à l'étranger, jamais encore je n'avais vu d'édifices aussi imposants, gris suie, décorés comme des palais, non plus que de tels flots de piétons pressés, des Blancs, des Noirs, des Caramels, aux tenues les plus improbables, cernés par le raffut des klaxons, autant de têtes dominées par le clignotement silencieux des énormes néons de la publicité, qui se dédoublaient sur les trottoirs mouillés. J'aurais aimé prendre en photo, la nuit venue, une réclame d'Air India – un bonhomme mains jointes, coiffé d'un turban, habillé d'une longue liquette, assis en tailleur sur un tapis volant.

Durant toute la traversée, ma mère m'avait servi quantité d'anecdotes relatives au *swami*. Le jour où il avait immobilisé un train dans la gare, car on refusait de le laisser monter sans billet. Sa faculté de guérir des gens à distance (un miracle censé me réconforter alors que, penché sur le bastingage, je me retenais de vomir) ; de faire fondre la neige autour de lui ; sans compter celle d'ânonner les *Upanishad*. Voir réunies dans un seul et même homme la force d'un yogi et l'érudition d'un exégète, ça tenait du prodige ! Pas de doute, un grand maître spirituel. Pénétrer son univers, c'était trouver une réponse à toutes les questions vitales. Aller le voir, ça ne pouvait pas me faire de mal.

Des écharpes de brume flottaient dans la salle de conférence, des fumées d'encens voilaient la lumière, les rideaux étaient tirés, la moquette amortissait le brouhaha. Une douce psalmodie s'éleva ("des sonorités védiques", me glissa ma mère), puis il apparut, entouré de disciples, le *swami* – un homme couleur miel, à barbe longue et aux yeux perçants, portant la liquette jaune safran d'un moine mendiant, un turban et un manteau roses – dont le visage n'était que sourire poupin. Il gagna son fauteuil, un siège enveloppé d'un drap blanc placé au milieu d'une estrade, puis nous salua par des minutes de silence. Des gémissements pleins de reconnaissance se firent entendre. Dès qu'il s'adressa à nous – de l'hindi (selon ma mère) –, de petits cris s'élevèrent des premières rangées. Son secrétaire – un homme blanc au crâne rasé, non pas en jaune mais en bordeaux, portant un collier de perles en bois – traduisait son discours, phrase après phrase. Le *swami* plaidait en faveur d'exercices de méditation quotidiens afin de permettre au Moi propre à chacun de communiquer avec le Soi universel. En d'autres termes : faire passer nos pensées des ténèbres à la lumière, en nous concentrant sur la respiration, seule façon de nous libérer de nos soucis et obsessions matériels, et de laisser l'esprit séjourner dans l'infini. Un quart d'heure par jour suffisait. Du moins un truc de ce genre, je ne comprenais que la moitié de son propos car le secrétaire avait la langue un peu en remorque.

Ma mère buvait chaque mot. Elle comprenait tout. Y compris l'hindi. Quand le *swami* demanda à l'auditoire d'ouvrir les mains en fleur de lotus et de crier, tout en expirant, *aum aum aum*, elle fut l'une des premières à suivre ses instructions. Elle avalait de grandes bouchées de l'air de l'hôtel avant de les rejeter, en haletant, après de longues secondes. Son collier en lapis-lazuli (la pierre de la perception) respirait avec elle. *Aum aum aum*. En moins de rien, elle se retrouva ailleurs. Adieu regard strict, adieu suspicion. Elle rayonnait de félicité.

En rang d'oignons, les visiteurs aumaient. Leur haleine remplissait la salle, vieille haleine chargée d'une odeur pareille à celle de l'intérieur d'un chapeau de paille. Ça s'éternisait, je grattai la trace de vomi sur mon blazer bleu. Bon Dieu, incroyable comme cette robe-sac goûtait la présence de ses admirateurs – femmes en tweed aussi idolâtres que ma mère, hommes en knickerbockers, à la barbe en collier, mais aussi des étudiants chaussés de sandales, rien que des gens très heureux, ils l'applaudissaient, riaient à chacune de ses blagues bébêtes – le simple fait de le voir éplucher une pomme leur paraissait un miracle.

La conférence terminée, le *swami* annonça une expérience cérébrale. Il avait besoin d'un volontaire. Ma mère bondit de sa chaise et se précipita vers l'estrade qu'elle atteignit en forçant le passage et en jouant des coudes. Toute la salle la vit joindre les mains sur le mode oriental (à l'instar de l'homme-néon d'Air India) devant le *swami*. Je ne savais où me mettre.

Le *swami* marcha autour d'elle, pareil à un inspecteur des viandes, effectuant des gestes d'exorciste ; la salle suivait chacun de ses mouvements. Puis il se plaça juste devant elle et, de la paume de la main, lui tapota le front. Elle tomba en avant – aussi molle qu'une pâte à tarte, rattrapée juste à temps par le secrétaire. Le *swami* la secoua pour la réveiller et fit l'éloge de son talent à s'abandonner. Ovation. Ensuite, il lui demanda de se concentrer sur quelqu'un ayant besoin d'aide.

"*Yes*, cria-t-elle pour que tout le monde l'entende.

— Que toutes les personnes présentes affermissent leurs pensées. Voyez-vous cette personne devant vous…

— *Yes, I see my son*."

Oui, je vois mon fils, mon fils. Je me suis ratatiné, tête vers le sol tandis que mille yeux me brûlaient la nuque.

C'est alors que quelque chose que je ne voulais pas, à quoi je m'opposais fortement, se produisit – je sentis ma résistance me fuir comme un chaud pipi qui soulage. Un sourire se forma sur mes lèvres qui cherchaient pourtant à le combattre, mais il se révéla plus fort que ma volonté. Une grande paix m'envahit, du sommet du crâne aux fesses. Je me cramponnai à ma chaise, quelqu'un tira sur moi (un marionnettiste), ma poitrine s'ouvrit, une force douce poussant au détachement se déversa en moi. Je respirai des bouffées de bonheur, et le temps disparut.

"Avance, le *swami* veut te voir." Ma mère se tenait près de moi, les lumières du plafond vibraient dans ses cheveux relevés. Elle me prit par le bras et m'entraîna sur l'estrade. Nous avancions à contre-courant, tout le monde me regardait, des yeux chaleureux, tendres, scrutateurs qui glissaient sur moi sans me toucher. Je leur rendais leur sourire.

Le secrétaire s'avança vers ma mère et la prit en aparté. Des chuchotements. Puis il lui remit un livre et une photo du *swami*. Elle ouvrit son sac, son portefeuille. Je la voyais faire, mais tout me semblait lointain et d'une grande beauté.

Tout à coup, il se trouva devant moi, la barbe, le sourire radieux, le *swami*. Sa liquette exhalait un parfum suave, il était bien plus poupin de près que de loin, presque obèse ; ses lobes devançaient ses oreilles – à cause du gras de la nuque. Il tenait une enveloppe contenant un mantra, une devise pour moi seul, une phrase pareille à un bouclier destiné à me protéger à l'avenir. Dans des moments d'anxiété, devant un danger, il me faudrait le murmurer. Je pris l'enveloppe, mais ma mère me la chipa. "Pas tout de suite, dit-elle, le *swami* nous transmettra un signe."

Dehors, dans la fraîcheur de la bruine, je repris mes esprits. J'étais choqué de m'être ainsi laissé aller. Effrayé aussi. Je demandai à ma mère la lettre. Non, elle était dans son sac, sur son ventre, sous son manteau, et elle y resterait. Les *mods* nous dépassaient à vive allure sur leurs scooters. La nuit n'avait pas encore commencé. J'ai consulté ma montre. Elle s'était arrêtée.

À l'hôtel, tout en mangeant un sandwich au concombre, on passa en revue la conférence. Un imposteur, je marmonnai, au mieux un illusionniste.

Et un mantra, à quoi ça pouvait me servir ? Rien que de la poudre aux yeux. Ma mère posa sur moi un regard attristé. "Mais tu as senti sa force, n'est-ce pas ? J'en ai été témoin." Voyons, voyons, c'était le manque d'air frais, l'hystérie. "Dans ce cas, ça veut dire que tu n'es pas encore prêt. Quel dommage !" Pour sa part, elle était aux anges : le *swami* l'avait magnétisée. Elle sortit la photo de son sac et me la montra. *For my dear friend from Holland*, pouvait-on lire dessus. Le *swami*, star de cinéma.

Cette nuit-là, Londres mugit sous ma fenêtre d'hôtel. Je pris une douche glacée et ne quittai pas ma chambre.

Au petit-déjeuner, j'ai redemandé l'enveloppe à ma mère. Elle a refusé. "Ça ne peut t'aider que si tu y crois."

J'ai exigé qu'elle me donne mon mantra, une grande envie de me disputer m'habitait. "Cette enveloppe est à moi.

— Mais puisque tu n'y crois pas…

— Donne-la-moi, tout de suite.

— Tu vois que tu y crois, autrement tu ne tiendrais pas à l'avoir. Admets-le."

La haine se glissa entre nous. Je n'admis rien du tout. Ne l'ai jamais fait. N'ai jamais revu l'enveloppe.

Une place fut attribuée à la photo du *swami* sur un rayonnage de la bibliothèque. Dès lors, son sourire emplit la pièce. Lisant le journal du soir, ma mère aimait allumer un cône d'encens à son intention, dans la coupelle de jade posée près du portrait. Dégageant de la fumée, il nous observait. Souvent, elle déplaçait la photo pour méditer avec lui – son regard perçant l'apaisait. Brouilleur d'ondes attitré, je n'étais pas autorisé à rester dans la pièce et disparaissais dans ma chambre où le bourdonnement des *aum aum aum* me parvenait à travers le plancher. Elle lui posait des questions. Il lui répondait. Télépathie. Parfois, il se mêlait de notre menu : des jours durant, nous mangions du millet. Il donnait par ailleurs des exercices de yoga à faire. Avant le petit-déjeuner, en pyjama, yeux pleins de sommeil, talons ramenés dans l'aine : se dire qu'on est un lotus s'extirpant de la boue, tête tournée vers la lumière. Étirer le dos, poser une main ouverte sur chaque genou de manière à recevoir. Dans la pièce de devant, près de la fenêtre, sur le lino froid. Ouille ! malheur si jamais on regimbe. Dans l'Himalaya, il fait bien plus froid.

Longtemps, elle s'est appuyée sur le livre du *swami* – elle se raccrochait à ses miracles. La plupart trop beaux pour être vrais. L'un d'eux m'est resté en mémoire : l'histoire de son emmurement.

En amont du Gange, devant de nombreux témoins, le *swami* s'était laissé enfermer dans une grotte, coupé de la lumière du jour pendant plusieurs mois, afin de s'approcher plus encore de l'Abstrait. Châtré de tout désir. Il se nourrissait d'une simple poignée quotidienne de grains d'orge grillés. Quand l'heure arriva de le libérer, ses disciples firent un trou afin de laisser filtrer une épingle de lumière dans son caveau obscur. Trop de lumière d'un coup eût pu le rendre aveugle. Ils agrandirent peu à peu l'ouverture. Millimètre par millimètre, le bonhomme fit son retour dans le monde.

Chapeau bas !

Laisse-moi m'approcher de la table, m'asseoir tout à côté de toi. Regarde dehors, il fait déjà nuit, en contrebas le jardin dort, la porte du balcon est fermée, les rideaux ouverts, pourtant nous voyons plus et mieux que pendant la journée. Nous nous voyons nous-mêmes, mère et fils emprisonnés dans une fenêtre de verre noir. Quelle paix cela nous procure d'être là ! Toi, le nez dans tes bouquins et moi à tes côtés, apprivoisé, rebelle en laisse. Mais vois-tu aussi la haine qu'il y a entre nous ? Tu es à deux doigts de mourir, la paroi s'amincit. J'enfonce mon stylo pour pratiquer un trou. Rien qu'un petit trou. L'obscurité s'en échappe, ruisselle dehors. Ce qui nous effraie. J'agrandis le trou. Tu ne te rebiffes pas. Plus maintenant. Nous ne détournons pas les yeux, nous ne gommons rien. Laissons tout s'écouler. Tu te plantes en moi, aucune échappatoire. Pique, pique. Tu me laisses entrer, je te laisse entrer. Peu à peu, nous nous extirpons de notre caveau et nous clignons des yeux.

21

Chaque histoire en libérait une autre, chez ma mère mais aussi chez moi. Elle se livrait sans limite à des associations d'idées et d'images, souvent au détriment de toute logique ; y conférer une tête et une queue au moment de les transposer sur le papier se révélait un vrai jeu de patience. Les trous, je les remplissais avec des notes plus anciennes ou le passage de l'une des lettres. Le moindre petit événement – et son esprit voletait au loin. Pensées errantes. Les rôles se trouvaient inversés : cette fois, c'est moi qui la forçais à se concentrer sur une chose précise (l'hypnose ne faisant pas partie de mon bagage), en vain. Dans une mouette égarée, en équilibre sur le bord de son balcon, elle voyait des mouettes dans un tout autre paysage, à une autre époque ("les mouettes, c'est de la carne, tu sais ça, j'en ai goûté une fois, au printemps, alors que les soldats de la forteresse tendaient leurs filets pour attraper des oiseaux migrateurs, un jour ils avaient une mouette à la broche. Je n'étais que larmes !"), avant de s'envoler vers le goût dégueulasse de la nourriture dans le camp jap (le jus de sagou). Si jamais je lui posais des questions sur la faim, elle me reprochait de détourner son attention.

Fixant le rebord de la fenêtre, elle se laissait emporter par ses rêveries : "Ce matin, je taillais les géraniums quand j'ai vu tout à coup le visage de Jana dans l'une des feuilles."

Elle se frotta les mains, les renifla, à croire qu'elle cherchait à inhaler sa fille aînée à travers l'odeur de feuilles toutes sèches – fille morte depuis plus de vingt ans.

"Elle te manque ? murmurai-je, derrière elle.

— Non, pas du tout." Elle regarda ses géraniums abîmés. "Faut qu'on rachète du terreau."

Pendant huit ans, j'ai fréquenté le divan d'un psychanalyste. S'il y a bien une manière de libérer des histoires, c'est en fixant un plafond à perte de vue tout en procédant sans retenue à des associations d'idées et d'images. Le psy est assis derrière soi, on ne le voit pas, tout oreilles. La parole est au patient. ("Client" est un mot Velpeau, on est malade.) Rien ne nous empêche de garder le silence, durant toute la séance si on le souhaite. Moi, ce n'était pas mon fort. Les silences dans une conversation me tapent sur les nerfs. (Sans compter que le psychanalyste veut savoir : pourquoi ?) Aussi je me réfugiais dans un événement récent, un moment pénible, un truc dont j'avais honte. Comme on ne tient pas à inspirer de l'ennui à un tel type, je composais le récit le plus savoureux possible. (*Placebo ergo sum*. Je cherche à plaire donc je suis.) Mais ces belles histoires correspondaient-elles bien à la réalité ? N'embellissais-je pas celle-ci ? Une condition préalable au succès d'une analyse : la franchise. Tout sur la table. Puisqu'on tient à se porter mieux. À se débarrasser de ses angoisses, de son sentiment d'insécurité, de ses défauts de caractère. Autrement dit, dépouiller les histoires de toute fioriture pour se concentrer sur le cœur des choses. Les faits sont-ils exacts ? Mon père me battait tous les jours et ma mère s'éclipsait. On ne saurait faire plus court. Mais ne serait-ce pas brosser un tableau trop sombre ? Me battait-il vraiment tous les jours, semaine après semaine ? Combien de nos souvenirs ne sortent-ils pas de notre imagination ? On attend d'un bon psy qu'il ne dirige pas trop son patient ; il a cependant pour tâche de lui poser des questions si jamais ce dernier esquive les problèmes, il peut aussi le confronter au comportement qu'il adopte pendant la thérapie, dans l'espoir de le voir peu à peu poser un autre regard sur lui-même au lieu de s'enliser dans l'auto-compassion. Bien entendu, il est difficile de dire adieu à une histoire pitoyable à laquelle on s'est mis à croire. Une enfance meurtrie, ça nous rend singulier, voilà pourquoi on aime persévérer dans l'exagération. La souffrance est un joyau de la couronne que personne ne se laisse volontiers dérober. Mais un coup de pouce et une bourrade du psychanalyste offrent un changement de décor et un autre angle de vue au patient : après tout, il est bien plus qu'un simple être pathétique. De la sorte prend forme une histoire appropriée, pas forcément véridique, mais qui lui permet du moins de vivre mieux. Peut-être aura-t-il besoin de l'arranger deux ou trois fois de plus. Sa vie, tout comme le récit en question, devient histoire en mouvement. Bien que les faits restent immuables, dans la mesure où il s'agit vraiment de faits, il les interprète sous un autre jour.

Dans ma tête, au fil de ces huit années d'analyse, je suis parvenu à réduire sensiblement la place que j'accordais à la folie de ma famille ; dans la mesure du possible, j'ai ajusté mon comportement autodestructeur, tout bonnement en explorant mes blessures avec des mots, pas à pas, apeuré, triste et soulagé. Quatre fois par semaine, durant trois quarts d'heure, je fixais une tache brune au plafond. Un jour, dans cette tache, j'ai vu mon père. Son cou, son menton, son nez, son front. Le père qui battait son fils. (La mère hors image, littéralement.) Cela a libéré les histoires portant sur lui : les rites du camp qu'il nous avait imposés, dresser la table en recourant à une règle et, à la longue, le moindre détail – millimètre par millimètre. Le père cruel s'est transformé en un survivant bouffi de culpabilité, le fils battu en un garçon provocateur qui défiait son père souffreteux. L'agresseur revêtait un peu le costume de la victime et le pauvre couillon un peu celui de l'agresseur.

Après ces huit années, le père est redevenu une tache au plafond. Fin de l'analyse.

Or, voilà que ma mère voyait son aînée dans la feuille d'un géranium – tout à coup, je me suis rendu compte que je l'avais entraînée dans une analyse. Non certes que je fusse en mesure d'alléger sa vie (“je veux mourir, je veux mourir”) ; il n'en demeurait pas moins que j'offrais une oreille gourmande à ses histoires. Des souvenirs qui la poursuivaient, dont elle souffrait et qui, au fil des années, s'étaient mis à mener une vie autonome dans sa tête, une existence indivisible. Peut-être entrouvrait-elle son intérieur d'acier et m'accordait-elle un certain accès à son intimité. Même si elle ne s'allongeait pas sur le divan, elle détournait souvent les yeux, surtout lorsqu'un épisode du passé lui devenait trop douloureux. Il me fallait la conduire, d'une main de velours, d'un mensonge à l'autre. Dans l'espoir qu'elle s'entende mentir. Je me résolus, plutôt qu'à lui poser des questions fourbes ou à la soumettre à des interrogatoires, à compatir et à émettre de temps à autre un gémissement d'empathie : Ouiii, oooh, aaah. Ne suis-je pas, après tout, docteur ès expériences ?

En attendant, tout coucher sur le papier, bien entendu.

Notre accord "donnant, donnant" : elle, les histoires ; moi, les pilules, me taraudait. Je n'étais pas parvenu à persuader son médecin, bien que le codicille se révélât toujours valable et d'actualité ; sans sa collaboration, je ne pouvais rien entreprendre. J'avais cherché sur internet des organisations qui offrent un coup de main aux candidats au suicide. La Hollande grouille d'empoisonneurs. Et, sans rire, il m'était possible de me procurer un sachet de pilules mortelles dans un lieu tenu secret.

J'entrais dans un univers crapoteux. Tuer sa propre mère, si ça peut être simple et soulager l'esprit – dès lors qu'il s'agit de le faire… Bien que tête brûlée, je suis incapable d'accomplir pareille action. Un petit oiseau à moitié mangé dans le jardin, je suis incapable de le ramasser – alors même que le grouillement des asticots me fascine. Je frémis encore d'horreur en repensant au braconnier qui, sous mes yeux, a détaché du collet un lapin secoué par des convulsions avant de lui porter un ultime coup à la nuque du tranchant de la main. Les frissons. L'exaltation. J'ai caressé l'animal mort.

La nuque suivante, c'était pour ma pomme. Pas le choix : la bête avait une jambe écrabouillée. Je n'y suis pas arrivé. Trop lâche.

Braconnier, braconnier, où es-tu ?
Fuir dans les dunes, seul dans le sable, la première empreinte sur le sol balayé par le vent. Souscris à ce bonheur. Je fais l'école buissonnière. Au-delà des bunkers, je repère le braconnier, il m'entraîne dans sa tournée, nous cherchons ses collets, nous faufilons à travers la dune. Il pose une main sur mon épaule. Un frôlement – d'une telle douceur. Un doigt se promène sur le sentier de mes vertèbres jusqu'à mon coccyx. Je ne m'arrête plus de rire. Rire qu'il étouffe dans sa chemise. Je me dégage en jouant des bras. Nous secouons le sable de nos habits. Il s'agenouille devant moi, tapote mon pantalon, tout doucement, même là où il n'y a pas de sable. On remplit la gibecière de lapins que sa main a libérés de leurs souffrances. Dix petites têtes dodelinent sous le rabat de lin. Le braconnier me ramène à la maison. Il m'offre le lapin le plus gras. Ma mère sort, cause un peu avec lui. Cordiale, immanquablement cordiale avec tel ou tel qui se présente à la porte. Le braconnier lui parle de notre équipée dans les dunes. École buissonnière démasquée. Mon nouvel ami est autorisé à entrer. On lui verse du thé, il raconte des histoires gaies. Sur la table, le lapin est secoué de rire. Ma mère voit la main du braconnier sur mon genou, une main qui rampe. Une main qui brûle. Et elle qui m'élève rit.

Une séance plus tard, il y a sur la table une enveloppe de l'agence de voyages helvète. Elle a souligné le nom d'un hôtel et exhumé un vieil article portant sur l'aisance avec laquelle on peut se procurer, en Suisse, des médicaments létaux.

"Je peux tout aussi bien te conduire sur les bords de l'IJssel et te balancer du haut du pont.

— Je regagnerais la rive à la nage.

— Pourquoi ?" (La question clinique la plus importante.) Je m'empare de mon stylo et de mon bloc-notes.

"J'en sais rien.

— Parce que tu ne veux pas encore mourir." (C'est moi qui mène les débats.)

"C'est toi qui le dis, pas moi."

Je repousse la coupure de presse vers elle.

Elle se mord la lèvre et me considère d'un air mauvais.

"Fixe le rebord de la fenêtre, lui dis-je, ou bien le ciel, ne te laisse pas distraire."

Silence. Une demi-phrase. Le truc ne marche pas.

Par compassion, je me penche en avant, tout oreilles. Mais aucun son ne sort. J'essaie de l'aider, en résumant quelques épisodes de sa vie : mariage, naissances, déménagements.

Elle réfléchit. "Tout ça un 27." Nouveau silence.

"Le 27 ?

— Internée le 27 (jour de l'anniversaire de son mari). Mariée le 27, les trois filles nées un 27, mariées elles aussi un 27, la grande ferme vendue un 27. Jusqu'à ton père qui a choisi un 27 pour se faire opérer du cœur. Nous respectons le 27. À part toi."

Je prends des notes en silence.

"Neuf, c'est le chiffre du cycle fini et d'un nouveau commencement. Renaissance. C'est pas un hasard si une grossesse dure neuf mois."

Je pose mon stylo.

“Jana est morte un 27, elle a tiré sur sa vie pour arriver jusqu’à cette date-là.”

Jana, ma sœur aînée. À mon tour, je la vois apparaître dans les géraniums.

“Tu penses souvent à elle ?

— Jamais ou presque jamais. C’est grave ?

— Toi, tu trouves ça grave ? (Renvoyer la question, autre truc des psys.) Perdre deux filles, c’est injuste.

— C’est que ça devait se passer comme ça, le karma.

— Et c’est tout ?

— Oui, ça me paraît bien assez.

— Tes enfants, au fond, tu les aimes ?

— Lesquels ?”

La fenêtre ouverte, nous écoutons le vent qui bruit dans les arbres. Une lumière grise remplit la pièce.

“Demande-le-moi”, me dit-elle à voix basse.

Je n’ose pas.

22

J'en arrivai à suffoquer. Sa voix, ses histoires d'errance, de voyages merveilleux, probablement des mensonges, puisqu'il m'était interdit de consulter un atlas pendant qu'elle parlait, de demander la moindre précision sur un lieu ou une date. À la longue, tout ça, je ne le supportais plus. Je détestais les rituels qu'elle m'imposait : se dire bonjour en gardant ses distances – bien plus une courbette qu'une bise. Sortir la douce offrande – les boîtes de tuiles aux amandes et de chocolats ("t'as qu'à les poser là"). Boire le thé immuablement tiède, tout cela à une table encombrée et à la nappe poisseuse, dont j'éprouvais les plus grandes peines du monde à m'accaparer un petit coin.

Son logement se démantelait sous mes yeux : telle semaine, un tableau avait été décroché du mur et offert à un nébuleux contrôleur du gaz et de l'électricité ("il trouvait le paysage tellement beau") ; la semaine suivante, des trous bâillaient dans la bibliothèque : elle avait cédé la moitié de ses livres sans se soucier de savoir si certains auraient pu m'enchanter. En outre, elle me demandait de faire ses courses hebdomadaires sans jamais sortir son portefeuille. Elle avait une façon bien à elle de calculer :

"À l'époque, j'ai payé tes études ; c'est maintenant à ton tour de cracher." Sans compter ses coups bas : "Faut surtout pas que tu lui en fasses la remarque, mais Saskia tire le diable par la queue. Pour son anniversaire, je veux lui envoyer une petite enveloppe, peut-être pourrais-tu glisser toi aussi quelque chose dedans." Or, le jour où j'ai souhaité un bon anniversaire à ma demi-sœur (un 27) non sans prendre – en redoublant de circonspection – des nouvelles de "l'enveloppe", elle n'a accusé réception que d'une simple carte de vœux illisible.

L'excuse de ma mère : Je l'ai envoyée, vrai de vrai. Mais qu'est-ce que tu veux, les Postes italiennes !

J'ai préféré enterrer le sujet. La bourse, les actions. Laissons-la discourir, tôt ou tard elle tombera dans son propre piège. Elle laissait cependant passer un peu plus de lumière, s'entrebâillait un peu plus, mais son acier aurait nécessité de la poudre à canon. Que préservait-elle dans l'obscurité ? De quoi se débarrassait-elle ? Et pourquoi ? Avant même qu'elle n'entre dans le feu, il me fallait percer ses secrets. Peut-être m'y prenais-je mal.

23

Les géraniums masquaient la moitié de la fenêtre ; dehors, sur le balcon, il y avait des bacs d'hortensias bleu clair. Une goutte de pipi chassait la moisissure et les acariens ; Mozart aidait les plantes à grandir, leur parler de même, il faut les exhorter, seule façon de créer un lien avec elles. Le jardin communautaire qui s'étendait sous son balcon, elle le considérait comme relevant de son territoire. Pendant des années, elle avait siégé au sein de la commission des espaces verts ; plantée derrière ses bacs, elle commentait haut et fort la manière dont on procédait à la taille. À la fenêtre ou sur le balcon, elle s'adressait de même aux arbres – appuyée sur sa canne ou courbée sur son déambulateur. Quand elle savait que je la regardais, elle se redressait. Parfois, elle s'inclinait pour écouter telle ou telle fleur : "Oui, je vois, tu en baves…" C'est à moi que revenait de préparer une bouillie de gélatine pour panser la tige brisée du géranium, tige de l'épaisseur d'un pouce. Pendant que je m'improvisais chirurgien, ma mère continuait de rêvasser gaiement sur les sujets que nous venions d'aborder ou d'éviter. Quelques-uns de ces monologues du bord de la fenêtre, je les ai retranscrits. Des courts comme de plus longs.

"La ténacité, c'est ça la véritable force. Une plante ne résiste pas, elle se courbe sous le vent ; en hiver elle protège sa croissance en se faisant toute petite. Mieux vaut souffrir en silence et faire son temps. Ne pas s'adapter, c'est signer sa propre mort. Un groupe se laisse conduire par l'instinct, inutile de chercher à le raisonner. Se rendre compte de cela, sans chercher à se rebeller, suppose une certaine intelligence. Des femmes qui n'en font qu'à leur tête, j'en ai vu une kyrielle y passer."

Et comme ça, sans prévenir – phrase repêchée sur un autre papier carbone de sa mémoire : "Cinq cents femmes, cinq cents… jamais seule. Si j'ai appris à aimer une chose, c'est bien ma solitude."

Ou encore :

"Après la guerre, j'ai vu un groupe de jeunes Indonésiens dans le quartier hollandais. Armés de bâtons, ils s'en sont pris à nos jardins. Pelouses déchiquetées, parterres de fleurs, arbustes – tout devait y passer. L'hibiscus saignait sur le trottoir, piétiné, en bouillie. On se demande pourquoi je me souviens de choses telles que celle-là. Ils se sont opposés à notre souci de l'ordre… de la propreté. Ils entendaient restaurer le paysage d'origine, hein. La nature sauvage. C'est sans doute cela."

Et :

"À l'infirmerie de la mission, alors que je me remettais d'une attaque de paludisme, l'une des infirmières m'a emmenée faire le tour de la salle où l'on soignait les femmes indigènes. Une famille venait d'en amener une, épuisée par la même maladie que moi, et enceinte. Alors qu'on lui prenait la température, les contractions ont commencé. Je me suis retirée. Deux heures plus tard, l'enfant était né. Prématuré, mais lui et sa mère allaient bien. Le lendemain matin, j'ai demandé de leurs nouvelles. La femme était morte dans le courant de la nuit. Choquée, j'ai pleuré. Pourquoi ? Cette femme, je ne la connaissais ni d'Ève ni d'Adam. Une parfaite étrangère et pourtant j'ai été abattue pendant plusieurs jours."

Même quand je lui posais une question, elle en restait au monologue. Ainsi, pendant la semaine où son petit-fils a trouvé la mort au Canada – quarante-deux ans, crise cardiaque. Elle ne souhaitait guère en parler. Après le décès de sa fille aînée, le Canada était sorti de son champ de vision. Avait-elle écrit ? téléphoné ?

Elle haussa les épaules.

"Mais tu l'aimais, non ?"

Sa tête fit non. (N'admettant pas la contradiction.) Elle recula d'un pas, se cogna contre la table basse où étaient posés des portraits jaunis : père, mari, concubin, filles…

"Et tous ces morts encadrés ?"

Pas de réponse.

"Pourquoi, au fait, tu n'as aucune photo de ta mère ?" La question ne parvint pas à son cerveau, je dus la lui répéter.

"J'avais trois ans quand elle est morte, donc je ne garde aucun souvenir d'elle.

— Mais ça n'empêche pas qu'elle puisse te manquer ?

— Non, on peut tout au plus se demander pourquoi elle a été aussi peu de temps avec nous, mais c'est le karma... algèbre supérieure."

Je renonçai. Sa froideur me paraissait un jeu. Elle haussa les épaules devant mon irritation. "Si les morts ont besoin de moi, ils savent où me trouver." Je n'étais pas à la hauteur pour faire face à tant de glace ; j'aurais aimé les envoyer valdinguer dans la pièce, elle, son déambulateur et le reste, mais elle avait déjà repris son conciliabule avec les géraniums.

"Dans notre premier camp de transit, il y avait aussi des criminels. Sur une natte, à côté de mes filles, je m'inquiétais du sort d'une compagne de cellule que les Japs étaient en train de soumettre à un interrogatoire. Ils l'ont gardée longtemps. La nuit, j'ai entendu comme un signal, des toc-toc provenant du cachot d'à côté – c'était elle, je l'ai compris un peu plus tard. Nos geôliers l'avaient placée là par erreur ; elle se retrouvait tout à coup enfermée avec une indigène qui avait tué son mari. Le lendemain matin, les Japs se sont rendu compte de leur bévue. Elle m'a raconté que la meurtrière avait passé la soirée à déchirer son sarong en bandelettes. Elle voulait se pendre.

— Tu aurais dû le signaler, non ?

— Non, m'a-t-elle répondu, chacun a le droit de choisir sa mort. Cette journée caniculaire, nous l'avons passée adossées au mur froid. Écoutant des voix au loin, et avant de se coucher, on a perçu des bruits, quelque chose que l'on traîne, raclements sur la pierre. Au point du jour, les gardes-chiourmes ont évacué le cadavre devant nos barreaux."

Ma mère parlait aux plantes, ses auditeurs les plus attentifs ; cependant, à travers ces histoires, elle semblait vouloir me dire quelque chose à moi aussi. Je l'ai sondée. "Mais non, ce sont juste des trucs qui me passent par la tête.

— Tu fais ta grosse dure. Tu caches quelque chose.

— Moi ? D'où tu tiens ça ?"

Elle regarda dehors, grandit dans le contre-jour – ombre inaccessible devant la fenêtre. Si sa voix me semblait familière, d'où provenait ce ton ? Pas une once d'émotion. Néanmoins, je consignai tout. Avec la même froideur qu'elle.

Elle enfonça un doigt dans un bac à fleurs et respira la terre : "Banda était très fertile. Le matin, la brume cachait le volcan et quand le soleil perçait, les arbres suintaient. Les ancêtres de Juste venaient de là, mais nous, nous trouvions la région d'un ennui mortel. Des bungalows hollandais et personne dans les rues. L'air restait immobile, bien que l'on sentît l'odeur de la noix de muscade mise partout à sécher. Seules occupations : s'asseoir ou s'allonger sous la *klamboe* et attendre la fraîcheur du soir. Voici une trentaine d'années, j'y suis retournée ; près de la forteresse portugaise, j'ai ramassé une figue sauvage. Elle n'a jamais donné d'arbre."

"Il y avait aussi des bananiers. Les Japonais s'entraînaient à décapiter en utilisant le tronc de ces arbres, même diamètre que le cou d'un homme. Ils aspergeaient leur sabre d'eau et marmonnaient quelques mots. Un haïku. Et schlak ! En retenant un cri. Je les ai souvent vus en action, ça tenait d'un rituel religieux."

“Juste et moi, on roulait dans la *rimboe*. Soudain, un singe a déboulé au milieu du chemin. On s’est arrêtés. Un jeune, très joueur, qui a dansé devant nous. Quand il s’est retourné, j’ai découvert un visage de vieillard à barbe blanche. Sur le coup, je n’ai pu m’empêcher de penser à mon père qui, après la mort de ma mère, s’était laissé pousser un temps la barbe – toute grise alors qu’il était encore si jeune. J’avais à peine exprimé cette pensée que Juste s’est emparé de son fusil et a tiré.

“Un petit singe comme ça, c’est que d’la peau et des os, guère de viande.”

24

On buvait du thé. Parler avait visiblement fatigué ma mère. Ses mains sentaient la feuille de géranium froissée… une odeur de citron nous séparait… je voulais la réconforter, contre toute évidence – malgré sa froideur, elle m'avait ému à s'entretenir de la sorte avec elle-même, si seule à seule. Sa dureté me touchait elle aussi – satanée survivante quand même ! Mais au premier contact, elle retira ses mains pour les dissimuler sous la table.

Ses associations d'idées et d'images étaient contagieuses. (Point besoin de réfléchir pour se souvenir, il s'agit d'un instinct, écrit Marcel Proust dans *Contre Sainte-Beuve*.) Le jeu de ses mains devant la fenêtre, atteignant là-haut les fleurs, ses doigts dans le contre-jour – un langage que j'avais appris à connaître dans un lointain passé, formulé devant une autre fenêtre, dans un autre théâtre.

J'étais à l'isolement derrière la paroi de verre d'une chambre d'hôpital – hors d'atteinte de tout visiteur. Incapable de bouger bras et jambes, à cause d'un virus, on aurait dit la polio. Les médecins menaient des recherches. Le verre étant trop épais pour laisser passer les mots, ma mère s'exprimait par gestes. Je lisais ses mains, le froncis des doigts derrière la vitre, les soucieuses pliures de son pouce. Ses pouces et index dessinèrent un cœur. Non point un je t'aime. La veille, mon père avait subi l'une des premières opérations à cœur ouvert menées en Hollande. Il était hospitalisé à Leyde, moi à Alkmaar, ma mère faisait des allers et retours entre les deux lits. Ce que des mains sont capables de raconter, quel prodige !

L'image coulissa. Je vis ses mains essorer un gant de toilette dans une cuvette. Je sentis l'odeur de mon père malade, souvenir prisonnier d'une eau tiède savonneuse. Odeur que j'avais stockée dans un été de ma mémoire. Ma raison n'avait rien à dire sur le sujet.

Ma mère dormait près de leur chambre à coucher, dans le couloir, sur un lit de camp ; toutes les deux ou trois heures, elle remplissait une cuvette en émail pour lessiver la fièvre à l'aide de savon. Une nuit, il nous avait tous réveillés par ses cris. Le robinet coulait, la cuvette couinait sur l'évier en zinc ; je me glissai jusqu'à la cuisine. Assise sur un tabouret, ma mère était en train de lire une lettre, ses lèvres remuaient. Je n'entendais pas ce qu'elle disait, ça ressemblait à une prière. J'ai retiré la bouilloire du feu et ai planté mon doigt dans le jet de vapeur. De cela aussi, je m'en suis souvenu tout à coup, de cette ampoule à mon index. Ma mère n'avait pas levé les yeux, ne s'était pas retournée, son regard restait suspendu au-dessus de la lettre. Elle ne remarqua pas que je tenais mon doigt sous l'eau froide du robinet, elle ne vit pas la douleur dans mes yeux. Regarde-moi, envoie balader tes pantoufles, enfile tes chaussures et danse avec moi tout comme je t'ai vue danser autour du lit de mon père.

Être seul, l'une des conditions du souvenir, écrit Proust. Eh bien, j'ai été à bonne école : dans la grande résidence de rapatriés peuplée des gens des tropiques entre lesquels j'ai grandi – quatre familles à la dérive qui entamaient une nouvelle vie –, j'étais seul. J'étais le gosse aux taches de rousseur, qui n'avait jamais marché sous leurs palmiers et qui buvait leurs histoires. En particulier celles de mon père. Sa guerre faisait de ma mère un spectre qui tremblait de peur devant ses accès de colère ; cependant, elle s'interdisait de mettre un nom sur sa maladie. Aliéné mental, c'était une terminologie qui se rapportait à une institution, à une camisole de force. Il nous fallait ménager le malade, nous marchions dans la maison en chaussettes. Allez jeter de la paille sur la route pour assourdir les sabots des chevaux de la brigade de sauvetage. Chuchotez et ne dites rien aux voisins. Ma mémoire avait éliminé la mère dévouée, mais à présent que je la laissais revenir, je la voyais nettement : une femme apeurée dans l'ombre de son concubin furibond.

Elle débarrasse la table, sous une autre lumière, dans un autre endroit. Moi, je dispose les tasses, une odeur de tarte aux pommes se répand dans la pièce, il s'agit d'un jour spécial, une séance va se tenir à la maison, je suis autorisé à donner un coup de main. En fait, je devrais être à l'école, mais après une jaunisse, mes bulletins sont tellement mauvais que ça ne sert plus à grand-chose de fournir le moindre effort supplémentaire – quoi que je fasse, je vais redoubler. Dans ses lettres au proviseur, ma mère grossit à souhait les maux dont je souffre. Pour ce qui est de mentir, j'ai une alliée.

C'est la première fois que nous recevons quelqu'un dans la nouvelle maison. Six dames prennent place, des connaissances récentes, rencontrées dans des cercles occultes de la région du Gooi – Rose-Croix, théosophes – ; parmi elles, une femme qui pratique l'imposition des mains, Indonésienne capable de plier ses doigts en arrière. D'après ma mère, elle est supposée être très réceptive.

L'ouija est prêt, ma mère astique le tumbler, verre à orangeade que va bientôt soulever et déplacer une force invisible. Tout ce qui pourrait gêner le contact avec l'au-delà a été soit débranché, soit évacué de la pièce. Télévision, radio, horloge, téléphone – les esprits ne tolèrent ni radiation ni son mécanique entrant en concurrence avec eux.

Je débarrasse les dames de leur manteau et les laisse admirer mon nouveau blazer noir. Elles sont émoustillées. Me revient aussi la tâche de servir le thé. Tintements des bracelets, colliers et tasses. Les pommettes de ma mère rougeoient. Elle et moi sommes convenus qu'au premier esprit, je monterai sans bruit à l'étage, ma présence ne devant embarrasser personne : il y a de fortes chances que des secrets survolent la table. Chaque femme a apporté la photo d'un défunt ou, à défaut, une lettre, un bijou – la matière aide dans certains cas à affermir le contact. Mme de la B. pose sur la table la chevalière de son *daddy* décédé au cours d'une chasse. Personne ne saurait rivaliser avec pareille preuve de noblesse. Quant à la veuve Van V. tot V., elle fait passer sa photo de mariage ; son mari a été précipité par-dessus bord pendant leur voyage de noces devant les mener à New York. À moins qu'il ne se soit lui-même jeté dans l'océan. Elle veut enfin connaître la vérité. Mme O., une réfugiée russe qui inspire de l'aversion à ma mère – elle fume et boit de la vodka (elle en a apporté une bouteille en guise de présent) –, sort un médaillon de son sac. Le bijou qui contient une mèche de cheveux de sa mère. Elle agite les mains en l'air pour connaître l'état de l'éther puis prédit "un formidable accueil". À tout moment, sa maman pourrait bien traverser ce fluide. Encore faut-il s'en tenir aux règles : une bonne séance commence dans le silence, un silence qui résulte de la concentration, yeux fermés et mains tendues, chacune se focalisant sur un défunt, jusqu'à ce que l'un des esprits convoqués touche une main et conduise celle-ci en direction du tumbler posé à l'envers ; le verre va alors se déplacer de lui-même d'une lettre à l'autre, finissant par former des mots, voire des phrases, qui composent un message de l'autre monde. C'est l'esprit qui cherche le médium, pas l'inverse.

Ma mère est convaincue que l'Indonésienne qui impose les mains sera choisie, mais le destin en décide autrement. Buvant une première tasse de thé, elle se targue d'être la fille pondérée d'un fermier, d'avoir les deux pieds sur terre, histoire peut-être de contrebalancer toute cette chichiterie à sa table, mais moins de quinze minutes plus tard, une fois le thé débarrassé et le cercle formé autour de l'ouija, bras tendus, petit doigt contre petit doigt, dans l'attente de la touche d'un esprit, elle est l'une des premières à se mettre à osciller sur sa chaise. Ses mains vibrent au-dessus du verre ; tout son corps est de surcroît sur courant alternatif. Ses yeux roulent, elle émet des gargouillements. Alors que j'ai promis de m'éclipser, je reste figé à côté du dressoir.

Le tumbler file d'une lettre à l'autre. Abasourdie, l'Indonésienne recule sa chaise ; chargée de dresser le compte rendu de la séance, elle a du mal à suivre le rythme de ma mère. Des mots incompréhensibles se font entendre. Personne n'en saisit le sens. Ces mots revêtent une voix – contrairement à toutes les règles. Une langue étrangère se cale dans le gosier de ma mère, une voix d'homme. *Moushiwake gozaimasen ! Tennouheika no meirei deshita ! Moushiwake gozaimasen !* La voix chante et aboie en même temps. Ma mère se penche en avant au point que son front touche la table. Les dames la redressent. Mais elle les repousse. La Russe s'escrime à détacher la vignette fiscale du bouchon de la vodka. Honteux, je m'éclipse.

La voix étrangère remplit le couloir, l'escalier, ma chambre, jusqu'à ce qu'un cri aigu la couvre. On m'appelle à la rescousse. Ma mère est à moitié allongée sous la table ; en transe, elle a glissé de sa chaise. Agenouillée à ses côtés, l'Indonésienne chouine avec elle. La voix a parlé japonais.

Ce souvenir me fit frémir, non à cause de la théâtrale hystérie des femmes aux traumatismes d'emprunt et à l'excès de temps libre, mais à cause de moi-même, car la fragile sorcière assise à mes côtés m'avait contaminé moi aussi. Nouveau propriétaire d'une maison au toit de chaume à laquelle menait une allée de gravier (mon aspiration à faire partie du grand monde), je lui avais raconté que mon prédécesseur s'était pendu dans la salle de bains. Elle m'avait commandé de faire, sans délai, le tour de la maison en tenant une bougie allumée afin de briser la malédiction du défunt. Et moi, nom d'un chien, je lui avais obéi ! Aujourd'hui encore, je repousse le malheur en suivant certaines de ses recettes. J'en arrive même à papoter avec mes plantes.

Pourtant : elle n'était pas bête. Si elle planait, c'était sans se départir de sa clarté d'esprit. Chaque semaine, elle lisait le supplément "Sciences" de son quotidien, en premier lieu pour s'opposer à ce que les journalistes avançaient. Ces nouvelles inventions, la recherche d'une explication au trou noir, parfait tout ça, mais ces plumitifs oublient une chose : la science est une illusion – l'une des nombreuses platitudes de ma mère. Nos sens sont trop limités, tout comme les instruments de mesure qui n'en sont que les appendices techniques. S'il va de soi qu'une vie extraterrestre existe, il paraît absurde d'écouter les battements de l'univers avec des radiotélescopes : des formes de communication existent elles aussi que personne ne connaît encore.

Elle aurait aimé effectuer un voyage dans l'espace, fabulait sur la façon dont *elle* s'y prendrait. Quelques années plus tôt encore, elle m'avait lu une lettre qu'elle souhaitait envoyer à Richard Branson – le multimillionnaire britannique qui a initié le projet de commercialiser des voyages spatiaux.

> *Dear Mr Branson*... Avez-vous envisagé d'envoyer des morts dans l'univers ? Ne pensez-vous pas qu'il s'agirait d'une bonne idée pour vos missions spatiales ? Envoyez le plus grand nombre de cadavres possible hors de l'atmosphère, laissez-les naviguer dans le cosmos et échouer quelque part, dans les mers d'étoiles en expansion. Est-il meilleur message de notre part aux créatures et organismes

extraterrestres que notre corps ? Ils nous disséqueront comme nous avons disséqué le cœlacanthe. De la sorte, nous revêtirons encore une certaine utilité. Et qui sait ce qui en résultera. Je pense que des millions de personnes choisiront ce tombeau flottant : qui refuserait d'être, une fois mort, un chaînon entre la terre et le monde extraterrestre ? Que vous inspire mon projet ?

PS : Cela ne suppose pas de grands investissements – vous n'avez qu'à nous remiser dans la soute.

Les idées sont faites pour être partagées.

Elle s'assoupit derrière la haute table, une zébrure de soleil glissa sur son visage. Ses rares cheveux blancs, les pellicules sur son crâne dégarni me choquèrent ; devant cette décrépitude, je la revis plus jeune, maniant la brosse, la brosse, la brosse…

Rentrant de l'école, je me réfugie dans ma chambre. Ma mère est au premier, devant la coiffeuse, porte de sa chambre ouverte, nos regards s'interceptent, elle m'appelle, douce et d'une gentillesse déroutante, me demande ce que j'ai appris aujourd'hui. Les courants marins, je réponds. Ah ! elle connaît, les froids et les chauds, elle a navigué sur les uns et les autres, me parle des pingouins du Cap et des palmiers qui poussent dans le Sud de l'Irlande. J'énumère les océans, elle les mers qui forment des océans ainsi que les îles, ses îles. Nous allons dans ma chambre pour les repérer sur mon globe où figurent encore les noms des colonies. Les ongles de ma mère tapotent Bornéo, les Célèbes, la péninsule de Doberai. Un cheveu tombe de son épaule, elle l'attrape, le tend et le pose sur le globe, de son polder à un autre point du monde, mais il parvient tout au plus au cercle arctique, à l'Oural et au Sahara, des contrées auxquelles elle tire la langue. Sans une grimace, elle s'arrache alors un cheveu plus long, qui peut aisément rivaliser avec l'équateur. Le fil noir se tortille sur les mers. Avec coquetterie, elle se tourne vers le miroir, glisse trois petites barrettes entre ses lèvres et, en riant, brosse sa chevelure en une belle torsade à la Grace Kelly.

Nous arpentons une avenue majestueuse, ma mère devant moi, portant un manteau foncé ; j'admire le nid dans sa nuque. Elle a planté un oiseau en os dans sa torsade. Nous rendons une visite successorale. Je vais rencontrer les tantes françaises – opulentes propriétaires. Leur unique nièce vient m'exhiber : le bâtard, l'enfant né par accident. Il me faut bien me tenir, notre avenir est en jeu. Leur argent est censé nous libérer des restrictions et de la peur d'une guerre prochaine. Pour l'occasion, je porte un pantalon de velours gris à revers. Du neuf qui me gratte.

Tante Élise et tante Désirée chérissent leurs origines. Voici des générations, leurs ancêtres ont fui les papistes du Sud de la France pour gagner le Septentrion. Des Vaudois, mais à la maison, on les appelle "valdéistes". Les tantes se réclament encore des armoiries de l'époque, bien que la famille se soit mélangée à des paysans brabançons et que nous partagions un patronyme du cru. Être pieuses, tel est leur hobby. Je ne suis pas encore assis qu'elles me font déjà la leçon. Est-ce que je sais combien les Vaudois ont souffert ? Chassés de chez eux, poursuivis par l'Inquisition à cause de leur foi frugale.

Où qu'ils se soient réfugiés en France, même et y compris dans les grottes des Alpes, on a systématiquement brûlé leurs églises dépouillées et détruit les lieux et bâtiments où ils s'établissaient. Sous l'œil des mères, les papistes projetaient les bébés contre les rochers ; ils démembraient les jeunes garçons, éparpillaient les morceaux de leurs corps dans des champs puis les retournaient à la charrue. Ils décalottaient le crâne des maris ; les papistes cuisinaient les cerveaux avant de les manger.

Les tantes me montrent une vieille bible française, reliure souillée de sang rouillé. D'effroi, je me cramponne au bord de la table ; ma mère regarde dehors et se met à parler du temps.

"Nous sommes les juifs d'entre les chrétiens", fait tante Désirée.

On m'accepte dans le club ?

Le noir de leurs robes a la brillance d'une armure, leurs cheveux gris sont réunis en un chignon tellement serré qu'il provoque un battement au niveau de leurs tempes ; le peigne a laissé des traces qui rappellent celle d'un soc dans un champ automnal. Elles ont un nez en hache angulaire, des yeux brun foncé. Je considère ces têtes, bouche bée. Revêches à force de dévotion, mentons entaillés de sillons.

Ma mère en a un elle aussi, mais elle l'appelle fossette, l'une des sept beautés. Je tâte mon menton pour estimer la profondeur de ma fossette. À un moment où les tantes ne font pas attention, je me laisse glisser de ma chaise pour me faufiler dans le couloir où, en entrant, j'ai vu une rangée de portraits accrochés au mur. Je passe de longues minutes à examiner tous ces mentons, dans la compagnie du tic-tac de plusieurs pendules. Ici, le passé s'expose dans des cadres dorés… Levant les yeux sur ces vigoureux Vaudois, je repère dans un coin une femme assise, semblable à ma mère, tenant une bible dans ses mains aux veines apparentes, saucissonnée dans le noir d'une camisole. Une porte s'ouvre derrière moi, un seau de lumière éclabousse le mur, le soleil lave toutes ces bouilles. Pile dessus.

Je me retourne et vois ma mère dans un cadre plus grand, une silhouette familière dans l'embrasure de la porte. Elle lève les bras. De désespoir. Un avenir à vous faire fuir.

La mémoire comme armoire électrique, de l'obscurité à la lumière, du passé au présent. J'ai fermé les yeux, paupières crispées, afin de nous revoir en cette journée étouffante, chez les tantes "françaises".

Après le déjeuner – une assiette de rosbif saignant que je n'ai pas réussi à mastiquer –, une voiture noire arrive, un domestique coiffé d'une casquette nous conduit dans un village à quelques kilomètres de là où sont enterrés les derniers Vaudois, dans un temple, sous des pierres tombales usées. Nous marchons sur des siècles de foi. Je vois mon patronyme, je cherche à le montrer à ma mère, mais elle est déjà ressortie. Je la retrouve à l'ombre du clocher, sur le gazon bombé où s'égrènent d'autres tombes. Tête levée, elle contemple les traînées de nuages que le vent dilue, au pied d'une pierre où est gravé le nom d'une femme morte jeune, une Van Dis elle aussi – pour moitié. Je cherche la main de ma mère et trouve un poing dans une poche de manteau.

Silencieux, à la table, peut-être n'avions-nous pas ouvert la bouche depuis une heure, pourtant on aurait dit que nous avions parlé, à croire que nous avions échangé des pensées par le biais de nos regards voilés perdus dans le vide. La communication du futur.

Le tiroir de la table grinça, ma mère me présenta une petite boîte en carton blanc, le nom du bijoutier figurait en bleu sur le couvercle. “Ta brosse de bébé.” Elle tira de la ouate une brosse en argent et passa la paume de la main sur les poils. “Un cadeau de ton grand-père, c’est avec ça que je domptais tes bouclettes.”

Je reniflai l’objet. Le bébé que j’espérais humer sentait l’argent patiné.

“Pour ton premier enfant… telle était l’idée.”

Oh ! non, ça recommence ! Je ne me risquerais pas à m’infliger un mouflet. Un nœud au spermiducte, portillon fermé, après moi aucun fou de plus ne verrait le jour. Ma mère interprétait ma résolution comme une infamie. “Notre branche ne doit pas mourir.”

J’allai me placer derrière son trône et la vis se ratatiner. Tête dans les épaules. Effrayée. Le haut de son crâne pelait. J’ai hésité à la toucher : je m’efféminai… et brossai ses cheveux fins comme ceux d’un bébé. Elle a frissonné. Calinou, calinou. Elle a eu un sourire de ravissement.

25

Elle avait mal aux jambes. Je lui ôtai ses chaussures, la dépiautai de ses bas de contention et inspectai l'état de ses orteils et de ses ongles : calcifiés et incarnés. "Ça peut plus durer !"

Elle a considéré ses pieds nus. "Ils m'ont dépassée.

— Pourquoi accepter de souffrir ? Prends un paracétamol.

— J'veux pas."

Gagnant la sortie, je suis passé voir la directrice. "Votre mère refuse tout soin. Dernièrement, elle a jeté une chaussure à la figure de mon assistante pour la chasser. C'est une femme hargneuse."

26

Avant de passer à la maison de retraite, je m'arrêtais sans manquer à la Maison van Laack pour y acheter biscuits et chocolats que ma mère réclamait. Elle tenait à cet établissement. Une boutique sinistre où les odeurs du travail artisanal et du four ne franchissent pas les portes coulissantes antiseptiques ; dans ce lieu, on se sent aussi bien que dans un salon mortuaire : sols de marbre noir, comptoirs noirs, vitrines noires et personnel habillé en pingouin. Nulle part la moindre miette, la moindre tache. Les tartes aux fruits grelottent derrière une vitre, les tuiles aux amandes se tortillent sur un présentoir. Des gants en caoutchouc couchent les chocolats dans une boîte noire. J'y laissais chaque fois une centaine d'euros en échange de deux sachets en papier rigide noir ornés d'un ruban – à soulever du petit doigt.

Au début, je me disais : Elle veut faire impression sur ses invités, voilà pourquoi elle laisse traîner la boîte noire (rehaussée d'une couronne et d'armoiries) aussi longtemps sur la table. En réalité, elle ne recevait pour ainsi dire plus personne. Elle mangeait tout elle-même ; certes, je l'ai vue un jour nourrir les moineaux de tuiles aux amandes.

Curieux comme les goûts de ma mère avaient changé dans ce domaine comme dans d'autres : avant d'emménager à la maison de retraite, elle passait la tête haute devant les pâtisseries sans en pousser la porte : les gâteaux, elle en faisait elle-même avec des ingrédients bios, de l'épeautre rouillé (céréale ressuscitée, ramassée dans les pyramides des pharaons), des reinettes de sa propre production ; elle trempait ses fraises dans du chocolat bio fondu – or depuis qu'elle n'avait plus de potager ni de four, elle était livrée aux mitrons.

Moi, son commissionnaire à la demande, je lui offrais une solution. Par vengeance, elle exigeait ce qu'il y avait de meilleur, du moins de plus cher : les délices royaux, légers comme une plume, de la Maison van Laack. En guise de preuve de mon amour pour elle, ou plutôt : de preuve de ma soumission. Je ne sais combien de fois j'ai exhibé les boîtes devant elle, sans lui tirer un sourire, sans susciter la moindre étincelle de plaisir dans ses yeux. "Pose-moi ça là." Ça m'irritait, cependant j'ai continué à lui acheter des friandises, contre toute évidence. Au lieu de la mort que je n'étais pas en mesure de lui livrer, je lui apportais des truffes moelleuses.

"T'es fou d'lui acheter ces friandises ridiculement chères", commentait mon amie. Les rares fois où elle m'a accompagné à la maison de retraite, la froideur qui accueillait mes offrandes l'énervait.

Ces deux-là ne faisaient pas bon ménage. Après une énième rencontre laborieuse, j'avais demandé à ma mère : "Au fond, qu'est-ce que tu penses d'elle ?" Silence dédaigneux… "Elle n'a rien à m'offrir."

"Tu f'rais mieux d'lui acheter des biscuits au supermarché", me recommanda mon amie.

Lors de notre visite suivante, j'apportai quelques sachets en réclame du supermarché ainsi que des biscuits complets, à consommer de préférence avant la Troisième Guerre mondiale. "Regarde-moi ça, une surprise !" J'exhibai triomphalement mes achats.

Ma mère leva grincheusement les yeux de son livre : "J'en veux pas.

— Farine complète, agriculture biologique." Je mentais, ne voulais pas m'en laisser conter.

"Je mange pas les saloperies qui sortent d'une usine."

Quelque chose se cassa alors. D'un ample geste du bras, je balayai sachets et biscuits puis posai le pied dessus. Un fils de soixante-cinq ans écrabouille des biscuits. Mon amie tenta bien d'en sauver un paquet, mais je la repoussai. J'allais les réduire en poudre, de la poudre à canon – à en incruster les coutures du vieux persan. Ma mère se tétanisa sur place. Mon amie la réconforta, épousseta les miettes tombées sur ses genoux, replaça le coussin qui frissonnait sur son ventre… voilà que ma mère s'appuyait sur son épaule. Ce qui augmenta encore ma fureur. Ma colère les réunissait toutes les deux ! Je m'emparai de l'aspirateur. "Oublie pas la plinthe, et là, sous la table…" J'écorchai la peinture. Ma mère serra mon amie dans ses bras. Tiens donc, mon amie avait quelque chose à lui offrir.

27

Le conseiller fiscal faisait des difficultés : il lui manquait au moins six mois de relevés bancaires. Si je n'avais pas trouvé sa lettre froissée sur la table, traînant soi-disant par hasard là où je prenais place chaque fois, je n'en aurais rien su. Le bonhomme exigeait d'avoir accès à tous les documents : faute de quoi il retournerait à ma mère sa déclaration d'impôt sans l'avoir remplie. Avec une moue boudeuse, ma mère me permit d'accéder à son secrétaire. Pendant que je me penchais sur une montagne d'enveloppes non ouvertes, elle se traîna sur le balcon pour combattre les pucerons.

Je suis tombé sur un vrai foutoir : factures impayées, rappels de l'entreprise de vente par correspondance, avis d'imposition de la commune, courriers relatifs aux services bancaires en ligne, mais pas le moindre relevé. Pas trace non plus de son portefeuille d'actions. En revanche, des horoscopes de Shell et d'Unilever portant des annotations dans son écriture. (Lieu, jour et année de fondation, ascendant, de quoi lire dans les étoiles les heurs et malheurs d'une grande compagnie.) Avec son argent, elle avait toujours joué de prédictions, mais que restait-il de son capital ? De quoi vivait-elle en réalité ?

Depuis des années, le coût de la maison de retraite dépassait le montant de sa pension. Chose que je savais depuis peu, la directrice m'ayant approché au sujet d'un arriéré de loyer.

Interroger ma mère sur le sujet, ça l'avait piquée au vif. Avec fébrilité, elle avait entrepris de mettre de l'ordre dans ses livres et appelé à la rescousse sa coupelle de jade contenant des pierres semi-précieuses. Je l'espionnais ? Qu'est-ce que je mijotais dans son dos ? L'arriéré était déjà payé. (Bien qu'elle fût incapable de me présenter la moindre quittance.) Elle m'avait interdit de téléphoner à la banque. "Qu'est-ce qu'ils vont penser de moi, que je perds la boule ou quoi ?" Mon attitude de fouineur la vexait. "Mes affaires d'argent, j'ai toujours réglé ça toute seule." Fâchée, elle avait refermé son secrétaire d'un coup sec. Lors d'une deuxième tentative de contrôler ses comptes, je trouvai l'abattant verrouillé. Clé perdue.

Elle jouait à cache-cache avec moi. Je voulais savoir si elle avait reçu un nouveau carnet de chèques. Oui, mais elle ne le retrouvait plus, elle supposait qu'il était dans son sac, mais n'avait pu mettre la main dessus après une longue fouille. Je peux… ? Non, elle m'interdisait de le toucher et même de le pointer du doigt. Pouvais-je au moins regarder dans le tiroir de la table ? N'y entreposait-elle pas un peu de tout ? Non, la clé s'était volatilisée. Volatilisée. Elle avait perdu trois clés dans le même laps de temps.

Je m'efforçai de garder mon calme, avalai même un comprimé pour étouffer mon agacement. "Ça te ressemble pas, fis-je en me retenant, t'as toujours été un chien de garde pour tes clés. T'arrives encore à ouvrir ton coffre ?" Cette cochonnerie de bagage faisait dorénavant office de table de nuit dans la chambre. Il y avait des années que ma mère ne portait plus la chaîne en argent à laquelle était passée la clé.

“Bas les pattes, tu l’approches pas !”

Tout un chacun a droit à ses secrets. Elle daubait sur la banque, le gouvernement, l’État dans lequel on vit et qui contrôle tout. Tout le monde sait tout sur chacun de nous. Tout le monde se mêle du quotidien de tout le monde. Pour la moindre chose, un formulaire et un duplicata. Y compris pour la mort. “J’m’en veux encore d’avoir laissé ma carabine à Sumatra. Boum, une balle dans la gorge, t’aurais plus qu’à nettoyer la merde.

— T’es de plus en plus méchante.

— C’est la vieillesse, rétorqua-t-elle, sarcastique. Ce sont pas les années qui émoussent le caractère. Ça bout, ça s’épaissit, la vraie nature remonte à la surface. On devient tous le bouillon-cube de notre propre soupe.”

28

J'ai téléphoné avant le dîner. Elle avait une voix rauque.

"T'as parlé à quelqu'un aujourd'hui ?

— Non, t'es le premier." La porte de son balcon était ouverte, j'entendais des oiseaux chanter.

"Personne n'est passé ?

— J'ouvre pas.

— Oui, mais la directrice a la clé.

— Je mets le verrou.

— Ça n'est pas très gai, t'es toujours plus seule.

— Seule, moi ? N'exagère pas, tu sais que je fais peu de cas des autres."

Ensemble à la table de lecture. Le téléphone sonne. Elle décroche, sans mentionner son nom : "Non, non, madame n'est pas là. Non, je suis son amie. Vous voulez lui laisser un message ?" Elle fait oui de la tête, mais tire la langue et raccroche.

"C'était qui ?

— Juste la banque. Ces gens, de nos jours, y cherchent à nous refiler tout un tas de trucs."

Une nouvelle fois, le téléphone. Cette fois, elle décroche en adoptant une voix distinguée : "Oui, vous êtes bien chez… Une seconde, je vais demander à madame." Elle garde la main sur le combiné, laisse passer du temps… "Non, ça ne convient pas à madame. Ces prochaines semaines, elle n'a pas une minute à elle."

Elle glousse comme une polissonne. "Le club de lecture, je n'en ai plus envie."

La directrice téléphone. "Non, demain, pas le temps. C'est ça, oui, des visites. En effet, on s'occupe bien de moi… Trop bien… ha, ha.

— Tu as de la visite demain ?

— Non, mais je n'ai pas envie d'la voir, celle-là. Je fais celle qui a un emploi du temps surchargé."

Coup de fil inquiet de la directrice : "Votre mère ne va pas bien. Elle aboie sur le personnel, elle se dispute avec tout le monde."

Sans attendre, je l'appelle.

"On me dit que tu te conduis mal.

— J'suis pas au courant.

— Si tu tiens à mourir dans la sérénité, il te faut commencer par lâcher prise et respirer la paix. Renonce à ta rage. Se disputer, c'est s'attacher." Je la mets face aux textes qu'elle revendique pour planer. "Évacue l'inutile.

— Comme si je n'évacuais déjà pas assez de choses."

Un va-au-diable et, dans la seconde, communication coupée.

J'emportai un coussin neuf, doux, rempli de duvet, odorant la lavande. Couvert de taches, celui qu'elle tenait contre son ventre sentait mauvais. Elle refusa le nouveau. Je le posai sur ses genoux. Elle posa dessus un regard de dégoût et le balança par-dessus son épaule. Je le posai devant elle sur la table – une pelote de reproches. Elle leva sur moi des yeux bruns larmoyants, tira le coussin vers elle, le tint des deux mains devant sa bouche et me demanda de l'appuyer contre sa figure.

"Non, t'es folle ou quoi !"

Elle me considéra d'un air suppliant, je m'agenouillai devant elle puis nous caressâmes à l'unisson le coussin. Sous nos mains chaudes s'élevait une odeur de lavande. "On peut pas continuer comme ça, j'ai chuchoté, pas faire comme ça."

Elle tira sur les accoudoirs du fauteuil à les arracher tout en tapant furieusement du pied sur le tapis.

29

Ma mère devenait impossible. Elle me quémandait pour tout et rien. Acheter, s'il te plaît, de l'huile d'eucalyptus – elle se rouillait –, aller dénicher chez Beter Bed un bon matelas, ah son mal de dos ! Elle ne tenait aucunement compte de mon emploi du temps. Et puisque j'allais passer la voir pour lui tirer une énième histoire du nez – manifestement, pour ça, je n'manquais pas de moyens, hein ? –, un petit prêt l'arrangerait. Ce n'était pas le moment de vendre des actions, le cours des carbures était trop bas. Juste de quoi faire la jointure.

Son prénom apparaissait au moins cinq fois par jour sur l'écran de mon téléphone. Il m'arrivait de la refouler d'un glissement du pouce ou d'un aboiement ("Commence par retrouver tes clés !"), mais tout cela l'incitait à passer encore plus d'appels et à redoubler de radotages : elle avait égaré une pince, une pince avec laquelle elle remontait l'horloge brabançonne, et dont elle ne pouvait donc se passer : ses doigts perclus de vieillesse l'empêchaient d'actionner le mécanisme. Les aiguilles de cette horloge, héritage des tantes "françaises", étaient arrêtées, ma mère vivait sans temps. Ma faute. Je lui avais subtilisé la pince en question. Elle n'en démordait pas, une voix le lui avait assuré à deux reprises au milieu de la nuit… – tante Désirée lui était apparue.

La vieille antienne : acculée dans ses retranchements, elle fuyait la réalité. Parallèlement, elle demeurait d'un flegme saisissant. Elle lisait toujours deux quotidiens nationaux, surtout les pages "Étranger", connaissait par cœur le nom de tous les ministres, maudissait les députés friands de médias et suivait la crise financière à la décimale près. Mais sa frénésie bigophonique, sa suspicion et ses accusations, cela ne présageait-il pas un début de démence ?

À moins que la confusion mentale ne me touchât, moi ?

Sa voix ne me quittait plus. Quand je mettais mes notes au propre, je l'entendais qui s'en mêlait. J'écrivais à son sujet pour prendre congé d'elle ; or, je me surprenais à être toujours plus sous sa coupe. Elle devenait mon cauchemar. Quand je me retournais dans mon lit sans trouver le sommeil, il arrivait qu'elle se glissât sous la couette, se penchant au besoin sur moi, bouche collée à mon oreille : "Tu les entends tirer sur tout c'qui bouge ?" ("Non ! dégagez, toi et ton dentier qui crécelle !") Elle roulait sur moi, son ventre proliférait dans ma cage thoracique. Pour retrouver mon calme, je n'avais d'autre solution que faire fondre sous ma langue un comprimé pour le cœur.

Sa présence s'affirmait au point que, par moments, je voulais m'en prendre physiquement à elle, sur son satané tapis déguenillé – n'avait-il pas été de tout temps le terrain de maints affrontements ? Tout bonnement faire le coup de poing. Déambulateur dans un coin, dentier dans le verre et fils face à sa mère, non pas comme par le passé quand nous nous disputions quotidiennement, quand elle me poursuivait en brandissant sa pantoufle, mais corps à corps, chair à chair. Un balayage et je me mets à cheval sur elle. Mère-pouf. Voyons voir ce qu'il en est de ses muscles, elle la rustaude qui tirait d'une main le veau des entrailles de la vache.

Saperlotte, elle se tortille sous moi, se dégage, je glisse, elle bondit sur mon dos et me chevauche en amazone. Sa main cherche ma pomme d'Adam, elle m'égorge, ses bagues ricochent sur mes dents comme le mors sur celles d'un cheval. Je hurle, mais aucun son ne sort de ma bouche, je sens son odeur, la renifle, la mange. Elle pue la pisse. Mon lit chavire. Je suis nu et je la grimpe.

Notre colère me tenait sous son emprise. La colère, c'est aussi de l'amour, tangible au milieu de la nuit. Lors de ma visite suivante, je lui demandai pourquoi elle détournait systématiquement la joue quand je cherchais à l'embrasser. "Le plus petit contact physique te fait peur.

— Où vas-tu chercher ça ?! La masseuse vient toutes les semaines." Furieuse, elle pétrissait sa canne.

"Il suffit que je retire un cheveu tombé sur ton épaule pour que tu sois toute pantelante.

— Si t'as tant de mal à m'accepter comme je suis, pourquoi tu viens encore ?

— Ouais, cette question, je me la pose moi aussi.

— Pour l'héritage.

— Tu veux parler des dommages-intérêts, je suppose.

— Oui, c'est ça, tout est de ma faute.

— Je ne parle pas de culpabilité, mais d'angoisses.

— Moi, j'ai fait fuir des soldats de ma chambre. À six ans, je savais manier un fusil.

— Parce que t'avais peur.

— J'ai tué des cochons.

— Le couteau, le fusil – quelle tendresse ! Tu es ma mère, tu m'as mis au monde, impossible de m'approcher plus de toi, or sur toutes les photos, tu te tiens à un mètre du bébé que j'étais.

— J'étais malade, j'voulais pas t'contaminer.

— Tu m'as contaminé. Avec ton absence.

— Je partais en voyage uniquement quand tu étais toi-même en vacances.

— Deux mois de camp de voile pour te débarrasser de moi. Mais t'étais où quand la vaisselle explosait contre le mur ?

— Fous-lui la paix à ce bonhomme !

— C'est mon père, bon Dieu !

— Et mon homme. Un homme faible." Elle lâcha sa canne et, sous le coup du désespoir, se pencha sur la table, tête sur les avant-bras – épaules traversées de secousses. Quelques toussotements aussi, et des vapeurs. Je plaçai une serviette sous le robinet d'eau froide, tamponnai ses tempes échauffées. Elle s'appuya contre mes épaules. C'est vrai, j'étais un bon fils, autrement meilleur que les fichues infirmières employées ici. Cette engeance n'avait jamais appris les bonnes manières.

Je pris la défense de ces dames que j'avais trouvées bien des fois à sa table et qu'elle traitait alors comme des amies. "Elles volent mon argenterie.

— Mais non, tu leur as donné un peu de tout.

— Fallait bien, elles sont jalouses les unes des autres."

On se chamaillait. Dialogues sans fin, textos transcrits à voix haute.

En me dirigeant vers la sortie, elle s'agrippa à mon bras pour garder son équilibre. Elle me pinça tout doucement, puis fort, puis doucement encore, court-fort-long-court-long. Du morse dont le sens m'échappait. J'ai ralenti le pas, une bise fugace et je l'ai dégrafée de moi.

Mais elle ne m'a pas lâché. Le même soir, elle fit son retour au bord de mon lit, pour me rétrécir sous ses pincements et me recaser dans la résidence des rapatriés. Elle fit crier les mouettes autour de la maison et poudroyer les dunes.

Ce n'étaient pas des mouettes, mais mon père qui criait, la tempête le rejetait sur le navire transportant des prisonniers de guerre, torpillé en haute mer, pendant des jours il avait dérivé au milieu des cadavres. Il appelait ses camarades. Figés, nous l'écoutions dans une obscurité d'encre. Il comptait, dénombrait. Chassait les morts. Ma mère a griffé du bout de l'ongle une croix sur mon front. Elle portait un tablier, encore mouillé après qu'elle eut fait la vaisselle. Quand elle s'est retournée, j'ai tiré sur le nœud et l'ai attrapée par les rênes. Hue ! Je me suis réveillé, mon oreiller était mouillé.

> Chanson motorisée
> Mon garçon, ne pleure pas, pas maintenant, tiens bon, viens ici, non, pas sur ma robe, tu m'écrases le bras… t'es pâlot, mon Dieu, quelle tempête dehors, t'entends le sable fouetter les carreaux de la fenêtre ? Attends, je vais te raconter une histoire, celle du prince volant, tu l'aimes beaucoup,

hein ?... Non, pleure pas, ton père va revenir, ces hommes ne lui ont pas fait d'mal. La ceinture, elle ne sert pas à frapper. Non, calme-toi, ah ! mon petit, incroyable c'que tu lui ressembles, viens, tiens bon. Allez, vole, oublie ce que t'as vu, vraiment, ils sont bien intentionnés à son égard. Ça prendra pas beaucoup de temps. Tu sais combien il peut s'emporter. Les choses du passé, en effet, le passé fait mal. Tu t'rappelles, comment il a... Ah ! ma mémoire est lasse, oui, mon trésor, le drap te serre trop. Non, les ceintures, ce n'était pas pour frapper, c'est sa façon de se calmer, d'aller mieux. Ce n'était pas la police, maintenant il va dormir. Il est fatigué, tellement fatigué. Pourquoi tu frissonnes, il fait pas froid. Oui, ton oreille est toute rouge, mais c'était censé être une caresse. Je vais t'dire un truc : Ton père... euh, non, pas d'histoires à c't'heure-ci. Écoute le vent et le sable qui fouettent les carreaux d'la fenêtre. Essaye de dormir. Et vole, c'était censé être une caresse.
Une caresse.

30

Après une semaine de cauchemars tintamarresques – toutes les nuits, je me réveillais en hurlant –, j'ai pris rendez-vous à Amsterdam, sur les conseils de mon amie, avec une psychologue, ancienne camarade de classe avec laquelle j'avais entretenu un semblant de contact. C'est elle qui, par le passé, m'avait incité à suivre une analyse. Mieux valait que je soulage mon cœur auprès d'une personne qui, de par sa profession, se débrouillerait de mes cauchemars. Ruisselant de sueur, j'avais avoué à mon amie que ma mère me faisait toujours peur. Ne causais-je pas de souffrances à ma génitrice en raison de ma curiosité ? Ne me rendais-je pas coupable de trahison ? Ses angoisses se glissaient en moi – son effarouchement, ses obsessions liées à la guerre.

La psychologue me reçut dans son cabinet. Nous avons proposé de nous en tenir à des rapports patient-spécialiste. Mais bon, j'avais apporté du vin blanc bien frais et on s'appréciait toujours. À l'époque du lycée, on s'était fréquentés un moment, je l'amenais à la maison, elle avait fait la connaissance de ma mère ; dès la deuxième fois, celle-ci l'avait autorisée à ramasser légumes et fruits dans le potager – privilège qui avait perduré bien longtemps après notre flirt. Grâce à ses origines moluquoises, ma camarade jouissait d'un préjugé favorable auprès d'elle.

Nous avons débouché la bouteille et passé ma mère en revue. Pourquoi désirais-je coucher sa vie sur le papier ? Parce qu'elle m'avait toujours tenu à l'écart. Et qu'est-ce que je m'attendais à découvrir ? Aucune idée. De la franchise. Je voulais la fracturer (lui faire mal, pour qu'elle ressente ce que je ressentais, mais cela, j'ai omis de le dire). Ma mère jouait un jeu avec moi. Elle détournait le regard, cachait des clés. Comment pouvais-je m'accommoder de tant de dénis ? Et pourquoi la noircissais-je à ce point dans ce que j'écrivais ?

"Mise à l'écart, déni – de bien grands mots." Mon amie psychologue réfléchissait à voix haute : "C'est une femme intelligente, un stratège. Elle t'a invité à l'accompagner dans son passé : la ferme, les vieilles photos, les Indes… Du coq à l'âne, mais c'est sa nature. Elle perd les clés pour que tu les retrouves. Vous dansez tous les deux autour du pot."

Il faisait chaud cet après-midi-là, j'étais assis en face d'elle, dans un fauteuil à oreilles qui me poissait au niveau de la nuque – attaque portée par la transpiration, l'angoisse et les tourments du tiers qui m'avait précédé. Au-dessus de nos têtes, le mari de la psy jouait du piano ; d'impatience, mes doigts suivaient la mélodie en tambourinant sur l'accoudoir. Et je détournais le regard, sacré nom !

"De quoi ai-je peur ? lui ai-je demandé à voix basse. De quoi a-t-elle peur ?"

Elle est restée silencieuse, gênée par sa fonction.

"Je croyais avoir laissé tout ça derrière moi, mais en réalité, je suis resté un fils dévoué qui cherche une mère aimante. Quand bien même cela peut sembler terrible.”

Soucieuse, elle acquiesça, les yeux pleins de compréhension alors que j’attendais de l’ironie de sa part.

“Dans mon imaginaire, je l’ai tuée à quelques reprises – j’imitai le geste qui accompagne la strangulation. À présent, je le fais sur le papier.

— Ah, ah, tu te sens coupable.

— *Guilt is a waste of time…* Je sais, je sais… *Se sentir coupable, quelle perte de temps !* Phrase d’Henry Miller accrochée au mur, près de mon bureau. Je me sens tout le temps coupable.

— Tu décris les impressions que ta mère te laisse, c’est ton bon droit, c’est ta vérité.”

Nous avons exhumé des souvenirs de cette mère qu’elle avait connue. La mère qui lisait l’avenir dans sa main, sans qu’elle l’y ait invitée, alors qu’elle tenait de l’autre son goûter. “Elle me jugeait sur mon caractère, y compris tous mes défauts. Ce qui est certain, c’est qu’elle a prédit un jour mon intérêt pour la psychologie.

— C’est moi qui lui en avais parlé. Mon Dieu, comme j’avais honte alors…

— Tirer les cartes, lancer les pièces du Yi Jing… Une femme attendrissante, elle me captivait.” Elle fit l’éloge du tweed de ma mère, de sa voix, de son culot. Elle ressuscita des histoires que j’avais oubliées depuis longtemps : ma mère qui, lors d’un congrès national du Parti libéral, avait pris le micro pour demander l’heure de naissance de son leader Hans Wiegel. “Les journaux ont parlé de son coup d’éclat !”

La maxime qu’elle aimait entonner : “Si nous étions tous libéraux, il n’y aurait plus jamais de guerre”, nous fit rire.

Mon amie psychologue répartit le reste de la bouteille dans nos verres. Une mère toujours plus drôle se profilait. Membre du fan-club du groupe de rock indo du frère de mon ancienne camarade. Supportrice de l'école de boxe. "Elle a participé à une manifestation pour défendre le droit à l'avortement, je l'ai vue devant la mairie, brandissant un écriteau MON VENTRE M'APPARTIENT. Eh ben, dire que t'en savais rien."

Oui, mais à l'époque j'avais déjà quitté la maison…

"J'aimerais réussir à me souvenir de choses amusantes à son sujet", fis-je alors que je prenais congé dans le couloir. Nous nous sommes serrés dans les bras l'un de l'autre ; elle m'a tapoté l'occiput : "Un lien fort vous unit, c'est particulier. Une fois rentré, dresse une liste de ses bons côtés.

— T'es trop bonasse.

— Pas moi, toi. Qui aspire encore à ce point, dans ses vieux jours, à l'amour de sa mère ? Allez, au boulot : les fous s'aident les uns les autres."

31

Il fallait donc qu'il y ait un lien. Le matin avant de me raser, le visage encore froissé de sommeil, je lui ressemble. Mais il y avait sans aucun doute quelque chose de plus profond. Je n'ai tout de même pas son caractère ? Elle, un exemple à justement ne pas suivre ! Elle à droite, moi à gauche. Elle, la superstition ; moi, la dérision. Mais je dois reconnaître ce qui est : elle m'a toujours accordé la plus grande liberté. Elle a dépensé des fortunes pour satisfaire mes caprices – escrime, aviron, photographie, cours de théâtre – sans jamais m'interdire de merdoyer. Elle ne s'enquérait d'ailleurs de rien. Échecs, amourettes, malheurs… mes cauchemars, déjà présents alors… aucun sujet de conversation pour elle. Dans la mesure où je me faisais couper les cheveux à temps, sortais correctement habillé et me comportais bien. Ce que je ne manquais pas de faire.

(Encore que je sois allé, à l'âge de seize ans, à quelques reprises aux putes, lesquelles vous manipulaient pour 15 florins. Je me servais dans le portefeuille de ma mère. Elle l'aura certainement remarqué. Mais les putes, elle n'en ajamais rien su. Les filles du lycée, je n'osais pas même me coller contre elles pour une danse.)

Ma mère était sociable avec les inconnus – tant qu'ils se tenaient à distance. Quiconque s'approchait trop trouvait une femme fermée. Les sentiments, elle n'en parlait pas, encore moins avec ses enfants. Telle était la première moitié de son siècle – affects accumulés et sous contrôle jusqu'à ce qu'une deuxième guerre vînt soulever la soupape. L'époque où l'on se mit à s'épancher en public a correspondu au luxe d'une paix durable et d'une prospérité sans précédent. Ce qu'on devait appeler "l'émancipation des émotions". Cependant, dans mes jeunes années encore, il était tout à fait normal de ne rien savoir du passé de ses parents.

Je me reconnaissais dans sa façon de se comporter avec les tiers. Aux yeux des gens, une langue bien pendue, mais intérieurement, une peur bleue de tout contact intime. On emporte dans le tombeau ce qu'on a appris au berceau. Méfiance et vigilance, couple inséparable. Les angoisses. Peut-être était-ce ça, le lien.

32

Le 22 août 1909, Jules Renard, qui détestait sa mère, écrivait dans son *Journal* : “La vérité désenchante toujours. L’art est là pour la falsifier.” Et le 4 octobre de la même année : “La vérité n’est que dans l’imagination. Le choix dans la vérité est dans l’observation. Un poëte, c’est un observateur qui recrée tout de suite.”

Les bons côtés de la mienne. Cinq tentatives.

Nous héritons ! Je vois encore ma mère entrer en trombe dans le salon en brandissant une lettre du notaire. Au passage, le poêle à charbon se prend un coup de pied : ce machin va pouvoir dégager ! Elle se lance dans une danse de derviche et relit la lettre à haute voix : *Votre tante étant décédée sans descendance directe*… Héritiers. Elle et son frère. La moitié chacun. Une ferme, une maison d’habitation, des antiquités, des tapis, des actions. Depuis la mort de mon père et l’envol des filles, notre vie a certes déjà changé ; mais cette fois, on va déménager. *Tabee* résidence des rapatriés ! adieu à toi et à tes couvertures masquant les fenêtres, à tes casseroles qui mijotent toute la journée, adieu aux relents de nourriture dans le couloir commun. Bonjour chauffage central, allée et entrée privées, cette dernière agrémentée d'un sofa et d'un porte-parapluie. On va vivre dans le luxe.

Maman, tu vas pouvoir acheter une voiture !

Quelques heures plus tard, la nouvelle s'est répandue dans les recoins de la résidence. Tous les voisins frappent à notre porte, ma mère est bien obligée de leur offrir un verre. Elle m'envoie au Badhotel pour y acheter une bouteille de vin blanc doux. Il est rare qu'on boive de l'alcool, mais ne s'agit-il pas aujourd'hui de porter un toast à une tante valdéiste ?

Moins d'un mois plus tard, on a une maison à nous, entourée d'un jardin dans le Gooi – toute neuve, pas une éraflure, pas une cabossure, une porte d'entrée rutilante rien que pour nous. Ce à quoi ma mère a aspiré pendant des années. Nos meubles d'occasion, on les a partagés entre les rapatriés de la résidence. Les Indes en sont réduites au coffre. Ou comment déménager les doigts dans le nez.

Le directeur de la banque est venu se présenter en personne, il suffit à *madame* de passer un coup de fil pour qu'il envoie un commis chargé de lui remettre une enveloppe. Le club de théosophie local invite la nouvelle habitante à intégrer son bureau ; de nouvelles amies se présentent à la porte. Dans le centre commercial, des messieurs bien soignés soulèvent leur chapeau à son passage. Ma mère ose se montrer. À présent qu'elle a de l'argent, elle ne pousse plus de soupirs devant sa machine à coudre ; l'époque des patrons et des rapiéçages est révolue. Adieu robes de romanichelle, désormais elle s'habille chez les Dames Herring. Une maison réservée à la crème de la crème – une référence dans ce coin huppé de la Hollande. Elle m'oblige à l'accompagner.

Nous entrons dans une pièce couleur beige, baignée de la lumière crémeuse d'un lustre, où nous attendent des crapauds et des tables sur lesquelles se déploie un éventail de magazines de mode. Ma mère s'évertue à ne pas perdre l'équilibre sur l'épaisse moquette – elle aussi d'un beige sans défaut –, elle a failli trébucher tant ses pieds sont habitués au lino ; tous les miroirs qui nous entourent l'effraient, ils dessinent une selle de vélo dans le dos de son manteau aux ourlets avachis, et révèlent des jambes sans grâce, des chaussures trop grandes. Elle se détourne des miroirs et redresse le dos. Les dames Herring virevoltent autour d'elle. Madame a de belles mensurations, propres à elle… Tout va lui aller. L'atelier fait des miracles.

On m'indique un *tabouret* – mot français qui danse dans la bouche des dames – habillé d'une sorte de robe. Elles trouvent ça mignon, un grand dadais d'adolescent qui aide sa mère à choisir ses toilettes – en réalité, je suis là pour lui glisser à l'oreille le nom des couleurs : elle est légèrement daltonienne, ce que personne ne doit savoir.

Madame souhaite un petit verre de vin ? Une tasse de thé alors ? Un petit four pour le jeune homme ? Les dames rentrent tout juste de Paris, elles souhaitent d'abord montrer les derniers modèles. Il y a tellement de *nouveautés*. "Préparez-vous à un joli *défilé* !"

Elles se précipitent derrière un paravent et le numéro de déguisement commence. L'une après l'autre, *ensemble* après *ensemble*, les Herring font leur show pour ma mère. Elles font la toupie dans un tailleur Chanel, un tailleur Balmain, une robe-ceinture de Christian Dior très serrée à la taille – mais qu'il est possible d'élargir. "En effet, madame, une taille trop marquée, ce n'est pas pour vous, il s'agit de souligner votre distinction. Plutôt que guitare, vous êtes contrebasse – un magnifique instrument lui aussi."

Époustouflant comme elles luisent… le vernis des ongles, la laque des cheveux redressés, le cirage des escarpins à petit nœud de soie… Par moments, elles portent toutes deux un chapeau et me regardent à travers un voile piqué de *mouches* noires. (J'apprends une flopée de mots français.) Les sœurs sont minces et élancées, l'une plus grande que l'autre, mais comme elles se changent en moins de rien, je les confonds et sais à peine où poser les yeux quand, mains sur les hanches, elles chaloupent devant moi. Leurs fesses me cuisent les rétines. Si elles ont probablement le même âge que ma mère, elles se distinguent par leur air aristocratique, leur gorge fière : à la maison, rien ne met jamais en valeur les seins maternels.

Au spectacle succèdent les étoffes. Des gondoles à roulettes s'avancent, des mètres de tissu s'étirent devant nous. Les dames vantent les matières les plus chères. Touchez-moi ça, regardez comme ça tombe sur la poitrine. Que fait-on ? Cette laine à grosses mailles au motif à carreaux ou le lin finlandais ? Ou du tweed malgré tout, c'est vrai, le violet est magnifique – des éclaboussures lilas sur du pourpre foncé. ("Violet ? J'aurais juré que c'était du vert.") Le violet est à la mode.

Ma mère opte pour du solide, du résistant puisqu'elle ne manquera pas, dans ces vêtements, d'enfourcher sa bicyclette. Elle ne veut pas entendre parler de voiture – tous ces feux de circulation ! Bouger, ça aussi c'est à la mode, de préférence sur un robuste vélo aux sacoches gigantesques – idéales pour transporter arbustes et autres plantes. (Une de mes camarades de classe, qui nous a vus pédaler dans la bourgade les sacoches pleines, a cru que nous distribuions des journaux à domicile. Rien que pour cela, je rayonne sur mon tabouret : dorénavant, les gens vont remarquer que j'appartiens au beau monde.)

Elles arrêtent un choix de modèles, on passe aux mensurations. Les dames Herring me sourient, tapotent les boucles de mes cheveux en passant à côté de moi et présentent des accessoires sur une table. Une broche, un énième chapeau – que pensez-vous de cette cloche ? Cyclamen ! Et voici – pièce unique… il n'attendait que vous – *un vrai croco*, un sac en cuir et voyez le petit miroir au revers du rabat. On le caresse, on le prend. Si jamais quelqu'un risque une remarque : "Comme c'est cruel !", ma mère à une réponse toute prête : "C'est moi qui l'ai tué."

Un nouveau sac à main ne peut se passer d'un manteau neuf, d'un chemisier neuf – collection maison. Et que ça saute ! On lui présente les choses les unes après les autres, on enlève le fil d'une couture, on arrange un col. À son tour, ma mère fait la toupie sous mes yeux, une mère sans tablier de vaisselle, aux mains qui n'épluchent plus de pommes de terre – encouragée par les dames Herring –, d'autant plus belle qu'elle est insouciante. Elle me laisse jouer le rôle de mon père, le soldat qui l'inspectait tous les matins. Examen des vêtements lors de l'appel. Ma mère était négligée, un ourlet décousu, un talon tordu, des habits mal assortis, une tache – elle ne se rendait compte de rien. Lui, de tout. Les taches, il les reniflait. Or la voilà qui tourne sur elle-même, devant moi, dans des créations à toute épreuve, et c'est à *moi* qu'il revient d'émettre un avis. Fils faisant office de conjoint.

Elle achète tout ce que je pointe du doigt. Elle n'est pas économe.

J'aime ma mère libérée.

Après une carrière d'interprète en Belgique, sa puînée rentre aux Pays-Bas. Elle meurt, jeune cinquantenaire. Ma mère prend l'initiative de rendre visite chaque semaine à son petit-fils – quatorze ans. Le père, étant à moitié paralysé, ne peut pas bien s'occuper de lui. Qui peut désormais vérifier s'il se lave les oreilles, se coupe les ongles et fait ses devoirs ? Grand-mère. Le plus souvent, elle et lui lisent ensemble en silence un livre sur le canapé. Ce rythme, elle le tient jusqu'à ce que son petit-fils termine ses études secondaires.

La mort de sa fille ne semble guère l'affecter. Pleurer, ce n'est pas pour elle, apparemment les choses sont écrites. Le coupable, une de ses lapalissades : le karma.

Ma mère pose un regard froid et sur ses enfants et sur son petit-fils. Un garçon intelligent. Trop doux et tendre peut-être pour affronter le monde. Gentil ? Non, ce genre de mots, elle évite de les employer. Elle considère le temps qu'elle lui consacre comme une mission. “Si je ne le fais pas maintenant, je devrai le faire plus tard.” Conséquence logique de sa croyance en la réincarnation : “Il faut laisser un monde convenable aux générations futures. Telle est notre tâche, nous avons le devoir de réaliser quelque chose ici-bas, aussi modeste cela soit-il. Et si c'est au-dessus de nos forces, il faut se dire que dans une vie à venir, il nous faudra débarrasser le bordel qu'on a laissé."

On enterre mon père avec embarras, défense de passer une notice nécrologique dans la presse, ma mère n'a pas non plus osé faire imprimer le moindre faire-part : après tout, ils n'étaient pas mariés. On évite le voisinage. Les rideaux restent tirés, elle garde le lit d'où se dégage encore l'odeur du défunt, elle enlace l'oreiller sur lequel il a posé la tête. Malgré tout, il lui faut bien recevoir des visites : l'assureur, le notaire, l'association d'aide aux démunis et, qui sait, un membre éloigné de la famille qui pense pouvoir hériter deux sous. Je frappe à la porte de sa chambre. Un monsieur attend près des vélos, dans le couloir. "Qu'est-ce que je vais mettre ? Qu'est-ce que je vais mettre ?" Les armoires craquent. Une éternité après, elle apparaît.

Et que porte-t-elle ?

Une couverture grise.

L'australienne, en laine de mouton, distribuée à Ataka, un village du désert des bords de la mer Rouge où les rapatriés, en route vers la mère patrie, avaient fait escale afin de recevoir des vêtements élimés et une couverture croûteuse.

Elle me dit : "Avec qui vais-je à présent partager ma couverture ?"

La résidence des rapatriés. La municipalité passe pour parler des factures d'électricité qui ne cessent d'augmenter, on demande à toutes les familles de se réunir dans la plus grande pièce. Chaise pliante sous le bras, gosses aux basques. Le bâtiment empeste le *trassi*, la pâte de crevettes.

Une femme distinguée se présente, elle est assistante sociale, elle agite devant elle un livre de comptes. Comment se fait-il que nous consommions autant d'électricité ? Ne pouvons-nous pas limiter cela ? Qui contrôle les dépenses ? Personne ? C'est pourtant une bonne vieille habitude hollandaise, le suivi des dépenses, il serait temps de s'y mettre. De s'adapter ! De dépit, ses chaussures de marche couinent sur le lino. ("Des semelles de crêpe, marmonne mon père, encore une socialiste.") S'a-dap-ter, répète la femme à la façon d'un M. Je-Sais-Tout, comme si aucun de nous ne connaissait ce putain de mot. Elle distribue des feuilles de papier quadrillé et des crayons bleus de la commune. Combien de lampes laissons-nous allumées ? Quelle quantité d'eau chaude utilisons-nous ? Que chaque famille dresse une liste.

L'écume aux lèvres, mon père sort. L'assistante sociale lit les résultats à haute voix. Que constate-t-on ? Le cumulus, c'est le grand gaspilleur. Nous prenons trop de bains. Une fois par semaine, c'est bien assez.

Ma mère se lève et vient se planter de toute sa carrure devant la bonne femme : "Qui doit s'adapter ici ? Nous en savons plus sur l'hygiène que vous ne le pensez. On a tout appris sous les tropiques. Dans cette résidence, on a aussi pour habitude de se laver sous la ceinture. Nous, on ne remise pas des luges dans la douche. Nous, on prend des bains. Un par jour. Les Hollandais ? Plus ils puent le hareng, plus ils font le paon !"

Applaudissements. Mon Dieu, ce qu'on est fiers d'elle.

Maraîcher, épicier, jeunes qui livrent le café, femmes de ménage – tout le monde l'apprécie. Et elle papote avec tout le monde. Plus l'emploi est modeste, plus elle se montre cordiale. Un bleu de travail se présente-t-il devant la porte qu'elle s'empresse de lui demander : "Je vous sers un café ?" À Noël, elle distribue de petits cadeaux. Si elle ne laisse pas entrer les dames distinguées de l'administration de la maison de retraite non plus que les autres personnes bien intentionnées, en revanche, le contrôleur du gaz a tout loisir de s'épancher sur le canapé. (À condition qu'elle ait posé au préalable un torchon dessus.) Après chaque taille, une part de tarte aux pommes récompense le jardinier. "Femme de ménage", c'est là un qualificatif qu'elle n'ose prononcer. "Aide-ménagère", préfère-t-elle dire. Une "aide" qui est avant tout ménagée : la veille de son passage, ma mère crapahute dans la maison, on ne peut tout de même pas infliger à une femme comme ça de passer la serpillère ni de se casser les reins. Les ouvriers, elle ne s'enhardit pas à leur reprocher leurs erreurs. Elle ne se résout pas à renvoyer un goujat de laveur de vitres. Au lieu de cela, elle s'adjoint les services d'un deuxième laveur.

Ma drôle de mère. Et pourtant, la distance demeure.

33

Elle a pris la décision : ne plus se nourrir. Sous le coup de l'excitation, sa voix a tonitrué dans le téléphone. Non, plus besoin de lui apporter des biscuits. Des fruits, alors ? Dans le jardin, les griottes sont magnifiques.

"Non, je me contente de boire de l'eau.

— Tu as déjà commencé ?

— Un peu, oui.

— Le docteur est au courant ?

— Lui, je veux plus le voir."

Et si je lui apportais des pois mange-tout, ils sont tellement tendres, je les mange crus, ou des courgettes que je râperais ou presserais ?

"Non, recommence pas à parler de manger.

— Arrêter du jour au lendemain, c'est pas bon du tout, ton corps va protester, ça va te causer des maux de tête. Il faut que tu procèdes par petites étapes.

— Qu'est-ce que t'en sais ? En fait, quand on ne mange rien du tout, la faim et la douleur disparaissent. J'ai vu ça tellement de fois autour de moi... Et, elle a repris après un silence, je l'ai moi-même vécu. À présent que tu me lâches, elle a ajouté en respirant hargneusement, je choisis de mourir. Le tic-tac a commencé."

Elle a raccroché.

C'est seulement alors que ça a percuté dans ma tête. Nom d'un chien, il me fallait prendre certaines dispositions. Téléphoner à ma sœur vivant en Italie, à la directrice, au médecin.

Deux ou trois heures plus tard, je me tenais devant sa porte. Coincé sous la sonnette, un petit carton : *Pas de repas, pas de pain non plus ni de fruits !!!!!* Je m'attendais à la trouver au lit, mais elle se tenait à son habitude dans son fauteuil, derrière ses livres. Ainsi voulait-elle que la mort la trouve : assise dans sa forteresse. Coussin contre le ventre et mains sur le coussin. Pour une gréviste de la faim, elle avait bonne mine. Peau jaunâtre comme à l'époque où elle vivait sous les tropiques ; visage plus jeune en apparence qu'avant.

Préparant du thé, je ne relevai la présence d'aucun rogaton. La plaque électrique était propre, la vaisselle faite, toutes les assiettes rangées dans le placard. "T'as commencé y a combien de temps ?"

Trois jours à peu près. Elle se mit à se plaindre de la directrice, cette fouineuse avait déjà ôté à quelques reprises le carton coincé sous la sonnette. Les cuisines avaient été mises au courant. Quant au reste, les résidents n'avaient pas besoin de savoir que, derrière cette porte, l'une des leurs voulait mourir. Ma mère estimait toutefois que le marchand de légumes ainsi que le boulanger, qui sonnaient parfois pour faire un brin de causette, y compris lorsqu'elle n'avait rien commandé, pouvaient être avertis. Les brins de causette, elle en avait son saoul.

Alors qu'on était passés à la deuxième tasse de thé – "c'est vrai, je ne me suis pas encore arrêtée de boire" –, elle sortit du buffet une boîte noire de la Maison van Laack. Une tuile aux amandes, elle ne se l'interdisait pas. "Ce sont les dernières." Elle se traîna deux fois jusqu'à la porte d'entrée pour s'assurer que le carton était toujours à sa place. Il s'agissait de la cinquième version et du cinquième point d'exclamation.

La directrice perdait courage. "Votre mère sabote la moindre aide qu'on lui apporte. C'est à peine si elle veut encore nous parler. Je lui ai donné les brochures du trajet de soins.

— Les brochures de quoi ?

— Le trajet de fin de vie. Nous sommes obligés de nous tenir à un protocole. Mais voilà, elle les a déchirées sous mes yeux."

34

Bien que ma mère ait également refusé de prendre en compte mes inquiétudes (“rentre chez toi, je vais me débrouiller, je t’appellerai”), il me sembla important de ne pas trop m’éloigner d’elle. Je décidai de louer une chambre dans la maison de retraite. Pour combien de temps ? Aucune idée. La mort ne se laisse pas facilement programmer, je n’avais d’autre solution que d’abandonner pour une certaine durée ma maison en bois. De plus, le long voyage en voiture, plusieurs centaines de kilomètres au moins deux fois par semaine, commençait à me laminer. J’allais laisser le jardin au jardin tout en demandant aux voisins de veiller au grain. Mais avant cela, faire procéder à des interventions urgentes : réparation de la fuite de l’arrosage automatique, enfumage du nid de guêpes sous la fenêtre de la cuisine, lutte contre la prolifération des algues dans l’étang. Et ce n’était que le début de la liste. Une maison en bois, loin de l’asphalte, en rase campagne, ça récrimine plus encore qu’une mère, aucun jour ne se passe sans un quelconque dégât. Le campagnol creuse un trou devant votre porte, la fouine s’installe dans votre grange et, si vous n’y prenez garde, les souris font leur nid dans votre bibliothèque. Je me maudissais d'avoir déménagé loin de la ville, plus encore depuis que je devais parcourir pareilles distances. Cependant, quand j'empruntais l'allée de mon jardin, j'éprouvais sans manquer une lame de bonheur – le silence, la vue, les odeurs et l'idiote sensation d'être l'unique possesseur de cet espace, gagné à la force de ma plume et à renfort de balivernes.

Je suis un romantique, j'aime prendre le petit-déjeuner dehors, même quand il pleuvine, sous un appentis, donner des croûtes de pain aux merles, jeter le marc de café au pied des roses et les coquilles d'œufs sous les hortensias – afin de désacidifier le sol. Ma solitude m'est tout aussi chère que le profond amour que je porte à mon amie. Ma solitude et moi, on s'entend bien, on arrache les mauvaises herbes, on récolte un navet que l'on mange en prenant l'apéro. On bavasse, moi et ma solitude.

Le potager avait été pris d'assaut par les limaces, courgettes rognées jusqu'au cœur ; les pucerons envahissaient les haricots ; les chevreuils avaient mangé toutes les roses. (Je ne pouvais tout de même pas leur interdire de piétiner les parterres, à la tombée du soir – cou à la verticale, naseaux majestueusement dressés. Le silence me regardait alors, tandis que, sous l'appentis, je retenais mon souffle sans bouger, jusqu'au moment où mon ombre trahissait ma présence.)

Les feuilles de la monnaie-du-pape étaient déjà argentées, leurs graines s'éparpillaient dans les parterres ; un roncier avait égorgé le houx – mais quelles mûres juteuses ! Là où des larves se tortillaient dans l'herbe, je voyais de nouveaux brins d'herbe se lever.

Même si, pour cela, il me faudrait d'abord émousser, fumer la terre et semer, autant de choses qui relèvent après tout de la vie d'un jardin ; on pense en termes de saisons, de convalescence. Un jardinier vit dans le futur. Un jardinier voit la vie dans la mort.

Cette pensée me fit sursauter. Je la tenais de ma mère, tout comme le petit-déjeuner dehors, sous la pluie – rituels copiés sur ceux qui remontaient au jardin de mon adolescence.

Les faneuses grognaient de l'autre côté des collines. Les fermiers fauchaient, un vent chaud venait me le raconter. L'odeur du foin frais est celle du paradis, ainsi le veut la croyance populaire dans le polder de ma mère. La même odeur que celle du phosgène avec lequel les Allemands gazaient les tranchées. Sur le front occidental, les soldats belges le reconnaissaient, il les enivrait, ils le reniflaient à pleins poumons jusqu'à ce que le poison leur brûlât la gorge – une rumeur répandue par les réfugiés qui vivaient à la ferme ou dans les environs. La petite Marie l'avait recueillie ; bien plus tard, au cours des années de formation où elle m'a inculqué son amour du jardinage, elle m'en fit part à l'improviste, par une chaude journée de juin alors que la poussière du foin, après la première fauche, dansait à la lisière de notre quartier périphérique.

Jardiner, c'est transmettre des histoires, de façon hésitante ; mais quand on fouit la terre, on finit toujours par les faire émerger. De plus, selon elle, un jardin ressemble à une histoire, ce dont elle parlait avec de grands gestes. Prenez la forme, délimitée, quelle que soit l'étendue qu'on a sous les yeux. Un jardin a un début, une fin, un point focal. Dès qu'on ouvre le portillon, une image nous saisit – une vue, un cytise luxuriant ou un arbre de caractère. On se laisse entraîner entre les parterres, d'un tableau à l'autre, et c'est alors que le rythme s'impose à nous, on découvre des surprises, une perspective différente, des trompe-l'œil, on devine des côtés sombres où ça sent le sang, où ça grouille d'intrigues. Un jardin naît sous la main de son créateur, non sans nombre de tâtonnements, celui-ci copie sur ses voisins, se lance dans la bataille, sarcle, taille, déplace, cherche à séduire. Sentiers et oscillation exigent plus d'attention qu'une ligne droite. Retrancher ce qui dépasse, le jeter sur le tas de compost – dans le fumier fermentent les promesses.

Dans le jardin, ma mère abandonnait toutes ses réserves, arrachait des feuilles, les froissait dans sa main qu'elle me faisait renifler – apprendre à assimiler des odeurs. De la sorte, j'ai su très tôt reconnaître celle de la mort. Douceâtre dans certains cas, comme celle qu'exhalent des fleurs glaireuses, ou sure comme celle que dégagent des pucerons écrasés, ces appâts des coccinelles qui nettoient les tiges des parasites. La mort peut par ailleurs sentir le bois vermoulu ou le soufre quand les écureuils, dans leur gourmandise, ont jeté sur le sol les œufs d'un nid d'oiseaux. Quant aux oignons pourris de dahlias, ils puent le pus.

Mais elle portait plus souvent encore mon attention sur la vie. La facilité avec laquelle le topinambour et le liseron des haies se propagent, ou l'impatiens et les bégonias – l'impossibilité de s'en débarrasser, éternelles plantes printanières. Tout ce dont ma mère était capable de parler avec passion, c'était son jardin, le sol, ce sol qui lui appartenait et qu'elle cultivait, auquel elle s'adressait, qu'elle enrichissait en le mélangeant au meilleur humus. Son jardin regorgeait d'avenir (un futur où tout serait meilleur) ; cependant, tout ce qui pousse renferme un souvenir. "Oh ! mais tu te souviens de cette citrouille monstrueuse, on aurait pu participer à un concours. Mais bon, elle n'avait aucun goût."

Elle posait le même regard sur un parterre en fleurs que sur une bonne récolte, même si elle savait que la bêche retournerait tout l'année suivante. Bêcher, c'est une fête, surtout quand, juste après, il pleut une petite heure. Son jardin lui permettait d'exprimer de la gratitude, un sentiment auquel elle n'entrouvrait pour le reste guère la porte. Elle n'avait besoin de personne (disait-elle) pour s'adonner à cette passion qui la délestait, de surcroît, de toute obligation sociale : "Non, je ne peux pas m'absenter une seule journée, je viens de semer de l'herbe, je suis en train de chasser les merles avec une crécelle."

Le fumage alimentait ses idées sur la réincarnation ; son âme ("mon être inconscient") se fondrait temporairement en un jardin cosmique puis, après la guérison, se disséminerait dans un utérus.

Dans le sol, elle trouvait la maternité.

Au cours des journées où j'ai mis de l'ordre dans ma maison, on a mené des conversations téléphoniques sans fin. On a passé en revue les parterres, parlé de la meilleure façon de les protéger de la sécheresse. Pailler, ça permet de garder l'humidité dans le sol – "les plantes, il faut les border comme des gosses".

Elle évoqua le fait qu'elle respirait toujours plus d'odeurs, des odeurs de terre dont elle devait se détacher, se dépouiller, c'est ce dont il s'agissait à présent, se dépouiller de ce qu'on aime, se détacher de ce qui nous irrite – "mais ça, j'y arrive pas". Le goût des adieux, elle l'avait déjà dans la bouche : "Le voyage vers *mon* jardin n'est plus qu'une question de jours."

Les rabibochages dans la maison en bois terminés – le personnel, rien ne vaut le personnel –, mon bagage fait, j'ai effectué un dernier tour de mon terrain avec les yeux d'un homme qui reviendra autre : orphelin. Orphelin membre du troisième âge. Je cueillis de pleins seaux de fleurs, pas de baies, pas de mûres ni de mange-tout, rien qu'une profusion de couleurs pour les yeux d'une mourante : œillets d'Inde, lupins, roses, phlox, pois de senteur et dahlias à fleurs de pivoine, sa fleur préférée, tout en boutons encore ; mais ils semblaient s'apprêter à faire de leur mieux pour être rouges et épanouis à temps pour sa crémation. Je lui laisserais deviner les couleurs, des couleurs qu'elle inventait. Son daltonisme représentait un avantage, ça l'avait aidée à composer les parterres les plus bigarrés. Avant qu'il ne soit trop tard, je tenais à partager mon jardin avec elle, ceci même si elle n'avait jamais mis le pied sur mon sol. Je pris en photo les traces de chevreuil de même que les étranges crottes que j'avais découvertes à côté du petit bois de chauffage – des bâtonnets noirs : un blaireau, une martre, un hérisson ? Parmi mes plantes, je cueillis quelques brins de romarin puis filmai avec mon iPhone l'herbe aux ânes en train de s'ouvrir sous le ciel du soir – de façon presque audible. La mort, quand bien même je la reniflais – sans doute une souris crevée, invisible, mais trahie par une corneille qui picotait ainsi que par un cercle de mouches bleues qui dansaient –, je ne parvins pas à la capturer.

M'étant assis sur le banc au bord de l'étang, j'ai soudain senti la présence de ma mère. Elle me poussait et se laissait tomber à mes côtés. Son visage est apparu entre les nénuphars – une illusion, je le savais mais ne m'y opposai pas. J'en avais tellement envie, être assis là avec elle, épaule contre épaule en nous contemplant dans l'eau claire. J'essayais de me préparer à sa mort, à laquelle j'assisterais, elle m'avait demandé de lui tenir la main. Sa main. Trop tard, trop tard. Cela me semblait plutôt une mission pour ma demi-sœur ou pour une infirmière payée pour ça – régler la mort, ça aussi ça se sous-traite. Ses conversations téléphoniques bourdonnaient encore dans ma tête.

"Bientôt, mon corps n'aura plus d'ombre, pourtant je serai encore présente, ne vide pas l'appartement, ne bouge rien, car je vais revenir, laisse tout tel quel, pendant au moins une semaine, autrement je me perdrai."

J'ai jeté dans l'étang une brindille poussée jusqu'à moi par le vent.

"Que mon dernier râle ne te fasse pas peur, ne te laisse pas impressionner par les morts qui vont venir me chercher, fais-leur de la place, reste respectueux."

J'ai craché dans l'eau sombre.

"Et encourage-moi en me parlant à l'oreille…"

Sur le chemin de la maison de retraite, le calme régnait, la mort faisait le voyage avec moi ; heureusement, ma mère gardait le silence. Pas de chanson, pas de songeries motorisées, en revanche une tête lourde. J'osais à peine lui apporter les fleurs, tant j'avais peur d'avoir à étreindre une mourante. Le cœur battant, je m'engageai dans le couloir. Devant sa porte, il y avait un sac-poubelle. Des couches. La porte était fermée, sa petite entrée n'était pas éclairée ("un vestibule, j'ai un vestibule !"). J'ai frappé doucement, ai crié mon nom par la fente de la boîte aux lettres, d'une voix nouée par la peur. En guise de réponse, j'ai reçu un rire, un bonjour enjoué, la lumière s'est allumée, je l'ai entendue traîner sacrément les pieds… Voilà, elle se tenait devant moi, penchée sur son déambulateur, le regard clair et les joues rouges de vie, dessinant ses pommettes ; son double menton avait disparu et, bien que son ventre formât toujours un ballon, elle avait retrouvé des hanches. En revanche, marcher allait plus mal encore qu'avant. "Tous mes maux sont descendus dans mes jambes."

Quand je l'ai embrassée, elle était brûlante. Avait-elle de la fièvre ? Non, elle ne voulait pas en entendre parler : "J'ai même pas de thermomètre." Les fleurs que j'avais apportées, elle leur adressa la parole, tige après tige, sans pouvoir s'empêcher de me donner une leçon de jardinage : t'as vu comme elles sont flagadas, les avais-je cueillies à une heure tardive ? "Tu sais bien qu'il faut faire ça le matin ! Merci tout plein, ahah…" Sans compter que j'avais choisi les mauvais lupins, les comestibles aux gousses épaisses, bien trop tôt pour la saison. Dommage pour la récolte.

J'ai réussi à susciter une nouvelle fois sa colère en lui annonçant que j'avais loué une chambre. "Quoi ? Tu vas quand même pas traîner dans mes pattes à longueur de journée ?" Jamais de la vie, d'ailleurs elle n'allait pas me donner ses clés. Je n'aurais qu'à toquer à la porte. Trois fois, notre code. Elle ne se laisserait pas mettre au pas. Qu'est-ce que je croyais !

Il se faisait déjà tard, mais elle était encore remontée contre moi. Je l'ai apaisée en lui préparant une tisane. Un biscuit clandestin est apparu.

"D'où tu le sors ?

— Qu'est-ce que j'disais, tu m'espionnes."

Dans la cuisine, j'ai inspecté la poubelle à pédale, puis son réfrigérateur et ses placards. Tout bien rangé. D'une propreté suspecte.

"Regarde sous le paillasson, tant que t'y es." Comment j'osais, espèce de salle collabo ! Il n'y avait qu'un patron chez elle, et, jusqu'à preuve du contraire, ce n'était pas moi. Elle se redressa, du bout de sa canne m'aiguillonna pour me pousser vers la porte. "Reviens demain. N'oublie pas ton carnet. On a à peine commencé."

35

Les rayonnages de la bibliothèque étaient vides. Dans l'angle de la pièce, un sac-poubelle BD – Bon Débarras. Sa collection sur l'ésotérisme dans un carton de bananes. Pour moi. Elle n'avait plus du tout le goût de lire. Les nouvelles, elle ne voulait pas les manquer. La presse, la radio, le journal télévisé – tellement de guerres qu'elle tenait à suivre. "Cette agitation dans le cosmos perturbe le contact avec le monde intermédiaire. Ça rend le voyage difficile pour les gens qui veulent transcender la terre."

Trouver une fenêtre de tir n'allait pas être simple.

Bien que décidée à partir, elle restait lucide. Elle avait mis de côté à mon intention de nouvelles photos ainsi que les annotations familières au verso de faire-part de décès. Je n'avais pas même besoin de quêter des histoires, elle me les servait sur un plateau : des événements qu'elle réchauffait depuis des années dans sa tête et que la lecture d'un article de presse émancipait, portant sur le travail des enfants ou sur l'exploitation de peuples qui se révoltaient. Événements qu'elle avait vécus, de très près, sans protester, sans se rendre vraiment compte de ce qui se passait… "C'est vrai ça, qui comprend son époque ? Tous, nous avons des convictions, mais ce n'est que par la suite qu'on saisit la place qu'on a occupée."

Elle fit défiler dans sa mémoire deux *baboes* traînant les pieds, des filles de pas même douze ans sans doute, ainsi qu'une bande de garçons-jardiniers. Du travail d'enfants caractérisé ! "Je n'ai jamais osé leur demander leur âge. La plupart de ces gosses ne connaissaient même pas leur date de naissance." Les yeux fixés sur la fenêtre, elle les revoyait comme si elle avait regardé un vieux film. Oh, ce qu'elle était jeune alors elle aussi…

Sur le bateau, à destination d'une énième île loin du monde habité ("non, ne me demande pas de dire où, toutes ces îles, un vrai embrouillamini"), quelque part dans un coin à l'est de l'archipel, le capitaine lui avait dit : "Si vous voulez tenir le coup ici, il vous faudra remiser votre cœur dans votre malle, ne pas avoir pitié des autres, et encore moins de vous-même." La sensibilité, ça tue. Cette observation l'avait choquée, cet homme pouvait-il voir qu'elle en bavait ? Seule à bord avec un bébé de onze mois, son premier enfant, en route vers un autre avant-poste où son mari remplaçait cette fois-ci pendant quelques mois un officier malade. Il l'avait précédée de quelques semaines pour aménager un logement et trouver une *baboe* convenable pour la petite. Juste lui avait décrit le panorama : une baie et une plage blanche. Rien ne lui manquerait. Combien elle aurait préféré rester à proximité d'une caserne, dans une ville où l'on peut aller au cinéma, où l'on peut arpenter des rues sans s'enfoncer dans la boue, où la distribution du courrier est assurée. Or, il lui fallait à présent gagner un coin reculé non desservi par un service fluvial régulier ; elle était montée à bord d'une embarcation rouillée – elle et son bébé étaient les uniques passagers. Non qu'elle aspirât au luxe, rien de cela, mais à de la compagnie sans être pour autant un objet d'attraction, à des semblables avec lesquels partager des expériences ; le soir, elle voulait entendre des voix, pas seulement les cris des animaux sauvages. Par le passé, elle avait bien assez vécu dans la solitude ; de fait, ces îles de rien du tout, où on les transportait de l'une à l'autre, elle, ses deux ou trois caisses d'ustensiles ménagers et sa machine à coudre, l'écrasaient. Il n'y avait aucun moyen de les quitter. On avait beau gravir une montagne, l'horizon demeurait vide, il n'y avait pas même un point qui se profilait au loin. Quant aux maisons où elle emménageait, elles demeuraient sinistres dans leur dépouillement.

Les Indes étaient différentes de ce que Juste lui avait fait miroiter – marcher pieds nus dans les hautes herbes, ramer dans le *kali*, les bals et les thés à la résidence du gouverneur. Là où elle avait échoué jusqu'à présent, des serpents se faufilaient dans l'herbe, des crocodiles rôtissaient sur des bancs de sable ; et qu'avait-elle à faire d'une robe élégante dans un avant-poste ? Juste, qui aurait dû lui servir de guide, partait parfois en patrouille pendant des semaines (oh ! pardon, elle s'en était plainte tellement souvent), et les indigènes ne lui étaient pas d'un grand secours. Même en faisant de son mieux, elle ne comprenait goutte à ce qu'ils lui disaient. Grâce à la lecture de *La Force des ténèbres*, le mémorable roman de Louis Couperus, elle avait entrevu le monde des vieilles familles de planteurs, mais ceux dont elle avait fait la connaissance – établis trop loin d'un port digne de ce nom et de chemins praticables – ne vivaient pas dans un palais colonial, ne recevaient pas et ne passaient pas leur temps à boire du thé sur leur véranda. Ils étaient isolés : défricheurs célibataires, tenant le coup grâce à une bonne caramel que personne n'avait le droit de voir, cols propres, ça oui, mais un caractère effiloché, et pour la majorité un refuge : l'alcool. Dîners, visites de courtoisie, concerts en matinée chez le chef de district ? Dans les contrées où on l'abandonnait à son sort, la chaleur déformait les pianos, les insectes bouffaient le velours d'Utrecht des fauteuils – personne n'aurait pensé à recevoir dans un salon où la moisissure attaquait les murs.

Le soir, seule sur la véranda, elle comptait les lumières dans l'obscurité – une ou deux tout au plus –, assise à côté de sa lampe, visible pour un essaim d'yeux de la *rimboe*... Habituellement, elle se couchait en même temps que les serviteurs, à vingt et une heures, encagée comme un tigre.

Le panorama décrit par Juste n'eut pas de suite. Le jeune couple s'installa dans une maison en bois délabrée, donnant sur la jungle et des girofliers séculaires, à proximité du poste administratif ; là, sur le versant ombreux d'une montagne, de surcroît dans la partie la plus humide du district, il faisait une chaleur étouffante ; aucun nuage ne passait sans décharger sa cargaison sur leur toit. (La pluie, ça appartenait à ces premières années – une haine avec laquelle on devait faire.)

Une semaine après son arrivée, on envoya son mari mater, à la tête d'une unité, les troubles qui secouaient une vallée lointaine. Une fois de plus, elle se tenait abandonnée sur une véranda que les termites avaient mise en piteux état, avec pour seule compagnie des *baboes*, deux sœurs arrachées bien trop tôt à leur mère. Juste s'était laissé convaincre, par un fonctionnaire sans cervelle, de les prendre à son service. Baptisées (une recommandation !), elles ne se trimbalaient pas moins à moitié nues, sales, une multitude de nœuds dans leurs cheveux crépus et portant un sarong effiloché. Les rôles se trouvèrent inversés : la *njonja besar*, la "grande madame", lavait leurs vêtements et leurs cheveux, elle leur cousit un chemisier blanc (seule note occidentale dans leur apparence) – une fois astiquées, elles plantaient une fourchette dans leurs boucles. Des filles gentilles, certes, mais qui n'avaient aucune familiarité avec la cuisine ni avec une cuisinière à bois, qui préparaient de préférence les repas dehors, sur un feu. Changer un nourrisson, laver du linge, le blanchir, le repasser, le repriser, récurer, passer la serpillère – cela leur échappait. La maîtresse de maison dut tout leur expliquer et leur montrer – ce qui se révéla la meilleure façon d'apprendre leur langue.

Dès que le soleil disparaissait et que le ménage était fait, les deux bonnes allaient s'asseoir au fond du jardin, sous un sinistre giroflier somnolent, jamais sur la véranda, aux côtés de la Hollandaise, dans l'ombre oscillante d'une lampe à pétrole, mais parmi les lucioles, écoutant les bruits de la *rimboe* et les roulements de tambour de l'autre côté des montagnes. Ma mère avait demandé aux deux sœurs de lui tenir compagnie, le soir venu, les avait caressées dans le sens du poil en leur offrant de la *ranja* tiède, une sorte de limonade, et du lait concentré ;

cependant, l'appel des arbres était plus fort que le reste. Elle eut beau faire de son mieux, elle ne parvint pas à gagner leur confiance ; chaque tentative de rapprochement s'enlisait dans de serviles courbettes.

Les murs de la maison peu meublée l'oppressaient. En un mois, elle avait lu tous les livres de sa malle ; dans les environs, il n'y avait personne avec qui elle aurait pu en échanger. Le couple de Blancs le plus proche vivait à une demi-heure de marche de sa montagne ; sous la chaleur accablante, on n'effectuait pas de telles sorties. Pour chasser l'ennui, elle s'était proposé d'assumer certaines tâches administratives au poste. Non qu'elle sût taper à la machine, mais elle s'offrait de l'apprendre. On lui confia le tri du *mail* – le courrier gouvernemental, moite après les semaines passées sur le bateau, des dépêches jaunies, certaines remontant à plus d'un an. C'est ainsi qu'elle entendit parler pour la première fois de "meetings de protestation" ainsi que de brochures incendiaires diffusées jusque dans les coins les plus reculés de l'archipel. Il était important de les saisir sans tarder. À quelques reprises, elle tira d'un fourreau en carton un avis de recherche – un placard à afficher – ; ces documents, la plupart accompagnés d'une photo, portaient sur des nationalistes et des communistes, jeunes hommes ayant organisé des grèves. Des gars semblables à Juste, dotés de jugeote et sortis des meilleures écoles. Bien plus fiers en apparence que les deux employés indigènes qui travaillaient dans le bureau attenant au sien, des gratte-papier qui osaient à peine la regarder et qui, pour chasser les moustiques, fumaient cigarette sur cigarette. Elle leur demanda s'ils avaient déjà entendu parler de Sukarno, un nom fréquemment mentionné dans les rapports. En guise de réponse : des gloussements nerveux. Elle s'enquerrait auprès de Juste.

Un après-midi, quittant le bureau du district, elle tomba sur un jeune homme aux lunettes en corne qui l'attendait. Il lui dit être instituteur. Avait-elle par hasard du papier et des crayons pour ses élèves ? Non, il n'osait pas entrer pour le demander, le chef de district n'aimait pas les "écoles sauvages" – un terme qu'elle ne comprit pas. L'instituteur venait de Java, il "connaissait la musique", "ne marchait pas à la baguette" (il parlait bien le néerlandais dont il se flattait d'avoir appris nombre de locutions et de proverbes). L'ayant dévisagé d'un air abasourdi, elle lui demanda ce qu'un Javanais pouvait bien chercher si loin de chez lui.

Sa réplique fut cinglante : "Et vous, qu'est-ce que vous cherchez si loin de chez vous ?" Elle rougit (ce dont elle se montra surprise par la suite). "Naufragée", avait-elle rétorqué, un mot lui ayant traversé par hasard la tête – après tout, n'avait-elle pas échoué, bon gré mal gré, dans ce coin perdu, à l'instar d'un marin dans un roman de Robert Louis Stevenson ? Elle ne cherchait rien, ajouta-t-elle, elle s'occupait de son enfant et attendait le retour de son mari. "Sur cette île, tout m'est étranger."

Son franc-parler fit fondre la défiance : le Javanais avait lui aussi été débarqué là contre son gré, banni en tant que prisonnier politique, "pour se rafraîchir les idées" – une fois sa peine purgée, il avait décidé de ne pas rentrer chez lui et de se rendre utile dans la vallée. Où il n'y avait pas même une école.

“Un peuple ne peut se libérer que grâce à l’instruction.”

Une phrase qui l’avait choquée.

Elle avait passé quelques minutes de plus à s’entretenir avec lui, devant le portillon du jardin, le soleil déclinait déjà, les chauves-souris plongeaient autour de leurs têtes ; de l’autre côté de la montagne s’élevaient des tambourinements. “Qu’est-ce qu’ils font, le soir, les gens de la vallée ?

— Rien, répondit-il, ils sont moulus par une journée de travail.

— Et ces tambours ?”

Des arriérés qui vivaient encore à l’âge de pierre.

“Vous tenez le même discours qu’un Blanc.” Elle avait dit ça sans réfléchir.

Dans la même seconde, les yeux de l’instituteur crachèrent le feu : “Un Indonésien ne tambourine pas.”

Indonésien. Non pas “indigène”, “Javanais”, “Amboinais”, “Moluquois” ni “Papou”, mais délibérément : “Indonésien” – un gentilé qui exprimait une fierté, politiquement chargée, sur lequel elle était tombée dans des courriers confidentiels, où il était synonyme de nationalisme, de rébellion et de résistance. Elle s’impatientait de se retrouver de l’autre côté du portillon (qu’elle verrouilla sous les yeux de l’instituteur, comment avait-elle pu !). Embarrassée par la situation, elle lui promit de collecter pour l’école tout ce qu’elle pourrait. Et hop, elle s’engagea dans le sentier pentu et sinueux, ramenant sa jupe large entre les genoux – par peur d’un regard à la dérobée, de ces yeux inquisiteurs.

L’après-midi du lendemain, il l’attendait près du portillon. Il arrivait tout droit de la vallée, couvert de poussière. Bien qu'elle ait tressailli, elle l'invita, après avoir jeté un œil sur les alentours, à l'accompagner – il convenait de tendre la main, de se montrer sous son meilleur jour. Elle fit son possible pour le persuader (l'eau du robinet de dehors était fraîche, merveilleusement fraîche). Il marqua une hésitation, finit par la suivre, aussi docile qu'un écolier, les yeux rivés sur le sol. Là-haut, dans la véranda, les *baboes* le considérèrent avec hostilité ; elles n'aimaient pas ça, un indigène sur leur territoire. Quand elle leur demanda une serviette de toilette pour l'invité, elles se précipitèrent, butées, au fond du jardin, leur terrain de jeu. "Ce sont mes élèves à moi", lui dit-elle en s'excusant. Elle lui montra le robinet puis se rendit en personne devant l'armoire à linge – elle avait oublié dans quel sens il fallait tourner la clé, on s'habitue tellement vite à des *baboes*...

Le col mouillé, il parla de son école : il ne disposait que d'un manuel et d'un boulier ; une planche poncée lui servait de tableau noir. S'il apprenait aux enfants du *kampong*, le village, à lire et à écrire, il entendait parallèlement en faire des gens modernes, des Indonésiens, leur monde se devait d'aller bien au-delà de leur île et de leur tribu. Une bonne idée, estima ma mère, mais que leur enseignait-il d'autre ? La serviette tremblait dans les mains de l'homme. Il rit, mal à l'aise : "Des leçons sur l'impérialisme et la lutte des classes."

La lutte des classes ? Se disputait-on dans son école ? Il lui sonna les cloches : le temps des patrons et des boniches, c'était révolu. Ouille, se dit-elle, je suis là avec un type qui représente un danger pour le pays, du moins à en croire les dépêches de Batavia. Palpitant, estimait-elle, heureusement que Juste n'en sait rien. Et les crayons à papier ? Avait-elle dégoté du papier ? Elle allait faire son possible, le bureau du district était mal approvisionné, quelques jours de patience…

Au moment de prendre congé, arrivé à la moitié du sentier, il serra en rigolant le poing et cria *merdeka* à la vue des deux *baboes* réfugiées sous le giroflier. Liberté, le cri d'indépendance. Ce mot, elle le connaissait, il était souligné dans son *Dictionnaire de poche de la langue malaise*.

Trois jours plus tard, l'instituteur l'attendait de nouveau. Comme elle n'avait pas encore osé chaparder le moindre crayon, elle se sentait coupable : "Suivez-moi." Ça ne se faisait pas, mais elle le faisait. Elle le fit entrer. Cette fois encore, les *baboes* déguerpirent.

Tandis qu'il éclusait du thé glacé dans un fauteuil en osier, elle fouilla un panier de jouets (débordant de cadeaux reçus de Hollande, qui, mis bout à bout, témoigneraient de la croissance de l'enfant), remisé derrière le parc de sa fille, à la recherche de papier et de crayons. Des crayons de couleur, il en voulait aussi ? "Nos enfants ne s'amusent pas à faire des coloriages, nos enfants veulent écrire !" Il jouait au maître d'école pendant qu'elle était au coin. Les yeux lunetteux brûlaient le dos de ma mère. Ils la fouillaient, fouillaient la pièce, les meubles, les gravures hollandaises accrochées au mur, les poupées wayang qu'elle avait achetées au *pasar*, sur le marché. Elle entendit le plancher craquer, il s'était levé, il se dirigeait vers la bibliothèque. Elle s'excusa – des romans, en effet, elle aimait lire des romans –, il resta sans répondre. Il restait planté devant la photo de mariage. Juste en uniforme, sabre à la hanche, plumet sur le couvre-chef, elle portant des gants et engoncée dans de la dentelle flamande. L'instituteur ne disait rien, et c'est ce silence qui faisait mal à ma mère.

Crayon ou sabre – quel choix avait fait son mari et quel choix avait-elle fait ? Elle avait épousé un militaire ; or, dans ce militaire, il y avait un pays en rébellion qu'elle connaissait à peine.

La théière était vide – un prétexte pour fuir dans la cuisine –, de nouveau elle entendit les pas qui exploraient les lieux, le plancher craquer. Elle ne réapparut pas. Après de longues minutes, il s'en alla, queue entre les jambes, mais un peu plus tard, alors qu'elle s'engageait dans le jardin, elle le vit réfugié derrière un arbre.

Le lendemain, il se tenait près de la maison. Elle lui adressa un rugueux bonjour en guise d'excuse. Pas de main tendue. Il ne se lassa pas de venir – tous les après-midis, devant le portillon. Elle lui demanda de partir. Le jour suivant, elle passa, les yeux rivés sur le sol. Pas même un salut. Elle plaça un paravent sur la véranda pour se cacher.

La saison des pluies commença, mais cela n'empêcha pas l'instituteur de continuer à couvrir les kilomètres qui le séparaient de la maison. Peut-être aurait-elle dû s'expliquer avec lui, mais son regard caustique lui tapait sur les nerfs au point qu'un après-midi, gagnant le portillon en courant, une canne à la main, elle trébucha et se fit une méchante blessure à l'orteil. Au bout d'une semaine, ça s'infecta. Elle avait de la fièvre, les médicaments ne la soulageaient pas. Son pied enfla, l'empêchant d'aller travailler. Elle restait chez elle à écouter les termites ronger les poutres au-dessus de sa tête. Elle en conçut un grand cafard : que faisait-elle sur cette île de merde, où il pleuvait sans discontinuer six mois durant, où les versants du volcan disparaissaient dans la brume, y compris pendant la saison sèche ? À deux jours de marche de là, on s'embrochait à coups de *klewang*, on réglait des différends séculaires, on empoisonnait les bébés. Sorcellerie, meurtre rituel – elle avait lu les histoires les plus horribles dans les rapports. Comment une poignée de Néerlandais croyaient-ils pouvoir exercer un tant soit peu d'autorité sur cet archipel ? Autorité, quel mot ridicule ! Sans compter qu'ils pourchassaient les mauvaises personnes – écoliers qui brandissaient le poing contre l'armée, gens qui se réunissaient sans autorisation, hommes à lunettes friands de lectures : des nationalistes. Et son Juste qui trimait dans la *rimboe*, qui très loin là-bas apaisait la population – c'est ainsi qu'il s'exprimait. ("On tire en l'air, rien de plus", expliquait-il.)

Le bébé dormait dans le petit lit brillant d'une chambre donnant sur la véranda, les deux *baboes* au fond du jardin – sur une natte, dans un cagibi où il y avait des fuites –, elles refusaient de passer la nuit dans la maison, un matelas ça fait mal, alléguaient-elles. Comment stimuler la fierté de ces filles ? leur accorder la même attention qu'à son enfant ? leur offrir un avenir ? Ces questions lui valurent une nuit blanche alors que la plaie commençait à s'ulcérer méchamment. Les reproches palpitaient dans son pied. Une nuit décisive, assurait-elle près de quatre-vingts ans plus tard. Elle se promit de leur apprendre à lire et à écrire. Oui, l'instituteur, elle allait lui donner une leçon.

Elle s'y mit dès le lendemain matin, pied enflammé dans un seau de soude et les *baboes* de l'autre côté de la table. Celles-ci refusaient de s'asseoir, refusaient de tenir un crayon à papier, n'osaient même pas tracer un trait. Oh ! combien elle aurait aimé leur filer une torgnole ! ("Écris ton nom. Ne baisse pas la tête. Regarde-moi.") Après trois jours, elle renonça. Ses élèves récalcitrantes tournèrent elles aussi la page et se remirent à cuisiner dans le jardin – sous un appentis qui dégouttait de pluie, sur un feu fuligineux.

Le pied finit par guérir, le train-train colonial reprit son cours. L'instituteur ne se présenta plus au portillon. Au bureau, la veille de l'arrivée du cargo, elle apprit que l'heure de la relève avait sonné. Elle et Juste pouvaient profiter de l'occasion. Les hommes de son mari venaient en effet de rentrer de patrouille. Que savait-il de tout ce qui habitait son épouse ? Elle n'osait pas aborder le sujet. Elle bazarda (le verbe qu'elle utilisait) son cœur dans la malle et gagna docilement son bureau. Grâce aux progrès accomplis, des deux index elle tapait sans faire de fautes un procès-verbal.

Elle se tut, se versa une tasse de thé tiède moucheté. Puis une autre, buvant goulûment, les yeux fixés sur la jungle de géraniums ; les tropiques lui avaient donné soif. Une larme brillait sur sa joue. Elle l'essuya. Un trait d'amertume creusait le pourtour de sa bouche ; lui aussi, elle le gomma.

Bras croisés, poings sous les aisselles, ainsi se devait-on de traiter le chagrin. Elle s'était libérée d'une histoire qui la chiffonnait – en faisant un récit vivant, sans sentiers de traverse –, avait accordé une place à la sollicitude – froide affection –, à la solitude et aux remords. Je n'osais pas revenir là-dessus, peut-être s'agissait-il d'une ultime flammèche, cela dit je ne l'avais pas vue aussi vive et tranchante depuis une éternité.

Je me suis levé, ai rapporté les tasses à la cuisine. Alors que je me proposais de partir, elle m'a fait signe de me rasseoir. Tant de choses étaient remontées à la surface : les odeurs après un *bandjir*, soudaine montée des eaux du fleuve, les tambourinements sur le versant opposé de la montagne… Un gecko s'extirpa de son gosier, elle fit claquer son dentier, oui, c'était bien le cataclop du petit cheval qui, au galop, tirait le *sado*, cette sorte de cabriolet, et tiens – elle frotta la paume de sa main sur la nappe –, ça c'est le bruit que les *baboes* faisaient en marchant. Ses bruitages l'enchantaient.

"Tu aimerais y retourner ?

— Non, jappa-t-elle. Je ne suis pas une envoûtée des Indes."

Il y avait un autre chapitre dont elle voulait se délester, une histoire muette qu'elle s'était souvent racontée à elle-même, la nuit, quand le sommeil se refusait à elle…

"Couleur. On faisait comme si ce mot n'existait pas. Tout au plus louait-on le teint des filles ou leurs yeux en amande. Et devant un habitant du fin fond des terres, on disait : « Il descend d'un buffle. » Mais jamais qu'il était aussi noir que nos chaussures. Juste était aussi noir que nos chaussures – sous les tropiques, pas en Hollande… là il pâlissait.

"Quand on a enfin mené la vie de caserne et obtenu une belle maison en pierre dans une rue, on s'est retrouvés dans un monde de grades et de standing. Ce sont surtout des Blanches, épouses d'officiers, qui me considéraient comme inférieure, on les entendait penser à voix haute : Ça va mal finir, une petite provinciale avec un indigène. Quand Juste et moi entrions dans un lieu, il arrivait qu'un silence se fît. On ne parlait jamais de cette façon des hommes européens. Cependant, toute famille dégringolait dans l'estime des gens si ses enfants étaient tombés dans le goudron.

"Cela perturbait bien moins Juste que moi. Il me répétait : « Dis-toi : ça ne me touche pas, ça ne me touche pas. » Dix fois de suite, comme une sorte de prière, et ça m'aidait. Un jour, pour fêter un mandat-poste envoyé par mon père, nous sommes sortis dîner à l'hôtel Oranje, je crois, ou au Regina, ou chez Van Houten… – elle se frappa le front du plat de la main – enfin, dans un endroit prestigieux, bien au-dessus du budget d'un jeune officier. Juste en civil, pour la première fois dans son costume de lin blanc ; il suffisait qu'il adopte un air un peu supérieur pour qu'on le prenne pour un drôle de coco aristo. La salle était à moitié pleine ce soir-là, tout au plus quatre ou cinq tables occupées, on a attendu que quelqu'un nous conduise à l'une des autres. Personne ne s'étant avancé, nous en avons choisi une nous-mêmes. Je sentais le regard des clients sur nous – des Hollandais, une haute opinion de leur personne planait au-dessus de leurs tables – ; après un long moment, un serveur s'est avancé pour poser un carton sur notre assiette. La salle européenne n'accueillait que les gens ayant fait une réservation ; nous ne figurions pas sur la liste. Juste a rouspété. Tout le monde nous regardait. Alors que je me levais, il m'a fait me rasseoir. « On reste, siffla-t-il. On ne va pas se laisser mettre dehors. » Toutes les conversations s'arrêtèrent, plus personne ne mangeait. Juste grandissait dans sa veste, le blanc le faisait paraître plus imposant qu'il n'était. Je me suis soudain mise à le regarder autrement, il n'avait pas du tout besoin de ses galons ni de ses insignes.

"Le gérant est venu nous demander de partir. « Non », a fait Juste. Il lui a montré sa carte d'officier et a demandé deux verres d'eau. On ne nous les a pas apportés. Juste a gardé son calme – ça ne me touche pas, ça ne me touche pas –, mais en moi ça chauffait, même si je n'osais pas exprimer ma colère, j'avais peur de lui porter préjudice, de foutre en l'air sa carrière. De toute façon, j'étais habituée à avaler tant de choses, la famille de Juste avait elle aussi du mal avec la couleur – avec la mienne, pour eux j'étais trop blanche. Trop hollandaise. Je ne me suis jamais sentie la bienvenue, ils ne m'ont pas aidée à apprendre la langue, se moquaient de moi quand je mangeais quelque chose qui ne se mange pas, un plat dans un autre ordre que celui prescrit ou de la mauvaise main ; qui plus est, sa mère avait pensé à une autre femme pour son fils : la fille d'un vague aristocrate javanais – tout était réglé avant son retour de Hollande. Tu comprends que, dans les Indes, ils ne trépignaient pas d'impatience de me voir. Juste avait tiré la langue à sa famille qui, bien sûr, faisait peser toute la responsabilité sur moi.

"Mais de tout ça, on n'en parlait pas souvent, et certainement pas le soir en question. Moi, je voulais m'en aller. Juste restait bien calé sur sa chaise. Aux autres tables, les clients avaient terminé leur repas, ils quittaient la salle, les serveurs débarrassaient et nous, on fixait le vide. Juste fumait cigarette sur cigarette.

Un garçon vint ôter notre nappe et, mufle, renversa la moitié du cendrier sur le costume de lin. Ce sont souvent les valets les pires, hein ? Qui ne cherche pas à se venger après avoir été humilié ? Le plaisir avec lequel ils passaient la serpillère autour de notre table ! L'eau sale et savonneuse m'éclaboussait les jambes, et le regard méchant qu'ils lançaient à Juste ! Même couleur et pourtant du côté du patron. Ouais, des coups de pied pour les faibles et des coups de langue pour les forts, les plus bas dans l'échelle sociale préférant lécher du Blanc.

"L'insubordination de Juste m'a vraiment étonnée, on aurait dit qu'il avait laissé la loyauté militaire sur le cintre, dans l'armoire avec son uniforme et le reste. En face de moi, j'avais un homme fier. Je ne le connaissais pas sous ce jour. Je m'étais toujours adaptée, à lui, aux Indes, aux règles de l'armée, à la colonie. On prenait les choses telles qu'elles venaient, la fréquentation de gens bien sur eux ; épouses d'officiers, on était tenues à certaines obligations, au respect de certaines manières, on s'échangeait les romans appropriés, des histoires melliflues sur des institutrices qui épousaient de riches planteurs (les bons livres, je les gardais par-devers moi, tu ne penses quand même pas que j'osais prêter un roman comme *Sùmatra* de Magdalena Székely-Lulofs, hein ?), on allait au cinéma, au cercle, le dimanche au temple idoine, pour se montrer, de préférence à côté de la femme du plus haut gradé, tout cela pour favoriser la carrière de nos maris respectifs. Je participais en m'ennuyant royalement, oh ! on voulait plus que tout être de la partie ! Ces thés auxquels on se rendait, cette façon de copier et d'imiter les autres, le chemisier qui convient, le sac à main qui convient, un de ces machins dans lesquels on ne peut rien mettre, le chapeau qui convient, ceux que *Woman's Garden* ou je ne sais quel autre magazine vantait, alors que j'aurais en réalité préféré biner et sarcler, un mouchoir sur la tête, un nœud à chaque coin, mais c'était impossible, on avait des garçons-jardiniers pour ça, deux au minimum, et on devait être un exemple pour nos domestiques. Enfin, un exemple… je ne faisais rien et eux travaillaient.

"Juste tenait tellement à être un Hollandais. Y avait-il meilleur pays ? Hygiène, enseignement, routes, ponts, démocratie – la Hollande apporterait tout cela. Il y croyait, plus que moi. Mon père, lui, ne ressentait rien pour la Hollande, la Hollande c'était un pays qui commençait au nord de la Meuse et du Rhin, un pays qui se mêlait de tout… Avec lequel je n'ai jamais eu de lien.

"Dans ce restaurant, je me suis soudain sentie tellement seule… – ses lèvres tremblaient –, finalement, le commandant est entré en trombe dans la salle, furibond, on l'avait tiré du lit. Il somma Juste de le suivre. On m'envoya à la maison en s'adressant à moi comme à une écolière : je ne devais pas monter la tête à mon mari ! Sous mes yeux, Juste s'est ratatiné.

"Il rentra au milieu de la nuit, sale, costume souillé, revers déchirés. Ils s'étaient expliqués, me dit-il, et ce fut tout.

"Le matin, il partit très tôt, sans ouvrir la bouche. Il demeura absent une semaine, patrouille, m'apprit-on, et cela s'avéra correspondre à une vague d'arrestation parmi les jeunes nationalistes, appréhendés pour sédition. Perquisitions, réunions perturbées, clubs estudiantins démantelés, livres saisis

– et même brûlés, ça a dû être horrible, cela soi-disant parce qu'un attentat contre l'autorité se tramait. Tous ces faits sont remontés par la suite à la surface. Juste n'a jamais voulu en parler, il lui fallait ravaler sa fierté sous peine d'être envoyé quelques années dans la *rimboe*, loin de sa famille.

"L'homme qui est revenu au bout de huit jours n'était plus le même. Plus fanatique. Bien plus dans le genre à taper dessus – surtout en présence de collègues. Le militaire l'avait emporté : le devoir avant tout !

"Et moi, je gardais le silence.

"Plus tard, après sa mort, on m'a raconté que peu de temps après cette affaire, il aurait payé 100 florins pour la défense d'un jeune nationaliste qui avait écrit un pamphlet – la moitié d'un mois de salaire ! En secret, sur l'insistance d'amis indonésiens dont il avait fait la connaissance en Hollande. À l'époque, on ne se parlait plus si ce n'est pour partager les nouvelles : mariages, personnes arrivées par le bateau, promotions... En public, on se comportait tout à fait correctement.

"Je t'ai déjà décrit ses yeux ? Aussi profonds et noirs qu'une rivière. Il pouvait vous regarder longtemps dans les yeux – vides. Je n'ai jamais rien compris de lui."

La sonnette retentit – deux coups brefs. Nous sursautâmes l'un et l'autre. De la visite ? Nous n'y étions pas habitués. Elle m'interdit de me lever, insista pour aller ouvrir elle-même. Je perçus des chuchotements dans le couloir. Elle revint, un sac en plastique blanc dans le panier de son déambulateur, et se traîna à la cuisine.

Je songeais à ce qu'elle venait de me raconter. "Juste, où as-tu fait sa connaissance, au fait ?

— Chez Mlle van Esch, répondit-elle, tressaillant en prononçant ce nom. Noblesse sucrière, une demeure splendide ! Chaque année, elle donnait un thé dansant pour les cadets royaux de Breda. Juste était l'un d'eux. Il était magnifique, boutons brillants, pantalon à passepoil… L'aristocrate avait invité dix jeunes filles de la région, beaucoup d'argent de fraîche date. J'étais la seule en noir, j'ignorais comment évoluer dans ce lieu, une cruche m'a demandé si j'étais en deuil, notre hôte l'ayant entendue me prit à part : « Écoute, ma petite Marie, son père fait du marché noir, elle ne t'arrive pas aux chevilles, toi tu descends d'une vieille lignée. Sois-en fière. » Ça m'a aidée – un sourire malicieux se dessina sur ses lèvres – puisque peu après, je dansais avec le plus bel homme de la fête."

On a regardé ensemble le portrait de Juste posé sur la table basse – c'était lui, passepoil, képi et sabre.

"Maintenant, j'ai envie d'être seule."

Je pouvais y aller, rompez, en avant marche.

Et si ça se passait mal ? "Tu vas tenir le coup ?" J'ai cherché ses yeux, ai montré mon inquiétude. Le docteur se tenait prêt, mais si elle refusait de le voir ? Les infirmières pouvaient elles aussi l'aider. Et Saskia, devait-elle venir d'Italie ?

Non, elle lui avait téléphoné. Une façon de m'envoyer promener.

N'était-ce pas plus sûr de me confier un double de la clé ?

"Quand on en sera là, je t'appellerai."

36

Les meubles de ma chambre, même le dernier des brocanteurs n'en aurait pas voulu. Laissés par des résidents décédés – un rouet, un fauteuil bas, une table longue, un tabouret de douche et un lit d'une personne et demie où plus d'une avait rendu son dernier souffle. Un creux marquait le milieu du matelas. Encadrée au mur, une illustration de calendrier figurant le Rédempteur qui avait subi un dégât des eaux. Ne manquait que la corde pour se pendre.

Je téléphonai à ma demi-sœur en Italie et exprimai ma surprise à propos de notre gréviste de la faim : lucide, prompte à la répartie, têtue, secrète et manipulatrice comme à son habitude. Mais vulnérable dans ses histoires. Elle aussi appelait régulièrement à moins que ce ne fût ma mère qui l'appelât, ces dernières semaines au moins deux fois par jour. Nous avons échangé nos impressions sur ces bizarres coups de fil. Elle était surprise de me savoir dans une chambre de la maison de retraite. "Maman dit qu'elle ne te voit que rarement." Une chose était claire : elle nous dressait l'un contre l'autre. Ma demi-sœur en parlait sur un ton froid : une plaie pour la famille. "Elle n'a jamais voulu lâcher le moindre mot sur le camp. Moi, à la fin de la guerre, je n'avais pas encore cinq ans, et je me souviens de choses auxquelles je ne comprends rien. Tu ne pourrais pas essayer d'aborder la question avec elle ? Fais-le pour moi, s'il te plaît."

Est-ce que j'estimais sa venue nécessaire ? Elle ne pouvait s'absenter trop longtemps à cause de ses petits-enfants. Son fils souvent en voyage, sa bru un boulot prenant. "Je les cajole beaucoup, j'ai enfin appris à le faire. Je n'avais pas d'exemple – dorénavant, j'apprends de mes propres erreurs. Je suis une mère revanche."

L'aéroport, elle pouvait y être en deux ou trois heures.

Nous avons décidé d'attendre encore un peu.

Avant de me coucher, j'ai fait une dernière fois le tour du bâtiment. Levant les yeux sur les bacs à fleurs. Pas de maman pour faire signe de la main. L'obscurité. De retour dans mon réduit, j'ai approché le carton de bananes et feuilleté les livres censés nous apprendre à planer. Pouvais-je avoir la gentillesse d'en tirer une citation pour le faire-part de décès ? Sa dernière requête : "Regarde les lettres."

J'ai feuilleté Krishnamurti : "La mort est un renouveau." Dans *Les Grands Initiés* – dos cassé à cause des coupures de presse et papiers glissés entre les pages –, je relevai deux phrases soulignées au crayon : "La vie est emprisonnement dans la matière, une épreuve" (Pythagore). "La mort n'effraie que les caractères faibles" (grand-prêtre Osiris).

C'est avec Mme Blavastsky et son *Isis dévoilée* que je me glissai sous les draps. Ça sentait le moisi. Sur chaque page figurait au moins un trait, un point d'exclamation ou une remarque dans la marge :

“La souffrance que nous causons à notre prochain nous suit comme l’ombre de notre corps.” “Raisonner ne suffit pas. Au-dessus de tout, il faut l’Intuition.” Quelques cartons échappèrent au volume, des faire-part de décès au verso couvert de l’écriture de ma mère. Des ordres en lettres capitales : “Pas de musique larmoyante lors de ma crémation : plutôt des bruits de la forêt vierge.” “Des dahlias à fleurs de pivoine rouge foncé. Pas de pasteur, mais des biscuits de la Maison van Laack !” Les bords étaient décolorés, il y a pas mal de temps qu’elle avait dû s’y atteler.

J’ai mis un carton de côté : “Sur le lit de mort, il convient de laisser la tête libre afin que l’être inconscient puisse s’échapper librement !”

J’y veillerais.

37

La masseuse avait été virée. Ma mère se plaignait d'avoir froid aux jambes. De longs bas de laine n'amélioraient pas les choses, une troisième couverture ne la soulageait pas non plus. Ne restait qu'à ajouter une peau de mouton. Ça pesait trop pour qu'on puisse secouer le tout. Le matin, je frappais à sa porte après qu'elle se fut douchée (sans aucune aide) et habillée (l'un ou l'autre de ses survêtements), puis j'allais faire son lit. Je me penchais pour border les couvertures ; comme j'étais trop raide, j'étais obligé de m'agenouiller…

Dans ma tête, un garçon souple se met à genoux le jour de la Fête des mères, présentant sur un plateau du thé et des biscottes, l'assiette cernée d'une couronne des premiers boutons-d'or. Nous sommes seuls à la maison. Même s'il y a longtemps qu'on ne célèbre plus vraiment cet événement, le thé au lit demeure une tradition. Elle n'occupe qu'un côté du lit, de l'autre, les couvertures sont bien tirées sur le matelas. C'est du côté vide que je me tiens. Le côté mort. Sans oreiller. "Pas là", me rabroue-t-elle. Je pose quand même le plateau à côté d'elle car je n'arrive plus à le tenir droit. Ma mère se retourne.

Secoue les épaules. J'appuie ma figure dans les couvertures et renifle la froideur.

Au-dessus du lit défait de ma mère, ma vieille figure explorait son absence à travers des odeurs : huile d'eucalyptus, talc, mouton, plantes douces herbacées, tisane. Je bordai les draps, les couvertures, secouai la fourrure et lissai du plat de la main le dessus-de-lit, sentis une bosse, une chose dure que je parvins à déplacer. Après avoir retiré la literie couche après couche, je trouvai, sous le drap de dessus, sa chaîne en argent à la clé forgée à la main.

Je la posai sur le batik de la table de chevet, la clé mystérieuse de son coffre mystérieux.

38

Si elle gardait toute sa tête, ma mère, du fait qu'elle ne s'alimentait plus, perdait un peu le sens des limites. Rots, pets – sans ménagement. "D'accord, mais c'est pas maintenant que je vais me faire du mauvais sang pour ça." Un "coquin de Dieu" ou un "putain de bon Dieu", ça ne lui faisait plus peur – répertoire indécent aux intonations brabançonnes, refoulé une vie durant, et qui, à présent qu'elle s'affaiblissait, franchissait sans prévenir sa luette.

Dans ses vêtements, il y avait belle lurette qu'elle ne tenait plus du tout son rang : pantalon de survêtement, collants à rayures fluorescents, scratchs bariolés des chaussures de marche – l'offre carnavalesque de la société de vente par correspondance avait été bien pensée. Un matin, prenant son café (noir, sans rien du tout), elle fit soudain apparaître de sous son siège un chapeau de jonc. Pour la blague, elle le coiffa. Ça lui allait bien non ? Ça cachait ses cheveux moites de sueur et lui épargnait une visite chez la coiffeuse. Chapeau exhumé lors d'un énième rangement – un souvenir de Sumatra… Elle l'ôta pour me montrer le tressage : larges bandes, jaunies et cassantes, genre casque tropical.

"Il était dans le coffre ?"

Elle eut un sourire énigmatique.

Bizarre tout ce qui refait surface chez soi… Elle avait retrouvé d'autres photos. Quelques-unes, également de Sumatra, dont elle avait totalement oublié l'existence. "Mais bon, celle-là, on ne me l'a donnée que bien plus tard." Elle se tut avant de chuchoter : "Beaucoup, beaucoup plus tard."

Elle la glissa vers moi. Un grand bâtiment en bois blanc – l'hôpital de la mission allemande. Elle voyait plus de choses que je ne pouvais en distinguer moi-même : le bois rongé par les termites, le sol d'un noir brillant qui reflétait joliment l'uniforme blanc des infirmières, les deux lions en fer au niveau de la grille. Il s'agissait à l'origine de la villa d'un planteur, un temps délabrée, bâtie à l'abri de la chaleur sur une butte aplanie. Sa deuxième fille était née là ; leur habitation se trouvait à une heure à cheval.

"Tu faisais du cheval ? lui demandai-je, surpris.

— Non, le médecin, Carl – un prénom suivi d'un soupir –, une région bien trop sauvage pour se déplacer en voiture." Carl passait parfois la chercher le dimanche pour aller au temple. Il savait qu'elle était souvent seule ; de plus, bien peu de Blancs vivaient à l'intérieur des terres. À cette époque aussi, Juste effectuait maintes patrouilles – des "missions de reconnaissance". Ses yeux s'égarèrent sur le portrait astiqué de son mari.

Après le service religieux, elle buvait du *Kaffee mit Kuchen* dans le jardin de la mission. Là, elle rencontrait des planteurs et des marchands de bois allemands des environs, jeunes hommes qui, après la Première Guerre mondiale, avaient quitté leur pays où ils estimaient ne plus avoir d'avenir. Carl était lui aussi un Allemand de Sumatra. À la mission, il jouissait d'une grande réputation ; avant même de faire sa connaissance, elle avait entendu parler de ses mains guérisseuses. Ainsi, il se disait qu'il avait soigné, à même le sol du marché, un Chinois poignardé en lui renfonçant les intestins dans le ventre. Les malades venaient de près et de loin pour solliciter son aide. Les filles étaient folles de lui, il les laissait monter dans son attelage.

Il y avait aussi une photo d'elle en compagnie de Carl. Mère qui rit, médecin qui rit – un blond mince aux cheveux millimétrés. Je lui ai demandé qui l'avait prise.

"Juste", fit-elle, froidement.

Carl était devenu un ami de la maison. Juste, qui l'avait invité, lui avait demandé de veiller un peu sur sa petite famille pendant ses fréquentes absences. Leur habitation se trouvait sur le chemin qu'il empruntait pour ses tournées.

Dès sa deuxième visite, l'Allemand avait demandé à ma mère de bien vouloir le seconder un jour ou l'autre à la mission. Une infirmière était en congé, le poste de secours avait un besoin urgent de mains. La force et non l'expérience comptait. Maîtriser les patients pendant les petites opérations effectuées sans anesthésie. Une tâche qui lui convenait puisqu'elle supportait la vue du sang et qu'elle était robuste. N'avait-elle pas raclé le placenta d'une vache, désembourbé une charrette de betteraves ?

Oui, oui, ces histoires, je les connaissais.

Elle sourit.

Je m'emparai de sa main droite aux veines apparentes, aux doigts calleux à force de prendre appui sur la canne et sur le guidon du déambulateur. Elle se laissa faire.

On échangea un regard, sa passivité nous fit rire. Elle avait perdu le fil. Boudiou de boudiou !

Carl était gracile, avait des doigts de pianiste, éprouvait des difficultés à atteler son cheval, mais dès qu'il posait la main sur le front d'un malade, le visage crispé de douleur se détendait. Quand il les effleurait, ses patients ressentaient un choc. Sans leur poser la moindre question, il devinait ce dont la plupart souffraient.

Avec lui, elle se rendait dans de lointains *kampongs*, des virées dont Juste ne devait rien savoir – l'épouse blanche d'un officier n'avait rien à faire dans ces villages perdus : trop dangereux, trop de têtes brûlées. Partout, on reconnaissait le petit cheval de Carl. Les femmes accouraient sur le chemin, le saluaient d'un geste, les enfants criaient son nom. Dès qu'il se déplaçait, ses mains le devançaient. Tous aspiraient à ce qu'il les touche. De l'ongle du pouce, il traçait une petite croix sur le front des malades – plus efficace que les comprimés.

J'appuyai le mien sur la peau de la main de ma mère – à l'instar de ce qu'elle faisait autrefois avec moi quand un cauchemar venait de me réveiller. Elle sursauta. "Tu tiens ça de lui ? lui ai-je demandé.

— Oui. C'est un signe chargé de sens, antérieur au christianisme – mais ne va pas croire que Carl était très croyant."

Elle me montra une troisième photo. Le médecin à cheval. "Un beau gars, hein ?" Au verso figurait au crayon à papier la mention : *Notre docteur allemand.*

"Tu l'as revu par la suite ?"

Les yeux rivés sur la tête blonde, elle ne m'a pas entendu. J'ai répété ma question, mais elle n'a pas levé la tête, a continué de m'ignorer. J'ai alors repensé à la visite allemande – il y a bien, bien longtemps…

Depuis plusieurs jours, ma mère parle allemand. L'allemand des stations balnéaires. Elle va recevoir une visite, une *deutscher Besuch ! Hoher Besuch*. Elle a fleuri toute la maison, acheté une bouteille de vin blanc, fait des palmiers au fromage qu'elle a mis dans le bocal. "Quand on sonnera à la porte, tu monteras dans ta chambre. – Pourquoi ? – Parce que. Je t'expliquerai plus tard. C'est important, je dois m'occuper de ça toute seule. Vraiment."

La voiture arrive, une grosse Mercedes-Benz noire. Je grimpe au premier, épie par la fenêtre et vois un homme qui emprunte l'allée du jardin. Il porte une veste aux revers liserés et aux boutons en cuivre – riche et allemand, ça saute aux yeux. Ma mère l'attend dans le couloir, je l'entends rire, parler allemand d'une voix fébrile entrecoupée de pépiements. *Ja, das ist lange her. Et comment allez-vous ? Ja, ach Gott, Sumatra. Wie war die Reise ? Ach ja, Sumatra, das war… Oui, ça fait longtemps, Sumatra… fait bon voyage ?…* Les portes se ferment. Je redescends les escaliers, me glisse dans le couloir, passe devant le porte-parapluies, heurte ma crosse de hockey plantée dans ce petit meuble. Ma mère se précipite. "File dans ta chambre." Elle appuie l'index sur ses lèvres, fait des gestes m'implorant de lui obéir. "Chutt, chutt." Je remonte au premier, place une chaise devant la fenêtre pour mieux contempler la voiture.

La Mercedes est immatriculée aux Pays-Bas, à côté de la plaque se détache un ovale blanc bordé de rouge, sur lequel je peux lire : CD. C'est où ça, CD ? Je m'allonge sur mon lit, regarde avec ennui le plafond, mon panorama préféré, tout en écoutant les bruits de la maison. Des voix étouffées, un placard qui couine, une porte qui claque, de grands rires, des pouffements et des roucoulements allemands, de stupides roucoulements. Ma mère en fait trop.

Je mets un disque. Mozart (oui, j'étais un monstre apprivoisé, la pop, c'était pour les blousons noirs, ce qui ne signifiait pas pour autant que Mozart ne faisait pas de bruit). J'augmente toujours plus le volume de mon pick-up. Mozart agonise. En bas, ma mère vient de retirer le fusible. Il ne me reste d'autre solution que de me branler. Puisque j'ai pas d'autres pistolets sous la main.

Après plusieurs heures, le visiteur s'en va. Je me tiens en haut de l'escalier. Ma mère embrasse son invité. Lequel montre du doigt ma crosse mal garée. *"Spielst du Hockey ?*

— Nein, das gehört dem Mädel."

La fille ?

Elle m'a gommé pour faire place à une fille qui pratique le hockey !

La voiture s'éloigne. Je dévale les marches. "C'était qui ?

— Plus tard, répond ma mère, l'air tourmenté, pas maintenant. Pas maintenant, je me sens trop mal. Laisse-moi." Sa voix enjouée s'est volatilisée d'un seul coup. Je n'ose pas lui poser d'autres questions. Migraine – ça lui pend au-dessus de la tête. Quant à ma colère, je la ravale – trop peur, trop peur de mon moi inférieur.

Nous débarrassons la table, les traces du visiteur allemand. C'est alors que je vois : des pétales d'immortelles sur le tapis, le coffre plus tout à fait à la même place, le coffre mystérieux, le batik posé dessus à l'envers, le pot de gingembre déplacé. Le Boche avait eu le droit de jeter un œil dans le coffre ! Une semaine plus tard, je me bats avec ma mère pour lui prendre la clé.

"Ton Carl, je criai, il est venu chez nous ?"

Son couvre-chef de travers sous le coup de la frayeur. Qu'est-ce que je voulais dire ? Elle a posé sur moi un regard inexpressif – elle était encore en train de marcher sous les palmiers.

"Oh ! mais tu sais, il passait souvent chez nous, il sentait mauvais, était tout trempé, il s'était une fois de plus embourbé. La *baboe* lavait alors ses habits, moi, je recousais un ou deux boutons ou le col élimé dans l'autre sens." Elle percevait la solitude du médecin au contact de ses chemises.

Un jour, il s'était risqué sur la véranda torse nu et en sarong, le sarong de Juste – aussi mince qu'un danseur. Coïncidence, l'après-midi en question, Juste est rentré d'une mission. À l'improviste. Ni les filles ni les *baboes* ne l'avaient entendu arriver.

Sans saluer personne, sans demander la moindre explication, ignorant épouse et enfants, Juste avait arraché le sarong des hanches de Carl. Le médecin s'était retrouvé planté là, une main devant sa trinité, l'autre tendue en direction de son cheval tout fumant, sous l'arbre. Sa preuve et son excuse : il était là depuis moins de cinq minutes.

J'ai de nouveau regardé la photo le montrant à cheval. "Un célibataire séduisant." Ma mère a rougi.

"Je ne sous-entends rien." Elle ne saisit pas ma tartufferie.

“Plus tard, il a été soumis à un interrogatoire pendant un jour ou deux.” Elle tourna sa bague dans le bon sens – pierres semi-précieuses de l’archipel. “Il manifestait trop de sympathie pour les sentiments anti-européens à Sumatra. Peut-être à cause de ses racines allemandes : il souffrait de l’humiliation subie par son pays et se reconnaissait dans la fierté brisée des indigènes. Plus d’une fois, il a défendu les rebelles qui refusaient de courber l’échine devant les autorités – bien souvent les têtes brûlées que Juste était chargé de surveiller. Quand il a subi cet interrogatoire, ses patients se sont rassemblés devant le poste de police.”

Elle a reposé Carl avec les autres photos et a tenu à m’en montrer une quatrième. Ma jeune mère à l’hôpital au côté du médecin, tous deux entourés d’un groupe d’Allemands de Sumatra.

“T’as vu cette tête ?” Son doigt montrait un marchand de bois à la joue balafrée. Un coup de sabre, lors d’un duel entre étudiants, une vraie *Schmiß*. Le cliché étant trop petit, je n’aurais pu le deviner. “Leurs maisons sentaient la résine et l’huile de sapin, ils se la faisaient envoyer de la Forêt-Noire. À cause du mal du pays.”

J’ai examiné une nouvelle fois la photo. “Tu portes une robe de chambre. T’étais malade ?

— Une fausse couche.”

Elle eut un petit rire.

39

Les souvenirs liés à Carl l'avaient rendue mélancolique – plus douce aussi. Sa résistance semblait avoir disparu. Elle m'entraînait dans une curieuse confiance, m'admettait dans ses albums photo, me lisait des passages de lettres, marquait au pointillé dans un vieil atlas des Pays-Bas tropicaux ses premiers voyages, donnait enfin des noms à ses îles, y compris aux îles imaginaires. En Nouvelle-Guinée, elle n'avait en réalité jamais mis les pieds, pas vraiment, si ce n'est par l'intermédiaire de Juste, Juste dont les histoires étaient devenues les siennes. Elle en arrivait à choisir la franchise. Qu'allais-je bien pouvoir faire de ses fables ? "Elles aussi sont vraies, m'assura-t-elle. Y a tellement longtemps que je vis avec. Dans le camp, je voyageais dans ma tête. On n'avait pas de livres."

Le camp ? Allais-je enfin en…

Non, pas le camp. Elle voulait voyager plus loin.

Son index courait sur l'archipel, indiquait des volcans, d'anciens royaumes. Dans le feu de son récit, une cuillère à café ahana sur la carte, ma mère remonta un fleuve, louvoyant entre rochers et crocodiles. Puis monta à bord d'une goélette en bois avant de débarquer sur l'île de Ternate. Loupe et cliché à l'appui : regarde, c'est tout petit, vu de la mer, une montagne au milieu de l'eau, on en faisait le tour en bateau en une demi-journée. Et celle-là, j'en pensais quoi ? Ma jeune mère coiffée d'un chapeau, mains gantées, au côté du sultan.

Le soleil était au-dessus de nous.

Sur la carte, la guerre s'annonça. Les Japonais marchaient sur les Indes. Les troupes ont résisté, on a engagé des croiseurs – j'attaque, suis-moi ! – et dans la mer, là, à cette latitude, ils ont coulé. De vieilles histoires qui rajeunissaient sa voix ! Elle avait vécu tout cela, debout près de la radio militaire. Elle déménagea, quittant l'avant-poste pour vivre à la caserne, lieu qui lui aussi reçut un nom : Fort de Kock. Imprenable. Ce nom l'avait rassurée.

Elle indiqua l'emplacement de la ligne Siam-Birmanie, cette voie ferrée de la mort à la construction de laquelle mon père, prisonnier de guerre, avait travaillé – le conflit terminé, elle ferait sa connaissance dans un camp de la Croix-Rouge, et de quelle façon ! Son index évitait un seul endroit : le camp où elle avait été internée avec ses trois filles. Elle ne le retrouvait pas. Sa loupe tremblait au-dessus des montagnes, des basses terres et des estuaires. "Je m'en souviens plus."

Elle faisait fi de mes questions, enjambait d'un coup plusieurs années. L'atlas se referma. Mais je tenais à rester aux Indes. Dans la résidence des rapatriés, tout en faisant la vaisselle, on entonnait des chants du camp jap : le camp, j'en connaissais les blagues, les histoires incroyables. Mon Dieu, ce qu'on avait pu rire ! Or, voilà qu'il ne figurait plus sur la carte.

Ces derniers mois, elle m'avait tout de même permis de jeter un œil ou deux par-dessus la palissade.

Elle m'avait autorisé à lire le faire-part de décès de sa *slapie*, la femme avec qui elle avait partagé quelques planches dans sa baraque pendant trois ans. Le camp avait élargi son monde. Là-bas, d'autres prisonnières lui avaient parlé de la *Bhagavad-Gita* et de la force mentale des grands yogis. Oui, elle avait beaucoup appris, en particulier que le vernis civilisationnel de bien des femmes est très mince dès lors qu'elles se retrouvent les unes sur les autres. "Et la peur… – sa voix eut un raté – la peur, c'est un gouffre, or parfois on n'a d'autre choix que sauter."

Elle a refusé de m'expliquer ce qu'elle entendait exactement par là.

Pour sortir de la routine des corvées de cuisine, de bois et des latrines, elle avait appris à lire dans les mains, à l'abri d'une double *klamboe* ; par ailleurs, une vieille âme lui avait montré comment se repérer dans les étoiles. Un futur à perte de vue dans ce camp. Mais regarder en arrière, elle ne le pouvait pas… Elle estimait m'en avoir déjà trop dit. "C'est du passé. Laisse tomber."

Du passé ?

Sa vie sous les tropiques m'avait marqué moi aussi. C'est là-bas que j'avais été conçu. Pendant des années, la guerre avait pris ses repas avec nous. Lève la barrière !

"Comment t'as atterri là-bas ?"

Pas de réponse.

"Quel jour c'était ? Tu t'en souviens ? Combien de temps a duré le transport ?"

Elle cueillait des peluches sur la nappe.

Je l'interrogeai sur les odeurs, les saveurs, les alentours du camp. Peut-être allais-je parvenir à en franchir l'entrée en opérant un détour. Je la harcelai : "Qui a fait ta valise ? Toi ou ta *baboe* ? Combien de robes as-tu emportées ? T'avais de quoi remplir une malle. On est venu te chercher ? On t'a conduite là-bas ?

— Une petite valise, pas plus. Je pensais que c'était juste pour quelques jours.

— Et les filles ?

— Moins encore que moi, elles ont pris ça pour un voyage scolaire. Quand on a quitté la prison, on a effectué un long voyage en train puis on a continué dans des camions à ciel ouvert ; en chemin, on a été dépassées par un truck chargé de meubles et d'équipements ménagers. Du solide : des armoires, des paillasses, des marmites et des poêles hollandaises. Tout cela volé dans nos maisons. Ça a horrifié la plupart des femmes. Moi, je n'étais pas surprise.

— Le trajet, ça a pris combien de temps en tout ?

— Ben, j'ai oublié. Une nuit et un jour. On n'avait aucune idée du lieu où on nous conduisait.

— Il y avait des gens le long des routes ?

— Dans les villages, oui, des gens tête basse, ils n'osaient pas nous regarder. Ils avaient honte pour nous parce qu'on se laissait emmener de cette façon.

— Personne n'a résisté ?

— Ça ne nous est pas venu à l'esprit. On a traversé la *rimboe*, les branches qui pendaient nous cinglaient les bras, et ce n'est que le soir qu'on s'est arrêtées au bord d'une zone où tous les arbres avaient été abattus. On voyait la Voie lactée, un ciel illimité.

— Et là, vous vous êtes retrouvées derrière les barbelés.

— Non, une palissade de bambous à l'extrémité taillée en pointe. Pendant trois ans et demi, je n'ai pas vu le soleil se coucher." Elle s'est caché le visage dans ses mains.

Allais-je trop loin ? Pas de larmes, bien entendu, mais ses soupirs en disaient suffisamment long. Malgré tout, je poursuivis : “Conduis-moi dans ta baraque, allonge-toi sur ta natte. Qu'est-ce que tu vois ?”

Ses paupières se contractèrent. “Un rat. Si on l'attrapait vivant, ça rapportait 25 cents. On le noyait dans une bassine, dans le bureau de la doctoresse du camp. Elle en faisait un ragoût pour les prisonnières souffrant d'un œdème. Plutôt mangeable.” Elle fit une grimace.

Je m'apprêtais à poser une autre question, mais ma mère se leva et se traîna jusqu'aux toilettes. Je l'entendis gémir. Pourquoi ne pas lui accorder de garder ses secrets ?

“Que vois-tu d'autre ? lui demandai-je alors qu'elle se rasseyait.

— Des bottes, toujours des bottes. J'étais couchée, pendant des semaines, je n'en pouvais plus, et un matin, alors que les camarades de ma baraque étaient au travail, dehors, j'ai vu par une fente toutes ces bottes passer, dans la lumière. Ils sont entrés, ont arraché les *klamboes*.” Elle secoua violemment la tête.

Je remplis son silence de phrases mélodieuses. Mon regard suivait le sien. Qu'est-ce qu'ils cherchaient, les Japs ? Des bijoux, des alliances cachées, des moyens de payer ce qu'elles passaient au marché noir par-dessus la palissade ? Les trois filles n'avaient pas dormi sur leurs nattes – apitoyée, leur maîtresse du catéchisme s'occupait d'elles. Ma mère, elle était trop faible. Je l'ai laissée soupirer après ses filles. Elle soupirait aussi après moi. J'ai bondi dans le camp, bien avant mon époque, et me suis glissé contre elle. (Que ne ferait-on pas pour bénéficier d'un peu d'attention !) Un gamin apeuré près de sa mère apeurée. Mais ces dernières phrases, je les ai barrées.

Je lui ai lu mes notes. "C'était comme ça ?

— Ça aurait pu être comme ça, oui. Mais t'as oublié la couleur des bottes."

Épuisée, elle a exprimé le souhait de se reposer. Je l'ai conduite dans sa chambre puis ai patienté sur ma chaise en feuilletant mes notes. À côté de son atlas, il y avait une petite pile de lettres, réunies par un ruban bleu décoloré. Je ne les avais jamais vues auparavant. Mes doigts crapahutèrent dans leur direction – fais pas ça, me dit ma voix intérieure –, mais j'ai malgré tout défait le nœud. Il s'agissait de confidences d'amies du camp. *Chère Marie… Bonjour ramasseuse de bois… Comment va ma vieille* slapie… Je les ai lues avec avidité. Ses amies étaient plus franches qu'elle.

Au bout d'une heure, ma mère réapparut. Désorientée, pâle comme la mort. Elle manipulait fébrilement son collier de pierres. Des tourmalines contre la peur. "J'ai un marteau-pilon dans le cerveau.

— Bois plus que tu ne le fais, détends-toi." Après lui avoir rempli un verre d'eau dans la cuisine, j'ai ouvert mon carnet.

"T'en as pas encore assez ?

— Mais qu'est-ce qu'ils t'ont fait à toi ?

— Arrête de m'tanner, tu te comportes comme un Jap. J'en suis sortie saine et sauve. Je suis encore en vie, non ?"

Honteux, je remballai mes affaires. En prenant congé (elle avait la figure aussi moite que sous les tropiques), elle m'a glissé un papier jauni sur lequel figuraient ses mensurations. Poitrine, taille, hanches – toutes largement sous les quatre-vingt-dix. Inscrites le lendemain de la libération du camp.

> Non, nous ne parlons pas du camp. Pas un mot sur le jour de la sirène, le jour où le dépôt d'essence a explosé, le jour où les domestiques ne se sont pas présentés, où la *kokkie* t'a considérée avec insolence : dorénavant, ici, les patrons, c'est nous. Le jour de l'assignation à résidence et de l'attente. Des semaines d'attente. Le jour où il t'a fallu coller, sur ta maison, un papier portant ton nom. Le jour où ton mari a brûlé son uniforme dans le jardin et a fui au milieu de la nuit. Le jour où les Blancs sont devenus coolies et où la maîtresse de maison a dû porter elle-même sa valise. Le jour où on t'a mise en prison, treize femmes par cellule, plus les enfants, des enfants en pleurs. Le jour où ça grouillait de punaises. Le jour où un Japonais t'a dit : *Wake up, now you live in Japan.* Les jours des bruits et rumeurs. Encore quelques jours et ce sera fini. Mille deux cent quatre-vingt-neuf jours durant. Pas un mot.

En début de soirée, alors que les personnes âgées de l'établissement s'engageaient dans les allées du jardin derrière leur déambulateur, et que je venais de bâfrer le bout de carton apporté par le livreur de pizzas, j'ai de nouveau frappé à sa porte : je me faisais du souci. N'avais-je pas été trop impérieux ? Comme elle ne se manifestait pas après que notre code eut retenti, j'ai sonné, fait claquer le volet de la boîte aux lettres. Intriguée, une voisine a passé la tête par sa porte. Enfin de la lumière. Un pauvre petit bout de femme ouvrit. Brisée. Plus de force, yeux sans plus le moindre éclat, plus de roseur sur les joues.

Ça sentait la nourriture dans la cuisine, pour preuve sur le plan de travail : une casserole de soupe à moitié pleine.

"Comment ça ? je fis en goûtant le bouillon – du poulet, des vermicelles et des yeux de gras qui me regardaient.

— Rien qu'un tout petit peu", fit-elle, se sentant coupable. Le cuisinier lui livrait chaque jour en cachette un thermos de soupe, ils s'étaient mis d'accord là-dessus – à l'insu de la directrice. Notre gréviste de la faim trompait son monde.

"Ouais, c'est pas comme ça que tu vas mourir, cette diète va te permettre de tenir le coup pendant des années."

Elle regimba : n'avait-elle pas maigri ? Elle vivait sur de la vieille graisse qu'elle brûlait peu à peu, mais elle était en route, vrai de vrai.

Je me laissai tomber théâtralement sur le canapé. "Seuls les meilleurs meurent jeunes."

On a réchauffé le reste ensemble. "Que dois-je faire maintenant ?

— Continuer de vivre."

L'effroi lui frappa le visage. Elle eut l'impression qu'il s'agissait d'une condamnation à mort.

40

Le lendemain matin, ma mère ouvrit, ne prononça pas un mot et, sans plus, regagna sa chambre à coucher – sans avoir fait sa toilette, sans ses dents, à moitié nue, dans une chemise de nuit souillée. Elle n'avait pas fermé l'œil. "Que reste-t-il encore de moi ?", marmonna-t-elle, assise au bord du lit. La réponse figurait en face d'elle, dans la glace : épaules tombantes, chevilles hydropiques, ongles des orteils secs et croûtés, calcifiés, veines gonflées – c'est à peine si j'osais regarder son reflet. De surcroît, elle tordait la bouche et semblait désemparée. À cause de vertiges, m'expliqua-t-elle. Quand elle se levait, il lui fallait se raccrocher à quelque chose ; quand elle relevait trop vite la tête du journal, le tapis, la table et toute la pièce se mettaient à tourner. Assise les cuisses écartées, elle éprouva de la honte, mais à peine eut-elle rapproché ses genoux qu'ils s'écartèrent de nouveau, flétris et blancs – une fleur répugnante. Je cherchai l'été dans ses jambes, les jours où elle se glissait, joliment bronzée, le long des parterres pour se frotter vigoureusement les membres sous le tuyau d'arrosage. Elle s'était griffé bras et jambes aux rosiers grimpants qui envahissaient les haies ; elle rinça les chenilles de sang puis s'enduisit le corps d'huile d'eucalyptus pour résorber les égratignures – eucalyptus, une odeur que j'associais à sa souplesse, mais à présent, avachie devant la glace, dans cette chemise de nuit rose et sale, elle exhalait surtout la pisse, et toute souplesse avait abandonné ses membres.

Comme elle avait froid, j'ai déplié une couverture sur ses jambes, percevant une énième fois sa résistance, cette perpétuelle résistance, l'appréhension du moindre contact, le frémissement à l'idée d'une caresse, mais ses muscles étant trop fatigués, elle se laissa faire. Mon front frôla le sien, elle sanglotait, si près l'un de l'autre, nez contre nez : “Rien ne marche plus.”

Sa langue tournait entre ses mâchoires désertées. Elle faisait de drôles de grimaces, passa une main dans ses cheveux pas encore peignés, chassa d'un souffle une mèche qui traînait devant ses yeux et trompetta de l'air hors de ses joues gonflées. “Quand je serai morte, faut pas qu'ils me maquillent, pas de poudre, pas de rouge à lèvres, je veux entrer dans le four sans tricher. Tu veilleras à ça ?”

Je m'assis à côté d'elle, passai un bras autour de ses épaules, ses yeux me cherchèrent dans la glace, mendiant une réponse, mais je fixais la descente de lit éraillée. “Tu vois, tu vois ce que je te disais. Tout est en pièces.” Elle tira sur la chemise de nuit au niveau de son ventre et berça le fibrome sur ses genoux, balle en caoutchouc qui la faisait pencher en avant ; assise à la table, mais nulle part ailleurs, elle parvenait à le contenir, coincé contre le bord, étouffé sous le coussin. Ça vivait là-dedans, elle sentait que ça grandissait. “Peut-être qu'on pourra le planter quelque part après ma mort. Ce serait dommage de le brûler.”

Tellement fragile, sans masque, sans la honte avec laquelle elle nous avait élevés, ma mère qui redoutait le voisinage de tout corps. Je proposai de l'aider à se doucher, mais elle regimba – "je veux pas, je veux pas" –, elle prit appui sur moi, se traîna au coin de la chambre et parada devant moi comme une antiquité vendue aux enchères. Elle secoua le flasque de ses bras, se moqua de sa calvitie, tendit sous mes yeux les cuticules abîmées de ses ongles, les taches de vieillesse de ses mains, de la taille d'une pièce de 5 cents : "Tu sais comment on les appelait autrefois ? *Des fleurs de cimetière**." Puis elle attribua un nom à ce que je ne voyais pas : varices, fesses flasques, cuir à rasoir (ses seins), un terme dédaigneux pour chaque partie du corps – ou une leçon d'anatomie qui, malgré la chemise de nuit sale, la montrait plus nue que jamais. Elle décrivait son corps comme s'il s'était agi de celui d'un tiers, comme si on venait de l'envoyer sur scène dans un déguisement. À qui étaient ces jambes, ces orteils calcifiés ? Avait-elle encore la possibilité de s'en défaire ? Où était la fermeture éclair ? Bien que choqué, j'étais incapable de réprimer ma fascination. S'agissait-il bien de son dos ? Maigre et osseux, légèrement voûté au niveau des épaules, ce dos qui se courbait dans le potager, le dos qui se dressait devant l'évier et auquel, enfant, je m'adressais en rentrant de l'école, le dos silencieux – mon mur des lamentations.

"Allez, va faire ta toilette." Prenant les devants, je gagnai la salle de bains, mais elle refusa de me suivre. Le jet de la douche lui faisait trop mal. Elle chancela,

* En français dans le texte. *(N.d.T.)*

ses yeux partirent – un vertige. Elle repoussa le déambulateur et se laissa tomber sur le lit. Voulait-elle que j'appelle le docteur ? Non, non, ce n'était rien, ça passait déjà. Elle me regarda en souriant, l'éclat vert-jaune de ses yeux avait disparu – première fois que je le relevais. Elle m'attrapa la main. "Je ne veux pas aller à l'hôpital.

— On va te garder ici, s'occuper de toi jusqu'à ton dernier soupir…"

Si ma proposition paraissait généreuse, je n'oubliais pas pour autant mon emploi du temps – je n'avais pas consulté mon agenda depuis des semaines. Mon éditeur me pourchassait, je négligeais mes amis, dans trois semaines on m'attendait à Paris pour participer à un festival littéraire. Aussi ma mère devait-elle soit se dépêcher, soit reporter sa mort d'une petite année de plus. "Tiens le coup, une Van Dis qui se respecte un peu, ça fait une centenaire."

Elle me maudit entre ses dents. Toutefois, elle me laissa la prendre par le bras et la conduire sous la douche. Je fis couler l'eau un bon moment jusqu'à ce que la température lui convienne et réglai la pomme pour adoucir la puissance du jet ; elle ôta sa chemise de nuit ("non, je me débrouille toute seule") et je la laissai seule, restant de l'autre côté de la porte pour m'assurer que tout se passait bien. L'eau coulait, ma mère déplaça le tabouret, s'assit, la chaudière bourdonnait tandis qu'elle grognait. Des bruits rassurants.

Alors que je gagnais le salon, j'entendis un boum. Une seconde plus tard, je me tenais dans une salle de bains pleine de vapeur. Je m'agenouillai devant une mère nue qui geignait. Elle avait glissé. Elle pleurait tout doucement. J'ai tâté ses jambes, ses hanches – tout se pliait et s'étirait normalement. Je l'ai relevée, elle a franchi elle-même la marche de la douche. Rien de cassé à première vue, juste quelques marques rouges sur son dos. Et ces vertiges. Elle eut des haut-le-cœur.

J'ai appelé la réception. Personne n'a décroché. Appelé son médecin. Occupé. À la troisième tentative, le répondeur m'a renvoyé au central. L'infirmière de service resta d'un calme qui m'irrita. D'abord répondre à quelques questions. Date de naissance, nom du médecin traitant, mutuelle de la patiente. Je l'ignorais. "Elle a de la fièvre ?" Je ne savais pas non plus.

"Vous voulez bien lui prendre sa température ?

— Madame, je me trouve ici en compagnie d'une tigresse malade, elle n'a pas même un thermomètre.

— Si c'est comme ça, on ne peut rien entreprendre.

— Moi, à votre place, j'agirais au lieu de remplir de la paperasse." J'ai poussé un juron.

La bonne femme a raccroché. Elle avait l'habitude de se faire agresser au téléphone.

Ma mère voulait dormir. Je l'ai essuyée – malgré son opposition –, l'ai aidée à passer une chemise de nuit propre et ai mis un peu d'ordre dans son lit. Le soleil filtrait à travers les arbres, une flaque de lumière coula sur le balcon, les hortensias étaient ramollos, la terre des bacs à fleurs toute sèche. Elle me demanda de fermer la fenêtre, les mouettes criaillaient trop fort, tout lui faisait mal, la lumière, le klaxon lointain d'une voiture. J'ai tiré les rideaux.

Ma mère a bataillé avec un drap et s'est avachie sur son oreiller. Toute molle. Je lui ai tapoté la joue. Elle a cligné des yeux.

J'ai rappelé le central.

La même femme, les mêmes questions. 40 °C de fièvre, ai-je annoncé, des vomissements, une perte de connaissance. J'y allai au bluff, transformant des vertiges en une urgence.

Ma mère marmonnait des phrases inintelligibles. Elle bavait, crachait de la salive. Je lui ai parlé pour la réconforter, lui ai demandé si elle pensait qu'elle était en train de mourir, mais en guise de réponse, je n'ai eu droit qu'à des pffff, pffff.

Était-ce la sonnette, l'instinct de se redresser lorsqu'une visite s'annonçait ? Toujours est-il que l'arrivée du médecin lui donna la force de me demander son dentier et de passer un rapide coup de peigne dans ses cheveux.

C'est à un médecin un tantinet usé que je laissai le passage, talons émoussés, veste informe, tête altérée par les années, mais pour le reste chaleureux et sans chichis. Le remplaçant, ainsi se présenta-t-il. "Je suis trop vieille pour l'hôpital", lui dit ma mère avant même qu'il ait pu l'examiner. Il se pencha sur elle, pointa sur ses rétines un faisceau lumineux, lui prit le pouls, lui demanda de porter l'index sur le bout de son nez (un empêtré qui atterrit sur l'oreiller) et inféra : "Vous êtes épuisée." Dormait-elle son content ?

Elle se plaignit de ses nuits blanches. Très convaincante. Une pilule l'aiderait – il lui prescrivit une double dose.

Le médecin alla se laver les mains dans la salle de bains. Ma mère me fila un coup de pied puis me glissa : “Parle-lui, avec celui-là, on peut faire des affaires.”

Dans le vestibule, je l’interrogeai sur ses conclusions.

“Elle a eu un AIT, sans doute deux ou trois à la suite. Laissez-la se reposer. Je repasse demain.”

Elle parlait d’une façon bizarre, allait-ce s’arranger ?

Il se mit à philosopher sur la vie – sans y avoir été invité, la main sur la poignée de porte. La bonne santé elle aussi est une imperfection. Il ne faut pas trop en attendre.

Eh ben.

Alors qu’il s’engageait dans le couloir, son portable sonna. Il décrocha, une voix querelleuse l’amena à contracter les épaules. Je le suivis un bon moment des yeux, surpris par sa façon de faire avec les patients. Son ombre traînait les pieds à ses côtés. Un homme qui aspirait à du repos, me sembla-t-il, à la retraite.

Quand je me retrouvai près du lit, ma mère était allongée, le dentier dans la main. “Alors, il va le faire ?

— Ce bonhomme te connaît à peine.

— T’es qu’une chiffe molle. Va donc préparer du thé.”

Je me rendis à la cuisine. Quand je revins en tenant les tasses, elle venait de s’assoupir.

Dehors, sur le balcon, j’ai appelé ma demi-sœur. Peut-être valait-il tout de même mieux qu’elle prenne l’avion.

De retour dans le salon, j’entendis ma mère qui m’appelait d’une voix faible. Elle se plaignait : froid aux jambes, j’avais mal fait son lit, le drap était trop tendu, elle n’arrivait pas à remonter sa jambe gauche.

Le soleil se glissait de l'autre côté du jardin, l'obscurité se fit dans la chambre. Elle bourra de coups sa jambe rebelle puis, dans un gémissement, se laissa tomber à la renverse. "Va-t'en, s'il te plaît !"

J'allumai une lampe de chevet et m'assis près du lit pour lire les nouvelles sur mon iPhone.

"J'en ai plus rien à foutre, zézaya-t-elle. N'oublie pas de l'écrire !"

Elle a insisté pour que je m'en aille. J'ai fait un peu de rangement, arrosé les hortensias, lambiné. "Je préfère rester.

— Je veux que tu partes. Tu m'étouffes."

J'ai laissé la porte d'entrée entrouverte et me suis précipité chez la directrice – il était temps que quelqu'un prenne des mesures. Cette dernière était encore en train de travailler ; son bureau donnait sur la réception et la cafétéria où les résidents allaient et venaient à leur gré dans la journée. Alarmée, elle sursauta. "Ah, ça se rapproche ?" – tête sur le côté, compatissante, à vous amollir. J'étais à deux doigts de chialer. "Vous l'abandonnez à son sort.

— On ne peut rien faire, votre mère ne nous fournit aucune indication sur les soins, on ne peut rien faire et elle ne veut rien. Qu'attendez-vous de nous ?

— Soignez-la ou tuez-la. Pourquoi son médecin traitant ne fait-il rien ?

— Elle refuse de le recevoir. Je lui rends visite tous les jours, mais ce n'est pas très simple de parler à travers une boîte aux lettres. Nous avons une clé au cas où, mais elle a fait poser un verrou pour la nuit."

Je lui ai demandé un double de la clé.

"Elle ne vous fait pas confiance à vous non plus ?" Ses traits se crispèrent. "Je n'ai pas le droit de vous en donner une comme ça – question de vie privée –, il me faut une procuration." Elle s'approcha d'une armoire métallique d'où elle sortit le dossier de ma mère – le moins épais de tous, deux ou trois feuillets. Elle ouvrit la chemise. "Mmm… toujours un mois de loyer en retard. Non, je ne vois pas de formulaire. Vous n'êtes pas autorisé à avoir sa clé.

— J'imite sa signature.

— Je peux lâcher du lest pour vous, dit-elle sans une once d'hésitation. Et si nous faisions dans le même temps enlever ce verrou ?" Consultant les feuillets, elle tenait la chemise en l'air ; j'ai vu ma mère à l'envers, sur une photo. Couleur. Je pouvais jeter un œil ? Un cliché pris en vacances. "En effet, à la différence des autres personnes, pas une photo d'identité. C'est une bonne femme qui ne manque pas de vanité."

L'épaisse chevelure, le large sourire me choquèrent – menton haut, un brin hautaine comme si elle flirtait avec le photographe. Peut-être cette impression provenait-elle du chemisier empesé, blanc, au col relevé, un peu provocant. À quelle époque avait-elle fixé l'objectif, sensuelle, bronzée, le soleil se dégageait de la photo, prise sans aucun doute en extérieur, sur un quai – en arrière-plan, des bateaux de plaisance évoluaient sur l'eau. Une étrangère me regardait.

La directrice me donna une clé. Je remontai les escaliers, soulagé.

La porte était fermée. Ma clé crissa dans la serrure. Une ligne de lumière s'immisçait sous la porte de la chambre à coucher ; cependant, je me rendis d'abord dans le salon. Elle se tenait là, sur le balcon, en chemise de nuit. Je me suis précipité dehors : “Qu’est-ce que tu fabriques ici ? Tu vas attraper froid !” Ma mère tituba entre les hortensias, se retrouva le buste sur la balustrade, bavant. Je la tirai vers moi, mais elle s’agrippa à un barreau ; sa chemise de nuit était couverte de taches. Elle m’a fait lâcher prise avec une force féroce, j’ai serré mes bras autour d’elle, lui coupant presque le souffle et l’ai traînée à l’intérieur.

“C’est quoi ces conneries ?!”

Je la posai sur le canapé, mais elle me repoussa. Elle avait les pieds sales. Le terreau l’avait grimée en animal, pattes noires de crasse, craintive, dans le brouillard. J’ai caressé sa peau moite, ses cheveux humides de sueur, essuyé la terre qui lui maculait le nez. Jusqu’à ce qu’elle s’apaise.

“Tu veux que je te lave ?”

Elle acquiesça.

Après avoir rempli une bassine d’eau tiède, j’ai tamponné son visage de la pointe d’une serviette de toilette, calme, chuchotant, bien que je dusse me dominer pour ne pas lui faire mal, j’ai lavé ses genoux, encore et toujours lisses et ronds, sa nuque, j’ai senti son larynx sous mes doigts, son cœur battait là dans ma main… Pourtant, j’ai laissé la douceur prendre le dessus. Elle s’est endormie, assise.

Je suis resté toute la soirée avec elle. Elle était trop harassée pour se lever. Je lui ai apporté son oreiller et sa couverture, j’ai balayé le balcon, ai mangé un *fu yung hai* trop gras du chinois et me suis laissé, tout gonflé, tomber sur son lit. Mon dos a bataillé avec une saucisse de draps. Cette nuit-là, je me suis incrusté en elle, tout était vieux et tout faisait mal.

41

Le carton censé tenir éloignés de sa porte les livreurs de plateaux, de pain et de fruits avait disparu, ma mère réceptionnait de nouveau la boîte-repas, se jetait sur les barquettes de légumes surcuits et les roulades de haché de porc savoureuses au dentier. Manifestement, ça la requinquait, tout juste si elle bavait encore – commissure gauche.

Abattue, elle se traînait dans son appartement. Est-ce que je voulais bien ôter les albums photos de la table ? Bon Débarras. Nous n'avions qu'à nous les partager, ma sœur et moi. On a rempli un ou deux autres cartons. BD. BD. Seuls deux livres restèrent sur la table : la *Bhagavad-Gita* et le *Livre tibétain des morts*. Pour le reste, elle opta pour l'"ici et maintenant", les journaux et les nouvelles quotidiennes.

Il faisait lourd, il pleuvait depuis des jours. Le médecin remplaçant était passé, on ravitaillait ma mère en médicaments – somnifères et anticoagulants qu'elle refusait d'avaler. Je ne la forçais pas d'ailleurs. Nous attendions...

Pendant que mon carnet chômait sur la table, elle tenait des discours sur le climat devant la fenêtre : la Hollande allait se réchauffer tout en ayant toujours plus les pieds dans l'eau. Elle en voulait pour preuve ce qui poussait dans le jardin de la maison de retraite : les bambous. Les touffes qu'elle avait plantées des années plus tôt, en tant que membre de la commission des espaces verts, pullulaient ; partout se dressaient des manches à balai de plusieurs mètres de haut. Le jardinier s'y attaquait à coups de pelle et de hache. Au début, cette prolifération avait plu à ma mère – les bambous ondulant sous le vent produisaient un murmure de paysage tropical. Cependant, ils ressuscitèrent une histoire.

"Pendant la mousson, on nous emmène hors du camp, quelques semaines après la libération, l'un des derniers groupes à être ainsi pris en charge, ce fut horrible, trempés jusqu'aux os, un des camions qui se renverse, des blessés."

Elle prononça ces mots incidemment, reprenant en quelque sorte le fil d'un récit abandonné depuis des lustres. J'ai dévissé le capuchon de mon stylo-plume, signal muet qui l'amena à grimper – tant bien que mal – sur son trône, coussin contre le ventre, prenant appui sur une table débarrassée de la forteresse des livres, vulnérable bien que la canne cintrée se trouvât à portée de main. Elle parla d'une voix plus monocorde que d'habitude, produisant un léger zézaiement, et observant de longs silences que je laissai s'écouler sans mot dire.

"On s'est retrouvés dans un quartier protégé, aménagé en une sorte de camp d'évacuation, où l'on devait reprendre des forces ; plus tard, dès lors qu'il y aurait un plus grand nombre de bateaux, on nous conduirait au port. La paix n'était qu'apparence. On n'était pas autorisés à quitter le camp, on se retrouvait cette fois encore derrière une palissade. Les nationalistes se tournaient contre nous, ils échauffaient la population ; sur certaines routes, des *pemoedas* effectuaient des contrôles – de grands dadais armés de lances en bambou. Ils portaient les uniformes volés à nos hommes ou un bandeau blanc autour de la tête. Notre nouvel ennemi usait encore ses fonds de culottes sur les bancs de l'école, mais nous avions plus peur que jamais.

"Les alliés qui nous avaient libérés ne pouvaient rien entreprendre contre lui, que veux-tu, quelques Britanniques et Australiens, une poignée d'Indiens et de Gurkhas. On confia aux Japs le soin de nous garder. Protégés par l'ennemi, va donc expliquer ça…" Du menton, elle désigna mon carnet.

"Au lieu de la bouillie habituelle, on nous donnait du riz, de la viande et des légumes. Des aliments que nos estomacs supportaient mal, si bien qu'on nous a remis à la ration. Le choc était trop grand. Pourtant, certains bâfraient à se faire éclater la panse, hors d'eux-mêmes, avant de tout vomir et de retourner aux cuisines ou de fouiller les poubelles. Pas encore tout à fait libres, on lâchait déjà complètement la bride.

— Toi aussi ? demandai-je sans lever la tête.

— Nos corps se réveillaient. Ça, ne l'écris pas." J'ai posé mon stylo. "Ne le raconte jamais à ta sœur." Une phrase que je m'empressai de coucher sur le papier. "Je suis tombée amoureuse de ton père. Dès cette époque, à peine requinquée. Lui et moi, on cherchait à retrouver nos conjoints respectifs – le fait qu'il se prénomme lui aussi Juste, on a estimé que c'était plus qu'une simple coïncidence." Elle haleta.

Je l'ai considérée d'un air moqueur. "Et voici devant toi le résultat, produit de la semence de la trahison."

Elle a mal pris ma blague. Je me suis excusé.

Fin de l'histoire.

Mais quelques tasses de thé plus tard : "Bah, c'était une époque tellement saugrenue. J'ai vu des hommes revenir, de vrais sauvages, eh ben, on découvre que celui qu'on a aimé ne ressemble plus à la pieuse image qu'on avait mémorisée. La guerre nous avait enlaidis, pas uniquement physiquement… Beaucoup de mariages ont capoté lors de ces premiers mois. Moi, je suis tombée amoureuse, oui, ne me demande pas comment ça a pu se produire."

Elle se redressa, attrapa son déambulateur et se traîna jusqu'aux toilettes. Les roulettes avaient éraillé le tapis – le vieux persan sur lequel les tantes "françaises" s'étaient chrétiennement agenouillées – ; alors que je regardais autour de moi, je relevai des signes croissants de décrépitude, encore plus de taches sur la nappe, une déchirure dans le papier peint, un plafond jauni, la peinture du rebord de la fenêtre totalement écaillée. Comme elle, son appartement était en fin de vie.

Elle revint en parlant et marqua un arrêt devant le portrait de son unique époux légitime (baptisé Juste Ier après l'entrée de mon géniteur dans sa vie). "Oh ! je me sentais tellement coupable. Où avait-il pu s'enfuir ? Son nom ne figurait sur aucune liste, pas même sur celle des disparus. Un grand chaos régnait. Ces stupides Hollandais de Java avaient rapporté que Juste était probablement un traître, à l'instar de tous ces garçons ayant joui d'une bonne éducation et qui se disaient depuis peu « Indonésiens ». Un Australien de la Croix-Rouge m'a posé des questions odieuses. Pourquoi Juste n'avait-il pas été fait prisonnier de guerre ?

"En tout et pour tout, je ne pus produire qu'une photo de lui en uniforme, la seule que je possédais encore, le représentant en patrouille avec trois hommes. Au dos, j'avais écrit des recettes : matefaims, pain perdu… « Prières des affamés », voilà comment on appelait ça. Pour examiner la photo, l'Australien a retiré ses lunettes. Puis il l'a repoussée avec mépris.

"Chaque jour, on allait regarder les listes, on harponnait tous ceux qui apportaient des nouvelles de l'extérieur. J'ai vu des femmes devenir folles à l'annonce de la mort d'un proche, on aurait dit qu'un câble pétait dans leur cerveau. Mais ne rien savoir, c'est pire.

"Un Chinois, marchand de fruits, me proposa de mener une enquête – en échange d'une reconnaissance de dette : l'argenterie que j'avais enterrée dans le jardin de notre dernière maison. Au bout de quelques semaines, il m'a attirée dans un coin. Une grande agitation régnait, on n'avait pas le droit en réalité de quitter le camp, mais il est parvenu à m'emmener dans une usine de caoutchouc abandonnée, à moins de dix minutes de là. Il ne cessait de regarder autour de lui : les *pemoedas* s'en prenaient aussi aux Chinois. Deux soldats amboinais nous attendaient, d'anciens membres de l'armée royale des Indes néerlandaises, qui avaient réussi à échapper aux Japs pendant toute la durée de la guerre et qui se cachaient à présent des *pemoedas*. Pas le moindre chien batave n'était en sécurité. Ces deux soldats connaissaient Juste, ils étaient fiers de son grade – oui, qui ne l'aurait pas été, d'autant que bien peu étaient arrivés aussi haut – ; lors d'une précédente affectation, l'un d'eux avait servi sous ses ordres, un caporal, fumeur invétéré qui portait un bandage crasseux autour du cou. Il m'a dit que Juste avait mis sur pied un groupe de résistance avec quelques soldats, rien que des hommes de couleur qui, grâce à leur peau, se fondaient dans la population. Espionner au bénéfice des alliés, contrebande d'armes, faire sauter des ponts, ce genre de choses. On pensait qu'il s'était enfui à Java. Des nouvelles rassurantes, me suis-je dit. Mais son camarade a fait un lapsus : le groupe avait été trahi. La Kempeitai les a torturés pendant des jours. Ensuite ? Ils se refusaient à me le dire, mais ce n'était guère difficile à deviner."

Sa main droite courut sur son larynx.

"Pour me consoler, on m'a donné une assiette de riz. Le marchand de fruits voulait savoir où il trouverait l'argenterie. Tu connais les Chinois, des commerçants dans l'âme."

Elle s'était reprise, parlait d'une voix très calme – fatiguée, traînant légèrement la langue –, dans une langue dépouillée, à croire que l'histoire qui s'était tournée et retournée des années durant dans les plis de sa mémoire demeurait décharnée, sans les fioritures dont se parent celles que l'on raconte souvent.

Je souhaitais mieux distinguer ces hommes, de même que le comportement de ma mère. Dans cet entrepôt de caoutchouc, il faisait sombre ; j'ai fourni un peu de lumière, l'un des soldats a fait un feu, il a réchauffé le riz, alimenté le foyer. Regardez, elle tire sur sa robe délavée, maîtresse d'elle-même, elle l'a choisie la veille à la Croix-Rouge, un peu trop large, révélant un peu de poitrine, pour autant qu'il lui en reste après trois ans de famine ; elle n'en a pas moins glissé une épingle à nourrice pour faire obstacle aux regards. Les soldats s'inclinent devant elle et posent la main droite sur leur cœur. Un geste qu'elle connaît ; cependant, elle ne s'incline pas. Le caporal est un homme bien élevé, il lui offre de s'asseoir sur un coffre qu'il époussette. Alors qu'il se penche, son bandage se déplace, dévoilant une cicatrice fraîche – la caresse de la lance d'un *pemoeda*. Elle ne pose pas de questions à ce sujet ; quelques cigarettes plus tard, la blessure est enveloppée de fumée : malgré cela, les visages se sont gravés pour toujours dans sa mémoire : le menton pointu du caporal, la mâchoire crispée avant qu'il ne se mette à parler, les belles boucles noires de son camarade, feutrées de poussière – des boucles pareilles à celles de mes demi-sœurs.

Ma mère s'est penchée en avant, elle a suivi le mouvement de mon stylo sur le papier. "Ce que tu peux écrire lentement !

— Quel faire-part de décès ! ai-je dit précipitamment en éraflant mes phrases. Ça ne t'a pas rendue folle ?

— Non, pas une larme, rien. Bizarre, hein ? J'étais insensibilisée, tu sais, toute ma personne ratiboisée au sécateur… c'est ce que je ressentais."

Elle s'est levée, a gagné à roulettes son mirador, devant la fenêtre. La pluie frappait les vitres, elle m'a fait signe de la rejoindre. On a regardé les bambous en pleurs et les rejets qui brillaient dans l'herbe. "Ne va pas croire que j'étais distante ou indifférente." Elle parlait de ses sentiments amoureux de l'époque – spontanés, tabous, mais son corps et tout son esprit voulaient s'y abandonner. Un combat. Ne serait-ce que la honte qu'elle éprouvait vis-à-vis de Jana, sa fille aînée, quatorze ans, qui, croyant que la Croix-Rouge distribuait des papas, avait cueilli dans les rangées un nouveau Juste avant de le lui montrer comme un trophée, un Juste que la mère avait piqué à la fille !

Au cours des premiers jours qu'ils avaient passés ensemble, ils avaient exploré les sentiers derrière le bâtiment de la Croix-Rouge. Juste avait du mal à marcher, les reins brisés à force d'avoir traîné des traverses de la ligne de chemin de fer. Près d'une grille, un photographe chinois leur avait adressé la parole. Photo ? Photo ? Le bonhomme était parvenu à cacher son appareil aux Japs pendant des années : il tenait à présent à immortaliser la liberté. Leur amour qui sautait aux yeux participait de cette liberté. Ils acquiescèrent. Un jour ou deux plus tard, l'homme s'avança en agitant un cliché. Dessus, l'un et l'autre rayonnaient, alors même que ma mère avait honte de ses bras et de ses jambes gonflés ; les marques de la faim se refusaient à disparaître ; quant au crâne de Juste, il était envahi de croûtes. Étrange, ils avaient regardé l'un au-delà de l'autre, au-delà des blessures, des dents disloquées – sous le coup de l'amour, chacun avait gommé la laideur de l'autre. Cette photo constituait un miroir douloureux… ils avaient toutefois pu en rire. Après une semaine, leurs contours s'estompèrent et finirent par se dissoudre – les produits chimiques du photographe n'étaient pas sortis indemnes de la guerre.

42

Ma mère recouvrait quelques forces et je menais avec elle une vie de personne âgée : prendre ensemble le café du matin, parcourir ensemble le journal, déjeuner ensemble (moi aussi, on me livrait une boîte), prendre ensemble le thé de l'après-midi (tiède, sans biscuits car ses gencives lui faisaient de plus en plus mal), écouter ensemble la radio, lire, regarder la télé ensemble.

Je lui avançais ses pantoufles, chauffais sa bouillotte, je réparai le frein de son déambulateur. Ses souhaits étaient des ordres. Elle mettait son nez dans mes notes, exigeait des corrections ; quand je protestais, elle jetait ses maux dans la balance. Et hop ! elle descendait son bas de contention pour que j'huile ses jambes squameuses. Je me ratatinais dans un rôle de serviteur. Alors que ma main languissait après un martinet.

La nuit, seul dans ma chambre, quand le creux du lit m'empêchait de dormir, je pensais en silence à ma mère. Non. De la franchise : je la haïssais à haute voix. Parfois, bouillant de colère, je me retenais de crier : je me levais pour m'étirer le dos dans le jardin. Je n'étais pas le seul insomniaque ; j'ai ainsi vu un homme désemparé, prisonnier de son balcon – il appelait à l'aide –, derrière lui, le surplombant, une femme pleurait. Des vieillards désespérés. Des lumières s'allumèrent. Des infirmières couraient dans les couloirs. Peu de repos dans les maisons de retraite. La nuit, on entend des cliquetis dans les cages. Combien de faits divers n'avais-je pas découpés dans les journaux : "Un retraité étrangle sa femme." "Une femme tue son mari à coups de poêle après soixante-trois ans de mariage." Les fils, où se terraient-ils ?

On parlait à voix basse, ma mère et moi, on ne se disputait plus, on respectait à la lettre le rythme que l'on s'était imposé, de peur de prononcer un mot de travers. Quand j'étais à bout de patience, je ravalais un juron ; de son côté, elle se traînait jusqu'au rebord de la fenêtre où elle me faisait la leçon en une suite de monologues.

"Tu veux piger des trucs, les compresser en phrases ? Mais ce serait mettre en danger tout ce qui est délicat. Il ne s'agit pas de ligne droite, mais d'une spirale, il s'agit de tâtonner. D'explorer, non pas de forcer les portes. L'énigme est plus importante que la réponse. Moi-même, je ne comprends pas ce qui s'est passé."

"Nous sommes des étincelles de l'univers, nées de la poussière d'étoiles. Cela ne nous appartient pas plus que notre descendance. Les enfants : des métamorphoses que nous apporte le destin. S'attacher ne sert à rien."

“S’accrocher à la vie : une double erreur. 1 – On empoisonne la vie de ses propres enfants. 2 – Lâcher prise, c’est mieux également pour notre vie suivante. Moi, je n’ai consommé et gaspillé que trop, de tout… Trop dans celle-ci, trop peu pour plus tard. Il convient de répartir les choses, comme dans le jardin : abattre un arbre permet d’avoir un meilleur ensoleillement et des plantes plus résistantes. L’harmonie, c’est de ça qu’il s’agit, mais on ne cesse de patauger.”

Elle enfilait les pensées, de façon vague ou profonde, avec des intonations tantôt brabançonnes, tantôt flegmatiques – empruntant cela aux paysans, ceci au Bouddha. On aurait dit que, par moments, ses associations d’idées et d’images la surprenaient elle-même. “Comment peut-on se détacher de la vie alors qu’il est si difficile de s’y attacher ?” “Comment apprendre à devenir « rien » quand on s’est toujours trouvé une merde ? Peut-être la meilleure solution consiste-t-elle à se faire un peu plus petit chaque jour.”

Penser à voix haute semblait lui redonner des forces. Elle dodelinait moins de la tête, le rire revenait dans sa voix. La fenêtre était son théâtre. Même si elle me montrait son dos, elle n’escomptait rien d’autre que mon attention. De temps à autre, elle se retournait, l’air triomphant. Étais-je bien en train d’écrire ? Quand mon stylo crissait sur le papier, elle interprétait ce bruit comme des applaudissements.

“J’avais déjà eu envie de sauter, quand ton père avait une petite amie, tu te rappelles, l’infirmière des débiles mentaux. Il avait collé sa photo dans notre album. On passait des vacances dans les Ardennes, il était encore faible, mais dépendant d'elle, il avait le culot de lui téléphoner. À l'époque, on se disputait beaucoup, je l'ai forcé à choisir, ce qu'il a refusé. Je n'en pouvais plus. En passant près d'une cascade, on a regardé, depuis un pont en bois, les rochers et le courant en contrebas – il suffisait de faire un pas en avant. Remarquant mon hésitation, il m'a tirée en arrière. Sur le chemin du retour, il a pris froid. Une semaine plus tard, il était mort, plus personne n'avait besoin de choisir…"

"La clémence est un mensonge. Une façon de cacher sa colère. Tout au fond de soi, on est furieux à cause de ce qu'on s'est fait voler, nos rêves, un paysage, notre amant, nos filles. La rage causée par ce qu'on a perdu ne fait qu'augmenter."

"Depuis ma plus tendre enfance, j'ai vu des hommes humiliés. Les soldats de la forteresse faisaient ramper des valets de ferme dans un cerceau de foin en feu. Les officiers assistaient à ces scènes en rigolant. J'ai revu les mêmes bien plus tard, dans une caserne de Fort de Kock ou encore lors de fêtes données par des planteurs. Faire peur à des indigènes juste pour s'amuser. Tu sais où tout ça mène."

"Pourtant, les soldats ont continué de m'attirer. Il s'agissait de choisir entre le sarrau et l'uniforme. Or, un soldat, ça ne s'abaisse pas. J'en ai choisi un qui venait de bien plus loin que loin, mais il ne connaissait pas encore les vexations ni les manières de goujat des Blancs. Quant à l'autre soldat, il allait devenir ton père, oh le pauvre ! à seize ans, on l'avait envoyé de l'orphelinat à l'armée ; quand la guerre a été finie, il était à cran. Moi, je voulais être fière d'eux. Pas question qu'ils deviennent des salopards, je tenais à ce qu'ils se tiennent le dos droit. Bizarre, hein ?"

"Pour moi, mon Juste caramel, c'était les Indes, et pour lui, j'étais la Hollande. Aussi simple que ça, et en même temps très compliqué. Comment aurais-je pu prévoir qu'il deviendrait un autre homme dans son pays et moi une autre femme ? Nouvelle terre – toutes les plantes ne supportent pas ça."

Dehors, le jardinier alluma un feu de feuilles et de rameaux morts.

"Le feu efface les souvenirs. Il y avait un homme qui ne voulait pas quitter le camp. Quand les alliés sont venus chercher les prisonniers, il s'est précipité dans la *rimboe*. Plus tard, il est revenu sans se faire remarquer, a vécu seul pendant des mois dans ce camp abandonné, jusqu'à ce qu'une patrouille le découvre par hasard. La peau sur les os, sous-alimenté, il refusait de les suivre, de croire que la guerre était finie. Ils ont dû le menotter pour l'emmener – un fou furibond. Sous ses yeux, ils ont mis le feu au camp. Quand tout fut réduit en cendres et pas avant, il s'est calmé. Il fallait que les flammes brûlent le mal."

La radio rendait compte de souffrances provoquées par la guerre.

"Tu veux que je t'avoue, pour changer, un truc scandaleux ? Parfois, tout ça me manque. Quand on plonge trop longtemps les mains dans de la filasse de lin, on ne sent plus la douceur des fibres. Or, c'est un peu la même chose, on s'attache à son propre malheur. Ton père éprouvait ça lui aussi, il portait la guerre en lui et était incapable de la lâcher."

"La première fois que j'ai emmené les filles dans la famille, la moitié du polder s'est pointée. Comme s'il s'agissait d'animaux de cirque. « Elles comprennent ce qu'on dit ? » a demandé un valet. Le pasteur avait lu quelque part : « Le mot "Indo" vient d'"indolent". » Quand elle a changé les draps des filles, la bonne a reniflé de longues secondes les draps, je l'ai vue, de mes yeux vue."

Le sécateur lui échappa des mains – tailler les grands géraniums, elle n'y arrivait plus, les feuilles pendouillaient, la moisissure débordait des pots. Ça la rendait à la fois triste et furieuse, de même que la disparition du verrou de sa porte ; son déambulateur restait coincé dans les crevasses du tapis. L'impression de perdre tout contrôle sur son appartement ne cessait de croître. Une impuissance qui colorait toujours plus ses récits.

"Parfois les choses nous dépassent, par exemple le jour où j'en ai tellement fait qu'un Gurkha a fini par accepter de me conduire jusqu'à notre ancienne maison de Fort de Kock – après tout, il devait passer à la caserne. J'étais déterminée à ne plus me laisser enfermer, à ne plus rester les bras croisés. Il me fallait défendre mes filles et apporter la preuve de l'innocence de leur père. Qui sait, il y avait peut-être encore dans la maison que nous avions occupée des papiers, ses promotions, ses décorations, des preuves de sa loyauté. Avant l'arrivée des Japs, on avait caché ses paperasses dans une cavité du mur, près de la porte coulissante.

“Depuis quelques années, d’autres avaient pris possession de notre maison. Ils l’avaient laissée se délabrer, sans jamais rien repeindre. La porte coulissante avait été abattue, la terre du jardin retournée : là où on avait enterré l’argenterie, un trou béait. J’aurais été surprise qu’il en fût autrement. Volée ou échangée contre un sac de riz, à moins que le Chinois ne soit déjà passé. Seuls mes livres étaient encore là, non sur des rayonnages, mais jetés dans une caisse de thé. Une drôle d’impression, on aurait dit qu’ils m’attendaient. La nouvelle occupante des lieux m’a dit que, pendant la guerre, un instituteur était venu les chercher ; il voulait utiliser les livres illustrés pour son école. Après la capitulation japonaise, quelqu’un avait eu l’obligeance de les rapporter. Mes seuls illustrés : des feuilletons de Dickens qu’on achetait à l’unité avant de les faire relier. Ils étaient couverts de traits de plume ; des poissons d’argent s’étaient faufilés entre les pages en les grignotant, sans épargner les illustrations.

“La bonne femme devait aller voir d’urgence un malade. Elle m’a autorisée à rester une fois qu’elle fut convaincue que je ne venais pas réclamer la maison. Peu après, je tenais *A Tale of Two Cities* sur mes genoux, toute seule dans cette lumière familière comme si je n’avais jamais quitté cette demeure, tellement bizarre…

“Tout à coup, j’ai détecté une forte odeur de sueur dans la pièce, je me suis retournée et j’ai vu quatre garçons dans l’embrasure de la porte, un bandeau blanc autour de la tête, armés d’une lance en bambou. Sans doute avaient-ils repéré notre jeep.

Le premier s'est approché de moi et m'a arraché le volume des mains. Les livres hollandais étaient interdits. « Dickens, c'est de l'anglais », j'ai dit. Interdit aussi. On parlait malais, hein, oublie pas ça. Le jeune gars a balancé le livre par terre puis s'est essuyé les pieds dessus."

Son histoire se grippa. Elle fit demi-tour avec son déambulateur et regagna son fauteuil. Pour connaître la suite, il me fallut lui tirer les vers du nez – bribe par bribe.

Foutre une claque à ce *pemoeda*, ça la démangeait, mais son bras avait refusé. La haine du garçon la paralysait – une haine des livres, du savoir, du savoir occidental, des valeurs occidentales, imposés, proposés en exemple avec une facilité déconcertante, et que ce jeune piétinait dans une grimace.

"À ce moment-là, j'ai compris : les Indes néerlandaises, c'est du passé. Pour de bon. Après avoir perdu leur père, les filles perdaient leur pays. Où pourraient-elles se sentir chez elles ? Caramel et Européennes à la fois – impures aux yeux des fanatiques."

Dickens y passa page après page – la pièce se retrouva jonchée de mots et d'images en lambeaux. En s'acharnant ainsi, le *pemoeda* s'échauffait toujours plus. Si ses comparses shootaient dans les boules de papier, les poursuivant même dans le jardin, lui n'était pas joueur, il faisait grand cas de la situation… Il se dirigea vers la caisse, s'accroupit devant les autres volumes et les consulta les uns après les autres… titres, noms. C'était un beau garçon, fier en même temps que rusé, mince – avec un air de général.

Elle se sentait seule – trop grande, trop imposante, trop balourde, trop blanche à la proximité de ce jeune Indonésien. Elle gagna la fenêtre, observa les *pemoedas*, ces vandales qui s'agitaient dans son jardin ravagé. Les yeux de l'autre la suivaient. Insolents. Il l'appela. Devait-elle se retourner, lui parler ? Il était si juvénile, si hautain.

On le voyait devant nous, elle en faisait une description tellement précise… Pommettes, hanches. Elle avait les yeux qui clignaient. Elle lui avait lu une page d'un livre à haute voix, au hasard. Lui, le chef, s'était assis et elle s'était assise à côté de lui ; il avait appuyé son épaule contre la sienne. Elle avait senti la colère quitter le corps du garçon. Elle avait dénoué son bandeau, l'avait plié avant de l'utiliser pour éponger la sueur du visage de l'indigène.

Racontant cela, elle éprouvait de la honte. Elle me demanda si je la comprenais.

"Oui, oui", dis-je. Je faisais mon possible.

Le soleil de l'après-midi s'étira sur le rebord de la fenêtre. Épuisée, elle se tourna vers la lumière et se transforma en un dos large.

"Survivre, c'est pas forcément très beau. Le Gurkha qui m'avait déposée ne viendrait pas me chercher : une grenade avait sauté dans sa poche. J'ai passé un moment à son chevet à l'hôpital. Il avait une jambe dans la glace. On lui administrait du plasma, bouteille après bouteille. Incolore, alors que son matelas devenait rouge vif. Et moi qui plonge ma main pour mélanger la glace. Histoire de ressentir quelque chose, nom d'un chien ! Et pendant ce temps, un médecin de peloton anglais me draguait."

43

La mère et la fille se tenaient l'une en face de l'autre. Un an qu'elles ne s'étaient vues. Le choc empêcha toutefois Saskia de serrer la nonagénaire dans ses bras. Quelle maigreur ! ce gros ventre, ce survêtement minable ! "T'es sûr que tu t'occupes bien d'elle ?" Et que dire des nœuds dans ses cheveux, là sur la nuque ? Je n'avais pas fait le ménage, témoin cette épaisse couche de poussière sur les rayonnages de la bibliothèque, et pourquoi ne pas l'avoir prévenue plus tôt ? Au téléphone, la voix de maman laissait croire qu'elle était encore en forme.

On se chamaillait, comme avant. Maman nous calma, comme avant. Elle nous plaça chacun d'un côté de la table, avança les tasses de thé, mettant de l'ordre, donnant des ordres, tachant la nappe. "Attrape-moi un torchon, vite !" "Va chercher la boîte aux pommes à la cuisine." Des tranches de pommes séchées… une éternité qu'elle n'était apparue sur la table – après l'école, l'incontournable friandise à l'heure du thé. Les biscuits, ça pourrit les dents. Cette boîte, on la maudissait. Or voilà qu'on assénait que ces croquants anthroposophiques étaient meilleurs que tout. Seul problème, le couvercle était rouillé ; on se consola en secouant la boîte et en écoutant la musique des pommes.

Impression familière – deux enfants réunis autour de leur mère autoritaire. On se sentait rapetisser, on riait sous cape, on échangeait des coups de pied sous la table, des regards qui échappaient à notre mère et des propos qu'elle ne suivait qu'à moitié. Comme ça allait trop vite pour elle, ça nous rajeunissait un peu plus. Sans qu'on s'en rende compte, on se retrouva devant la "table de riz" commune de la résidence des rapatriés, à parler des hivers au bord de la mer, des fleurs de givre sur les vitres des chambres, des brosses à dents gelées, du sable dans les lits et des couvertures croûteuses de la Croix-Rouge australienne.

On a gratté la rouille du couvercle. Les doigts caramel de ma demi-sœur étaient plus foncés qu'avant – le soleil italien lui avait redonné son éclat doré. *Kulit langsep* – la couleur d'une peau indonésienne. Ma mère posa la main à côté de la sienne, main de paysanne cherche main tropicale, mais elles ne s'effleurèrent pas. La tempête d'un hiver hollandais se fit vent d'Orient attisant des sensations fort différentes, un soleil qui filtre à travers un délicat feuillage et dessine sur la peau des mouchetures dansantes, les derniers rougeoiements d'un toit en zinc, le goût de la glace pilée au sirop – les plus vieux souvenirs de Saskia. Mère et fille conspirent… elles partagent le martèlement qui retentit dans les coursives du *Liberty Ship*, l'Etna qui crache le feu alors qu'on est en route vers le pays des multiples couches d'habits. Comme elles se sentent bien dis donc, ça les rend fébriles – surtout à cause des sujets qu'elles évitent (le camp, les

Japs) – au point qu'elles se balancent dans leurs fauteuils, cherchent des choses introuvables dans leurs sacs à main et vont pisser l'une après l'autre. D'abord ma mère, qui refusa cette fois encore toute aide. Centimètre après centimètre ("j'y arrive toute seule, j'y arrive toute seule") jusqu'aux toilettes. Porte ouverte.

"Combien de temps encore, tu crois ? j'ai chuchoté à Saskia.

— Oh, ça peut durer des mois.

— Non ? J'vais pas y arriver."

Infirmière à la retraite, elle avait une certaine expérience des mourants, avait vu son mari souffrir. "Attends, moi, je vais m'y prendre autrement."

Saskia s'était à peine éloignée que ma mère se penchait vers moi : "Elle porte beaucoup de bijoux, hein ?

— Elle tient de toi, et les tient de toi.

— T'aurais pas dû la faire venir.

— Elle est quand même contente de te voir, non ?

— Oui, mais ça veut dire que je n'vais plus devoir traîner."

Profitant du mouvement, je me suis éclipsé à mon tour – oreille tendue sur leurs messes basses –, mais une fois assis sur la lunette, passant en revue mes derniers courriels, j'ai entendu des pas dans le vestibule et le déambulateur égratigner les plinthes.

Elles se tenaient dans la chambre à coucher, devant les armoires : tout ou presque avait été vidé et jeté. Ne restaient que quelques cintres et planches à enlever. Saskia posa des housses en plastique sur le lit, fit coulisser des fermetures éclair raides. À chaque vêtement, une histoire. La jupe bleu et blanc aux oiseaux : "Celle-là, je l'ai portée pendant une croisière en Méditerranée." Bon Débarras. Un pantalon vert menthe brillant : "Canada, je le portais aux chutes du Niagara." BD. Beaucoup de rose passait entre leurs mains, du bleu clair aussi, des couleurs point faites pour elle. BD. Puis, caché sous un peignoir, un tailleur terracotta. En tweed. Une création des dames Herring. Elle l'avait porté pour enterrer ses deux filles. "Il ne t'irait pas ? demanda-t-elle à Saskia.

— Tu me prends pour qui ?"

Non ? Eh bien, elle le porterait dans son cercueil, elle.

Saskia le mit de côté solennellement.

Ma demi-sœur avait toujours eu du mal à rester en place. Pas un matin dans l'appartement sans qu'elle ne saisisse l'aspirateur, passe la serpillère à la cuisine ou lave les carreaux. Notre mère n'échappa pas elle non plus à sa main diligente. Comment avais-je pu la laisser devenir une souillon pareille ? Facile à dire, même avec l'aide des infirmières de la maison de retraite, je ne parvenais pas à la mettre sous la douche. Elle aboyait sur elles et les chassait en brandissant le *Livre des morts* : "Les Tibétains eux non plus ne se lavent pas avant de mourir."

Saskia opta pour la méthode dure : "Enlève-moi ton chemisier, ta combinaison, ton dentier. Regarde-moi ça, ton col est noir de crasse." Elle parlait à la façon d'une infirmière sans se laisser attendrir par ses lamentations. "T'as des douleurs partout parce que tu ne bouges pas du tout." Pleurnichant, notre maman dissimulait ses seins sous ses bras. "Et maintenant le pantalon, et ces foutus bas de contention." (Pas vraiment propres non plus.) Elle la dépiauta et la lava sans lui adresser une parole de réconfort. Souffle et dents manquaient à ma mère pour riposter. Alors que Saskia la séchait, elle se plaignit d'avoir des fourmis dans les doigts – ses bagues lui faisaient horriblement mal, deux de chaque côté. Saskia lui massa les mains à l'huile d'eucalyptus et réussit à lui retirer ses bijoux. Les minéraux ne produisaient plus aucun effet : l'améthyste ne calmait plus le ventre, le lapis-lazuli n'améliorait plus les sens de la perception, le turquoise et l'agate ne combattaient plus les raideurs.

J'ai décidé de rentrer chez moi. Saskia allait assurer le relais pendant plus ou moins cinq jours. Je lui remis la clé de ma chambre, le double de celle de l'appartement tout en lui conseillant de prendre la peine de toquer poliment chaque matin. Notre mère n'avait toujours pas digéré le fait que son verrou ait disparu et que "le personnel" puisse en conséquence entrer quand bon lui semblait.

Le personnel… on n'avait qu'à bien se tenir.

44

Le potager avait triste figure. Les voiles que le voisin avait jetés sur les salades n'empêchaient pas les limaces de régner sur les lieux. Leurs traînées scintillantes formaient des lettres dans l'allée qui séparait les plates-bandes. J'ai lu le W de Waterloo… mais en me retournant, j'ai vu le M de maman. Les lèche-culs. Autour des tournesols et des petits pommiers, des traces de sabots de chevreuil. Il n'y avait plus rien à cueillir ni à ramasser.

Les bavardages au téléphone reprirent. Ma mère appelait de la cuisine – main entourant le microphone : "Dis-moi, elle est vraiment en train de me tuer, elle parle de sédation. J'ai cherché dans le dictionnaire ce que ça veut dire."

Peu après, elle gémissait à l'abri de la porte d'une armoire, otage dans son propre appartement. "Elle veut jeter mon survêtement."

Et ainsi de suite plusieurs fois par jour.

"Elle a taillé les géraniums. C'est bientôt mon tour. Elle écrase des somnifères pour les mettre dans ma nourriture.

— Mais c'est ce que tu voulais, n'est-ce pas ?

— Pas encore, pas encore."

Ma mère lisait des ouvrages sur la mort, aspirait à haute voix à mourir, choisissait de ne pas prendre ses anticoagulants ("rien que du poison"), mais à présent que la mort était inéluctable, elle reculait, une fois de plus. Est-ce que ça n'allait pas trop vite ? N'avait-elle pas lu chez les Tibétains qu'un moribond se devait de d'abord purifier son esprit ? Il lui fallait se détacher de l'amour, de la haine, de tout ce qui nous rattache à la terre. Elle avait besoin d'un peu plus de temps : "Notre livre, qu'en est-il de notre livre ?

— Tu m'as déjà raconté tellement de choses.

— Pas tout... Je veux partir vide et soulagée. Un mort, ça se doit de voyager léger.

— D'accord, mais je n'ai plus envie d'écrire des histoires qui planent.

— Ça, ça va, ça vient, mes souvenirs flottent eux aussi d'un côté et de l'autre. Même quand on a les deux pieds sur terre, on a une mémoire tout effilochée. On se souvient de comment ça s'est terminé, mais pas de comment ça a commencé, et tout à coup on se rend compte qu'on a oublié quelque chose, une remarque, un événement qui jette une lumière tout à fait nouvelle sur l'affaire ; l'histoire ne correspond plus dès lors à ce qu'on croyait, tout ce qu'on a pu raconter non plus. Sans qu'on en prenne conscience, on fait trois récits différents de la même histoire.

— Et c'est à ça que je dois donner une certaine structure.

— Non, il faut que t'écrives ça tel quel, ainsi qu'on narre une histoire, tantôt en devançant les faits, tantôt en reculant, comme dans la vraie vie."

Saskia, elle aussi, m'appelait régulièrement. Pour faire un rapport : "Quelle horrible bonne femme ! Eh ben, on pourra dire qu'elle y est arrivée. Depuis toujours, maman m'a envoyé à la figure que j'étais une gamine de la guerre : caractérielle, insolente. Je me foutais de l'autorité parentale, n'étais jamais à l'heure, chapardais de la nourriture et n'avais aucune idée de ce qu'était une maison. Je n'osais pas tirer la chasse d'eau, un aspirateur me donnait des sueurs noires. Oui, tu trouves ça fou, mais ces trucs, dans le camp, on ne les avait jamais connus. Si jamais mon lit était mal fait, elle m'apostrophait : « Tu crois quand même pas que je suis ta *baboe* ?! »

"Aujourd'hui, le ménage, je sais ce que c'est : des exercices de fitness gratuits. J'apprends à mes petits-enfants à ranger leur chambre. Je ne suis pas ta *baboe* – eux aussi connaissent l'expression.

"Malgré tout, aux yeux de maman, je suis toujours la gamine de l'époque. Hier, quand ils ont apporté son repas, j'ai balancé sur-le-champ le dessert dégoulinant de sucre dans la poubelle. Au début, elle a cru que je l'avais volé. J'ai rétorqué : « Je croyais que tu voulais maigrir. » Elle s'est fâchée tout rouge : « Comment peut-on faire ça ? T'as vécu la guerre, non ? Chez moi, on ne jette pas la nourriture. » Elle l'a repêché dans la poubelle et l'a englouti sous mes yeux. C'est qui la caractérielle des deux ? Il suffit que je la contredise pour qu'elle me traite d'insolente. On retombe dans le même cercle vicieux."

La veille du jour où je devais prendre sa relève, Saskia m'a une nouvelle fois appelé. "Écoute, il faut qu'on parle ensemble sérieusement. As-tu déjà entendu parler du régime à la fraise ? C'est branché, mais en fait, il s'agit d'une vieille méthode pour mourir à petit feu. En Italie, ça se fait beaucoup à la campagne. On commence par un bol de fraises par jour et on diminue progressivement. Le mieux, je crois, c'est que tu lui serves sa première portion dès demain. Facile, goûteux et elle va rien remarquer. Dès que ça se complique, je prends le relais." Une mesure énergique, annoncée presque avec enthousiasme.

"Mais elle, qu'est-ce qu'elle veut vraiment ? ai-je récriminé. J'ai passé des heures à parler avec elle, or elle n'arrête pas de se contredire.

— Écoute, moi aussi, ça m'arrive de causer avec elle, d'accord ? Et plus longtemps que toi. On a parlé de cette question pendant des mois au téléphone. J'ai une certaine expérience de ces choses, elle me fait entièrement confiance. Laisse-moi m'en occuper, veux-tu ?"

Jalousie. Encore et toujours. Deux enfants qui se battent pour s'approprier leur mère tout en la laissant les écarter l'un de l'autre.

Le lien entre "les filles" et leur mère était solide – forgé par les tropiques et le camp japonais. Les petites avaient vu des adultes humiliés, mentir, marcher sur les autres pour gagner une place quand ils faisaient la queue, voler de la nourriture, parfois celle de leurs propres enfants. Réconforté des femmes qui avaient été fouettées, traîné leur mère malade jusqu'aux latrines, au robinet le plus proche, une mère brisée, la nourrissant, s'occupant d'elle de leur mieux – une mère pas aussi courageuse qu'elle ne le prétendait.

Si Saskia était trop jeune pour se souvenir de cette épave en déperdition, ses sœurs aînées lui avaient rapporté nombre d'histoires. "Elle était tellement faible qu'on l'a maintenue en vie en lui concédant une partie de notre nourriture."

Un secret lourd à porter. Une honte partagée. Amusez-vous à vous faire une place entre tout ça.

Aujourd'hui, c'était enfin au tour de Saskia. La crâne benjamine allait aider sa mère à passer à la vie suivante. Bouchée après bouchée. Elle aussi était un sauveur. Appelez ça revanche.

Le soir même, elle a rappelé : "Maman me soutient tout à fait. Elle veut juste que tu apportes tes fraises ; celles pas mûres du maraîcher, elle ne les aime pas. T'en as encore des bonnes dans ton jardin ?"

Non, une deuxième récolte s'était certes annoncée – mais qui s'était régalé ? les merles. Pour les fraises, il me restait à me rendre chez le producteur, de l'autre côté de la colline : il les couve sous de la paille et des filets et surveille ses plates-bandes armé d'un fusil qui pète sec. Il m'autorisa à en cueillir moi-même… à les goûter, à les tâter. Chaque fraise avait le poids du plomb. Des fétus de paille accrochés à mon pantalon, j'ai pris le volant pour me rendre à la maison de retraite – garçon-jardinier de la mort.

L'appartement sentait le propre. Briquée, ma mère, sur son trône, dégageait de la vapeur, ongles astiqués, cheveux permanentés, chemisier blanc et jupe au motif d'oiseaux – sauvée par Saskia du sac BD et élargie à la main. "J'ai refait de maman une femme", expliqua ma demi-sœur.

Mais maman avait plutôt l'air penaud, jupe tombant sur les chevilles, coussin plaqué contre des boutons qui lui comprimaient le ventre. Elle se plaignait : froid aux jambes.

Saskia allait passer quelques jours chez des amis. Les caprices de notre mère l'avaient épuisée : "Hier, elle a balancé son tailleur par le balcon. Et voilà qu'elle veut être enterrée dans son survêtement."

Dans la cuisine, elle me transmit les instructions diététiques : fraises, fraises et flotte. Plus de nourriture solide, encore moins de soupe bien épaisse. Si les petits grains lui faisaient mal : les écraser (et tant que tu y es, avant la nuit, tu mélanges au tout deux somnifères que tu as pris soin de dissoudre). Même chose pour les litres de thé que pour les fraises : diminuer peu à peu la dose. Le médecin approuvait la méthode : "Il souscrit collégialement à mon rapport."

Avec notre mère, nous avons tout passé en revue : était-ce bien ce qu'elle voulait ? Elle ne fournit aucune réponse. Saskia lui secoua l'épaule. "Tu m'as suppliée." C'est pas une obligation, avons-nous insisté. Mais elle a sagement acquiescé de la tête.

Son souhait versatile de mourir nous a rapprochés, moi et ma demi-sœur. On n'allait pas laisser la moindre bisbille nous éloigner l'un de l'autre – on se l'est promis en nous étreignant… C'était ma seule sœur, moi, j'étais son seul frère. Dorénavant, plus seulement une demi-sœur ni un demi-frère. Mais voilà, notre chère maman n'avait pas encore pris congé de sa fille qu'elle a recommencé à me titiller : "Saskia te fait pas confiance, elle soutient que t'as fauché l'argenterie de la famille. Elle m'a demandé où se trouvaient les bijoux et elle demande un accès à tous les documents… elle a peur que tu vides mon compte en banque.”

Diviser pour régner – peur de perdre le pouvoir qu’elle exerçait sur ses deux enfants –, on connaissait la musique. Oui, elle pouvait être tout bonnement méchante et malintentionnée.

45

Les fraises la stimulaient. Grâce au régime, elle avait la tête légère. Après deux jours, elle mendia une portion supplémentaire. “Leur odeur me fait mal à la bouche.” J'ai cédé et l'ai laissée manger à sa faim.

Elle léchait ses lèvres croûteuses. La saveur de tant de fraises a réveillé un nom dans sa mémoire : Lady Mountbatten. “Je t'ai déjà parlé d'elle ? Elle a visité notre camp, plus ou moins une semaine après la capitulation japonaise. J'avais été admise à l'infirmerie, je souffrais d'un œdème sévère, caramel à cause des taches. Elle est passée dans l'allée, vêtue d'un tailleur kaki. Je me suis empressée de rabattre ma *klamboe* tant ma laideur m'inspirait de la honte ; or c'est cela qui a attiré son attention. Elle s'est immobilisée au pied de mon lit : « *Don't be ashamed.* N'ayez pas honte, l'année prochaine, *you will be as beautiful as ever.* » Cette voix aristocratique… rien que d'y repenser, j'en ai les larmes aux yeux.”

Beautiful, c'était un mot qui relevait d'une autre époque. Qui était belle ? Qu'est-ce qui était beau dans une infirmerie où ça puait les chairs pourries ? Mais dans la lumière tamisée, entre les draps suspendus oscillant sous le vent et censés séparer les mourants des convalescents, il recouvrait un certain sens. *Beautiful* portait un tailleur. *Beautiful*, c'était du rouge à lèvres. *Beautiful* avait de belles jambes. Des jambes qui avaient dansé avec Fred Astaire, qui se sentaient à l'aise sur les marches d'un palais, qui allaient et venaient à présent sous les pluies tropicales, longeant des baraques où tentaient de survivre des femmes faméliques, suivant leur lord victorieux, le commandant en chef des forces alliées en Asie du Sud-Est. Les camps, c'était sa *party*.

"On a échangé quelques mots à voix basse, elle baragouinait le hollandais. Avais-je reçu des nouvelles de mon mari ? D'impeccables banalités. *I like your lipstick*, je lui ai dit. Elle s'est assise à côté de mon lit, a ouvert son sac à main et m'a coloré les lèvres."

Sur son trône de moribonde, ma mère a arrangé sa jupe, a essayé de croiser les jambes – ça ne marchait plus, ce qui ne l'empêcha pas de soupirer à la manière d'une starlette d'Hollywood : "Lady Mountbatten a été ma bouée de sauvetage."

46

Je continuais de consigner ses histoires, mais ses associations d'idées et d'images se faisaient toujours plus impétueuses, elle avait des sautes d'humeur – passait de l'angoisse à la sérénité, d'un état de rébellion à une grande résignation. À tel moment, elle ne jurait que par les Tibétains, à tel autre ceux-ci ne valaient plus tripette à ses yeux. Quand elle ne paniquait pas : les fraises étaient-elles bien bios ? N'étions-nous pas en train de lui empoisonner la mémoire ? Elle n'arrivait plus à vraiment se concentrer. "Dans ce cas, on arrête. – Non, non, rétorquait-elle, on continue, deux ou trois choses encore. Juste un peu de patience." Ces dernières nuits, elle dormait d'un sommeil si profond qu'elle entendait des voix lointaines. Voyait des gens autour de son lit. Son ami, le médecin de la mission, rôdait dans ses rêves.

Non, Carl n'avait pas disparu de sa vie. Pas un seul jour, même si la jalousie de Juste les avait éloignés l'un de l'autre. Ils se contentaient d'une lettre de loin en loin, humectée d'essence de sapin. Mais la guerre en Europe avait mis fin à cela. Du fait de l'occupation des Pays-Bas, on considérait, y compris dans les Indes, l'Allemagne comme un ennemi.

Tous les Allemands de Sumatra avaient été internés, les bons comme les mauvais. Du jour au lendemain, Carl représentait, du fait de sa profession, un danger pour la sécurité nationale.

Elle avait écrit au gouverneur afin qu'on disculpe le médecin. Le fonctionnaire ne daigna pas même lui répondre. Après plus de deux ans, Carl avait été libéré par les Japs et réintégré dans ses fonctions. Il avait pu récupérer son hôpital, mais pas pour très longtemps : les occupants avaient besoin de lui sur la ligne de chemin de fer Siam-Birmanie. La chaleur et les marais n'épargnaient pas les donneurs d'ordres. Quelques semaines plus tard, on l'envoya à l'infirmerie des prisonniers. Bien trop mouraient, la construction de la voie ferrée n'avançait pas. Cependant, on ne l'autorisait pas à salir ses instruments à leur contact ; les médicaments, eux aussi, étaient réservés aux seuls Japonais.

La défiance des Hollandais à son égard était grande ; cependant, le choléra l'aida à paraître moins boche. Bosseur et inventif, il excisait les plaies en maniant une cuillère aiguisée, bricolait des cathéters avec du bambou pour soulager la vessie d'un malade ou évacuer des bactéries, faisait des perfusions grâce à des aiguilles de la finesse d'une plume de porte-plume, pour administrer de l'eau salée. Pis-aller primitifs, mais utiles. Certains malades du choléra échappèrent ainsi au bûcher des cadavres.

Ma mère attrapa son sac, le sac magique dont elle ne se séparait toujours pas, même si elle ne parvenait pratiquement plus à le soulever du panier de son déambulateur. Elle fouilla dedans à la recherche de quelque chose qu'elle voulait me donner, mais passa à un autre sujet.

Après la guerre, elle l'avait revu, au port. Comme elle, il faisait la queue devant le bureau des évacués. Il chuchota son prénom à son oreille, elle se retourna et le fixa droit dans les yeux, estomaquée. Carl ? Était-ce bien l'homme qu'elle avait assisté dans la *rimboe* ? Le danseur au sarong, le séducteur ? Elle aurait dû le reconnaître à son accent allemand, si doux et mélodieux, mais sa voix avait changé : il souffrait d'une inflammation de la langue, avait des crevasses aux lèvres. Ainsi qu'une tête de singe, caractéristique des moribonds, pommettes saillantes, yeux creux, globes enfoncés. Alors qu'il s'apprêtait à l'effleurer, elle recula : un champignon tropical corrodait les mains magnifiques qui avaient guéri la fièvre des habitants des bois et réconforté tant d'enfants malades – tous les ongles mangés par la maladie.

Elle sortit une enveloppe de son sac, mince cylindre tenu par un élastique, en tira une missive que lui avait remise Carl avant qu'elle ne quitte les Indes : un compte rendu des dernières semaines que le médecin avait passées à la Voie ferrée de la mort. Rédigé en allemand – les lettres et leurs boucles au tracé témoignant d'une belle maîtrise, sans la moindre rature.

Les bords des minces feuilles de papier se recroquevillèrent sous mes doigts.

> *Ich sollte Dir das nicht schreiben…* Je ne devrais pas t'écrire cela, mais il me faut m'en défaire, jette ma lettre après l'avoir lue, brûle-la et, qui sait, peut-être que tu brûleras en même temps la douleur de tous ces gens. Imagine-toi, des centaines d'hommes pataugeant dans la boue… souliers sans lacets, aux semelles usées, pieds gonflés par le béribéri, à moitié

nus, décharnés, chaque jour des kilomètres pour se rendre à la voie ferrée, parfois ils tombent, la tête dans la gadoue, d'autres leur marchent dessus, ils se relèvent, tombent, deux fois, trois fois, jusqu'au moment où ils ne peuvent plus se relever ; des camarades les traînent à l'infirmerie où l'on est chargé de les rafistoler, de grands gaillards qui n'ont plus que la peau sur les os, à l'article de la mort. Si jamais ils ne se remettent pas sur leurs jambes, le commandant, quand ça lui prend, coupe une tête de-ci de-là. Que ça serve d'exemple ! La plupart des prisonniers qui tombent souffrent du choléra. Ils arrivent à l'infirmerie, l'intérieur des cuisses barbouillé de merde. Ils ont l'anus qui palpite. Si on ne fait pas gaffe, on se retrouve éclaboussé de la tête aux pieds. Des excréments, moi qui ai travaillé des années dans une parfumerie… L'odeur de chairs en décomposition, de la gangrène et de plaies ouvertes, je ne peux la décrire.

Un jour, dans sa rage, un Jap qu'on surnommait le Crocodile, faux jeton qui passait des heures à nous épier fouet dans le dos, a tellement frappé l'un des prisonniers chargés de déplacer des traverses que ce gars encore jeune s'est retrouvé les boyaux pendouillant entre les jambes. Là aussi, le choléra. Il sentait la mort. Je n'ai rien pu faire de plus pour lui que de repousser ses tripes dans son ventre. Ensuite, le feu, le feu purificateur. Les victimes de cette maladie, on les a toutes brûlées, y compris leur couverture et leurs affaires : photos, lettres, chaussures et, pour certains gars, une bible.

Le commandant m'a accusé de trafiquer le nombre des morts, de mettre à l'abri des travailleurs en les déclarant malades. Les Nippons passent leurs journées à compter : leur moulin à prières, c'est le boulier.

Des quotas. Chaque jour, tant de mètres de voie ferrée pour honorer l'empereur. L'officier exigeait que je lui livre des esclaves ; si je m'y refusais, il se chargerait d'en désigner. Pour le prouver, il arrachait des perfusions ou renversait un lit, un ponton de bambou, on n'avait rien de mieux. Être malade, c'était une honte. Pourquoi ? Je ne l'ai jamais compris. Il exigeait de moi que je défasse un pansement pour vérifier si les blessures étaient réelles ; s'il estimait que je prenais trop de temps, il s'en chargeait lui-même. Je devais me maîtriser pour ne pas l'entreprendre au scalpel. Mourir sur la voie ferrée, c'est plus honorable que de mourir dans un lit, commentait-il. L'honneur. La honte.

Ces mots, je ne peux plus les entendre. Était-ce une question d'honneur ou une honte, le fait que le Crocodile lâche deux chiens galeux dans l'infirmerie au beau milieu de la nuit, alors que nous dormions tous ? Les hurlements des malades m'ont réveillé. Les chiens s'étaient jetés griffes en avant sur leurs bandages, avaient léché plaies et blessures qui déjà répugnaient à guérir ; cette nuit-là, leurs langues se sont régalées de moignons suppurants, leurs pattes accrochées aux sutures, une traînée de sang a coulé jusque dans la boue, on a retrouvé un bout d'intestin dans la hutte d'opération.

Je lisais la lettre à haute voix, certaines phrases sur le ton des actualités allemandes du temps de la guerre, pour me laver à grands cris de cette abjection. Ça faisait mal à ma mère, je l'ai vu, pourtant j'ai poursuivi la lecture non sans l'entrecouper de blagues nauséabondes : “Eh ben voilà, on l'a, la guerre totale…”

Les dernières semaines, on n'avait plus de pansements, le plasma, on n'en recevait plus depuis des mois, les matelas pourrissaient, de même que tous les tissus, tous les cuirs ou encore le caoutchouc de la seringue, les tropiques bâfrent tout. Les recettes des hommes qui vivent nus dans la *rimboe* se sont révélées utiles : des feuilles de palmier et des lianes suffisent à faire un garrot correct ; grâce à un peu de résine chauffée et un bambou taillé, on réalise des miracles.

Mais je n'ai jamais pu soigner les blessures de l'esprit, les torturés qui criaient dans le noir, leurs chairs effilochées, sans même un semblant d'ongle à rogner, délirant, comptant et décomptant pour réfréner leur folie [...] la plupart, je les ai vus sombrer sous mes yeux [...] D'ailleurs, j'ai tenu la main d'agonisants, mon bras étant leur arbre des lamentations. Tout le temps que j'ai passé au camp, mon bras était vert et bleu.

Me taisant, j'ai jeté la lettre sur la table.

“Il avait une bonne raison de décrire les choses dans le détail”, fit ma mère alors qu'elle réenroulait la lettre après un long silence. Elle l'a reniflée.

“Pourquoi ne l'as-tu pas déchirée ? Il te demande de la détruire, non ?

— À cause de Juste, à cause de ton père. Carl voulait que je sache ce que mes deux hommes avaient vécu. Il me fallait aller de l'avant.

— Un drôle d'amant, j'ai chuchoté.

— Chez nous, quand ton père, la nuit, se mettait à hurler, je relisais cette lettre, ça me permettait de mieux le comprendre – elle jouait avec l'élastique qui avait garrotté pendant des années la lettre de Carl –, j'aurais dû te la donner à lire plus tôt, mais j'ai pas pu, j'ai pas pu...”

Elle a détourné le regard à la manière d'une mauvaise actrice.

"Adultère, ai-je dit, glacial.

— Je n'ai abandonné personne.

— Ce Carl, tu n'as pas renoncé à le voir, Carl et sa grosse Mercedes. Tu m'envoyais dans ma chambre pendant que tu roucoulais avec lui au rez-de-chaussée.

— Pas du tout, c'était son frère, un diplomate qui travaillait alors à l'ambassade de La Haye. Après avoir fait connaissance lors d'une commémoration des rapatriés de Sumatra, nous sommes restés en relation. Il possédait des photos que Carl avait envoyées à leurs parents, avant-guerre. Et certaines choses lui échappaient.

— À moi aussi.

— Carl a succombé avant de pouvoir rentrer en Europe."

À trois heures du matin – l'heure à laquelle je me réveille systématiquement –, je compris enfin la teneur de la lettre de Carl. Je réentendais ses mots. Ma voix. Sa voix. Le cri de mon père transposé en haut allemand. Pauvre maman, ces horreurs assourdissaient le décompte au milieu de la nuit, l'écho du délire de son concubin, les heures qu'elle a passées à veiller sur un lit de camp dans le couloir – c'était sa babillarde, sa prière… Elle connaissait l'histoire que mon père taisait. Les faits qu'on ne me transmettait pas. Et moi, de donner du poing, du pied, de la voix. Désireux de savoir. Et à présent que je savais, je ne savais pas ce que ça me faisait. Certes, affecté par sa guerre à lui, par sa guerre à elle… Rien de nouveau si ce n'est que ça ne partirait jamais. Ni en recourant à l'entendement. Ni en reconnaissant que j'aimais ma mère. Ni en lui volant ses histoires.

Je livrais ma propre guerre. Depuis toujours. Un petit quart d'heure le matin, un petit quart d'heure l'après-midi et, la nuit, à trois heures du matin, un petit quart d'heure. Comme des millions de gens, incapable de trouver le sommeil. Seul.

> Maman a un dentier, à cause du camp, elle a du mal à mastiquer, la faute aux Japs, rire lui fait mal – la guéguerre, la guéguerre, tous les jours. Chez papa, y a un plomb qui a sauté, dans le noir il compte ses morts, six mille d'un seul coup – la guéguerre, la guéguerre, tous les jours. Vestiges des Boches dans les dunes, bunkers et mines rouillées, *Sperrgebiet* et *Bombenkrach* – la guéguerre, la guéguerre, tous les jours. Les Juifs de l'avenue des Aulnes, eux, portent sur le bras un numéro au sujet duquel on ne peut jamais poser la moindre question – la guéguerre, la guéguerre, tous les jours. Même chose pour le gamin du coin de la rue, dont le père collabo est mort sur le front de l'Est – la guéguerre, la guéguerre, tous les jours. Dans les conifères en furie, j'entends les chars russes, et je pisse la peur dans mon lit – la guéguerre, la guéguerre, tous les jours –, héros de la Résistance en maternelle.

47

Le troisième jour du régime à la fraise, elle se raccrocha à la *Bhagavad-Gita* – couverture couverte de taches rouges.

Ceux qui sont nés doivent mourir, ceux qui sont morts renaître. Aussi, devant l'inéluctable, nulle nécessité de pleurer.

À chacun des deux héros de l'histoire, elle donnait une voix, aussi faible soit-elle : aiguë à Krishna – le divin en nous –, aurige qui tient les rênes de notre pensée, basse à Arjuna – notre côté humain – chercheur de vérité et guerrier. À chaque page, une gorgée d'eau, pour atténuer sa raucité. Selon elle, la *Bhagavad-Gita* était bien plus qu'un dialogue rapporté sur le bien et le mal ; elle lisait l'ouvrage comme une leçon de mort.

De même qu'on se débarrasse de nos vieux vêtements pour en revêtir de nouveaux, de même le locataire d'un corps usé en revêt un nouveau.

Ma mère s'entraînait à vivre une vie suivante. Karma. Après tout, on n'échappe pas à son destin. Pendant un certain temps, elle avait mis ses espoirs dans la Lumière vive afin d'être purifiée par le feu puis de se fondre dans le Néant. Fini de toutes ces vies ici-bas. Cependant, elle pressentait qu'il lui faudrait effectuer un tour supplémentaire. La vie présente l'avait couillonnée (ses propres mots), à moins qu'elle ne se soit elle-même couillonnée – elle n'avait pas encore vraiment tiré ça au clair. Mais puisqu'elle en était à tout récapituler, à séparer les histoires des mensonges et qu'elle constatait que ça ne faisait guère de différence puisqu'on ne saurait endurer l'existence sans mensonges, elle s'efforçait à la dernière minute de s'adresser à son Moi supérieur – à travers des citations de Krishna soulignées de sa main : *L'homme est libre dans ses pensées, mais c'est le dieu en l'homme qui tient les rênes. Laissez-vous guider par le divin en vous.*

Il lui faudrait, dans sa nouvelle vie, veiller à gravir une marche. Son guide de voyage : la *Gita*. Étoiles, pierres, cartes pour glisser un œil sur le futur – tout cela appartenait au passé. Elle connaissait à présent son avenir : un dernier souffle, un *tabee*, un adieu, puis un séjour curatif dans un jardin cosmique, l'intermonde où les défunts font ajuster leur karma avant d'être réexpédiés sur Terre.

Elle allait devenir invisible, son ombre disparaîtrait. En attendant, elle devait garder la tête froide, élever un mur contre les voix et les apparitions. (Du moins, du moins l'espérait-elle, car des morts défilaient déjà devant son trône.) La méditation pouvait l'aider à rester forte et ferme, à condition qu'elle évite les démons et reste sourde aux esprits qui cherchaient à l'envoyer dans la mauvaise direction. Des hallucinations – elle m'entendait déjà prononcer ce mot, mais se défendit en avançant qu'il arrive à un cerveau au bord de la mort de vivre ces phénomènes comme la réalité.

Et combien de temps allait-elle passer dans son jardin cosmique ? Aucune idée. Des semaines, des années, peut-être jusqu'à une prochaine ère, dissoute dans des nuées de lumière, dans du fumier, de la fumée, de la rosée, dans la nuit, dans un monde céleste ; un jour cependant, son être inconscient serait éparpillé. Et où serait-elle alors la bienvenue, dans quel pays, sur quelle terre, à quel utérus échapperait-elle, dans lequel se nicherait-elle ? Autant de questions qu'elle se posait à haute voix.

Bien incapable de lui fournir la moindre réponse, je faisais mon possible pour la suivre, consignant ses pensées, me précipitant par moments à la cuisine pour lui rapporter une fraise ou un verre d'eau. Elle avait la bouche tellement sèche.

Elle a ouvert son sac, en a sorti un petit miroir et a regardé sa bouche. Étonnée, elle a tâté ses lèvres crevassées. Elle s'est emparée de son rouge à lèvres. Rouge frivole – après des semaines de grisaille. Sa bouche s'est transformée en une petite roue rouge. "Souffre cela, se chuchotait-elle, comme la chaleur, comme le froid, la peine, la jouissance. C'est transitoire."

Elle a sorti un autre objet de son sac, une petite boîte qui contenait une chevalière. "Tiens, prends-la, elle a appartenu à ton grand-père." Ma mère m'enchaînait à sa famille. Moi menotté. Elle libérée – pareille à une flamme qui échappe à la fumée. Ce que la *Gita* prescrit : *Partir léger, libéré des désirs, des biens et des passions, des passions du cœur*. Pas-sions-du-cœur – agencement de mots sur lequel elle trébuchait. Son dentier baignait dans sa bouche. Sa mâchoire s'est contractée, mais son propos a pris une certaine amplitude : *Bridez la pensée agitée, fermez les portes du corps, prenez congé des désirs de vos yeux, de vos oreilles, de votre nez, de votre bouche, et imposez le silence à la pensée.*

Elle a fermé les yeux et a médité. Lèvres serrées. Vacillant dans son char. Tenant fermement les rênes.

48

Saskia rentra un jour plus tôt que prévu – mes nouvelles l'avaient alarmée. Maman se plaignait d'atroces douleurs aux jambes, elle ne pouvait pratiquement plus faire un pas en avant, ne parvenait plus à gagner seule les toilettes. Sa robe avait retrouvé sa place sur un cintre, dans l'armoire ; les pantalons, c'est plus facile à laver.

La mort marquait son visage, mais elle ne s'allongeait pas pour autant. Elle tenait à partir debout. (Un tuyau tibétain.) Cependant, rester assise lui coûtait de plus en plus. Ses fesses fondaient, les os lui soulevaient la peau. Saskia la força à garder le lit. En guise de réponse, elle pleura des larmes sèches et nous cracha des fraises à la figure. "Fauteuil, fauteuil."

> Mieux vaut s'asseoir que s'allonger. Une chaise, c'est plus civilisé qu'un lit. On ne peut tout de même pas recevoir en restant couché. S'asseoir sur un perchoir permet de tout voir. On peut se mettre à prêcher, on peut y faire caca, y mourir – électrique si nécessaire – ou tomber avec un plouf dessus, en jouant aux chaises musicales. À l'occasion, un fauteuil, ça sert d'escabeau. Tel nombre

de phrases, tel nombre de chaises. Cependant, être siège, voilà bien sa vocation. Bien qu'il ait quatre jambes, il ne souhaite se rendre nulle part. Ses accoudoirs sont des bras ouverts, ils offrent un soutien tout en traçant deux frontières. Moi, ici. Toi, là. Chaises et fauteuils cherchent de la compagnie, ils sont rarement seuls, mais celui de ma mère, il n'en existe pas deux pareils. Il a vu le jour à la campagne. L'aristocratie du sucre a posé ses fesses dessus, son bois vient des tropiques. Quand je le touche, je sens le vent dans les nervures, les aléas du voyage ; il n'en a pas moins accueilli de patients postérieurs. La vie du bois d'esclave est dure. On se l'est transmis de père en fille. Il a été en possession de ma mère pendant un demi-siècle. Inséparables l'un et l'autre. Même si elle lui a toujours tourné le dos, elle l'a plus caressé que ses enfants. C'était sa chaire, son fauteuil à palabres, son trône à thé. Il lui aura conféré une certaine posture, une certaine fierté. Quand elle ne l'occupait pas, elle ne le laissait pas libre. Fais-en le tour. Incline-toi. Tremble. Respect, mon gars.
Aux flammes !

49

On partageait l'appartement à trois. Saskia et moi marchions sur la pointe des pieds. Tous les bruits faisaient souffrir notre mère. J'ai ouvert d'autres enveloppes longtemps laissées à l'écart (y compris des factures de téléphone faramineuses), trié les papiers de la retraite et des assurances. Sous les yeux de tout le monde. À force de paroles, Saskia l'avait convaincue de lui remettre la clé du secrétaire, mais chaque fois, ma mère écartait les papiers. L'argent, quelle importance ça peut encore avoir ?

Dorénavant maîtresse des lieux, Saskia avait décidé de faire livrer un lit médicalisé. De préférence pourvu de ridelles métalliques. Elle téléphonait, réglait des choses, entrait souvent dans le bureau de la directrice. Moi, je me réfugiais dans la mise au propre de mes notes dont je lisais des passages entiers à ma mère. ("Non, ça correspond pas à la réalité, où t'as trouvé ça ? J'ai jamais mis les pieds là-bas.") On corrigeait, on complétait. Dès que Saskia se pointait, on s'arrêtait, même au beau milieu d'un récit. Ça va être "notre livre", disait ma mère, d'un air de conspiratrice.

50

Le lit, bien plus haut que l'autre, arriva. Un lit de mort sur roulettes. Saskia le fit installer dans le salon, devant la fenêtre, ainsi maman pourrait faire un brin de causette avec les géraniums et contempler le jardin. La grande table déménagea dans la chambre à coucher, la télévision changea de coin et le vieux persan dut faire place nette – les roulettes du lit se coinçaient dedans, nous trébuchions dans ses parties élimées. Je l'ai roulé. En ai senti le foulage sous la main, l'usure provoquée par les pieds du trône – l'impatience de la lectrice. Les traînées laissées par le déambulateur. J'avais l'impression d'étrangler la vie qu'on avait passée à la table : esprits du ouija, dames qui vaticinent, jus de betterave, flocons de levure de bière, milliers de tasses de thé, tarte aux pommes à la farine d'épeautre, tuiles aux amandes, ire et colère, colère rentrée. Notre dernière maison gémissait dans ce tapis. Je l'ai malaxé sous mes genoux et tabassé pour le mater. Une épaule par-dessous et en route… Mais ma mère m'a rappelé. Elle voulait le caresser. L'a gratifié d'une petite tape. D'un merci. L'a serré dans ses bras.

51

Saskia dormait sur le canapé à côté de ma mère, moi dans le lit de la chambre à coucher. Jambes en position crampes. L'empathie, ça fait mal, parfois. Et j'avais peur – plus peur qu'elle de sa mort. Je ne voulais pas la voir mourir, entendre les râles, tenir la main qui s'endort avant de la reposer sur un cadavre. J'avais vu mourir ma sœur institutrice, une lutte qui s'était prolongée des jours durant, son corps avait abandonné la partie mais son cœur continuait de battre. J'avais été incapable d'effacer son rictus. Un seul souvenir de ce genre me suffisait.

Le nouveau lit n'apaisa pas ma mère. Il poussait des soupirs, faisait dévaler des pets de la tête aux orteils. Ma mère se tournait et se retournait, donnait des coups de pied, secouait les ridelles et roulait le drap en un nœud coulant. "Ça va si vite. J'vois tellement de choses." Elle tournait nerveusement les pouces. "Quel film !"

Je soufflais sur elle pour la rafraîchir. Les fins cheveux sur ses tempes ondulaient sous mon souffle.

"Je sens l'odeur des sapins."

Le jardin perdait ses feuilles, on n'y distinguait aucun conifère. Elle sentait l'odeur de Carl. Sa proximité, l'odeur de la forêt qui l'entourait. Dans la salle où il soignait ses patients, il aspergeait de l'huile de pommes de sapin – afin de garder les idées claires. Des sapins allemands. Elle le voyait devant elle. Malade, d'une maigreur de cadavre. "Qu'aurais-je dû faire ? Rester auprès de lui ? Et Juste alors ? Un choix impossible à faire."

Des larmes pointaient dans ses yeux.

"Je me suis rendue sur sa tombe. Trois fois. Le numéro est dans le tiroir de mon secrétaire. Il faut entretenir la concession."

J'ai acquiescé de la tête, même si je ne saisissais pas ce que je venais de promettre. Les rares fois où elle est retournée en Indonésie avec l'une de ses filles pour se recueillir sur la tombe militaire de leur père décapité, elle se rendait aussi sur celle de Carl pour déposer dessus une pomme de sapin. "« Médecin de la mission », ai-je fait graver sur sa pierre. En néerlandais. La première fois, alors que je plantais une pomme de sapin dans la terre, le jardinier s'est avancé vers moi. C'était pas permis. Il m'a indiqué un autre endroit. On l'a plantée ensemble. « Pour votre mari », qu'il m'a dit."

Elle a souri. "Ça doit être un arbre, aujourd'hui. T'oublieras pas de donner un petit quelque chose au jardinier."

Infidèle jusque dans la mort.

Avant que je ne la laisse seule : "Tu n'as pas idée combien ton père pouvait être doux." Elle a pris une grande respiration. "Sa façon de repasser mes chemisiers, le soin, l'attention qu'il portait au plus petit pli."

Je ne voulais pas entendre pareilles paroles.

"C'était un bon amant."

Elle a sorti ça sans prévenir. J'ai rougi. Mon père en tant qu'amant. Un soldat qui repasse des chemisiers. "Ça suffit, j'ai dit. Les histoires, c'est fini."

52

Elle effectuait des bonds dans le temps, non comme un narrateur qui réveille des souvenirs ; c'est au contraire les souvenirs qui avaient pris possession d'elle. Elle avait perdu la main, n'était plus maîtresse de son esprit et se sentait à la merci du processus chimique qui se déroulait sous son crâne. Saskia et moi nous tenions à côté d'elle. Je ne confiais plus un seul mot au papier. On lui humidifiait les lèvres. Elle buvait à peine, seule une fraise oignait de temps à autre son pharynx. Des décharges électriques la traversaient, du moins c'est ce qu'elle ressentait, des esprits frappaient à sa porte, des gardiens, qui sait, ou des anges chargés de l'emmener de l'autre côté. Des illusions – elle le savait.

Or, ces décharges correspondaient bien à la réalité. Le soir en question, Saskia a appelé un "ami neurologue" ; il n'a pas contesté en bloc les délires de maman. "Le cerveau humain génère de l'électricité, environ douze watts, assez pour allumer une lampe de poche. Pareil à une petite centrale, il propulse des impulsions électriques par les fils de notre système nerveux, stimulant de la sorte nos muscles et nos pensées. Heureusement, on ne s'en rend pas compte, si ce n'est quand ça déraille, dans un cas d'épilepsie ou de Parkinson. Quand on envoie des décharges électriques supplémentaires, le cerveau éprouve toutes sortes de sensations – des effets fantômes que le patient interprète souvent comme un phénomène surnaturel."

Merci docteur.

On a réconforté notre mère en partageant avec elle ce savoir.

"Rien de nouveau, a-t-elle rétorqué, les Tibétains l'avaient compris bien avant l'invention du scanner cérébral. Demandez donc plutôt à votre bonhomme : qui nous a mis sous courant alternatif ?"

53

Elle entendait un chien aboyer, un chien attaché à sa chaîne, et elle sentait l'odeur du bois brûlé. Les soldats entretenaient de grands feux sur la forteresse. Elle a appelé Nellie. La voix rauque, elle sentait le froid que la bonne éprouvait en hiver ; Nellie exigeait que tout brille, les seaux, le perron, la cloche de cuivre. "Papa aimait s'entourer de femmes."

On l'a couverte.

Oh, tous ces paysans dans la pièce. En noir… "Un ange qui passe." (Voix bizarre.) Elle a toussé, poussé un râle. Saskia l'a redressée et, à cause des glaires, lui a tapoté la poitrine. Une histoire bien peu réjouissante est remontée à la surface : Nellie et la petite Marie s'appréciaient, mais la gouvernante ne tolérait pas qu'elles soient amies – une bonne, ça fréquente uniquement les domestiques. Les soldats sifflaient à son passage. Quand il s'avéra qu'elle était enceinte, elle n'eut plus sa place à la ferme. (Calme.) "J'ai jamais entendu quelqu'un chialer comme ça… Une femme de la paroisse viendrait la chercher, elle connaissait un foyer qui pourrait l'accueillir. La Nellie voulait pas. L'avait personne. Elle s'est cachée dans le grenier."

Le matelas tambourinait. Maman vacillait. "Non ! non !" (Moulinant des bras.) "J'ai rien fait." (Trois fois.) "Le grenier où on séchait le malt…" (Son doigt montrait le plafond.) "Reste là ! Saperlotte de saperlotte ! blop bloupbloupbleurp." (Sans ses dents.) "Dans la cuisine, on a entendu le bruit du choc."

"Un délire, fit Saskia. Un délire fébrile."

On a bercé son corps brûlant pour l'endormir.

Dehors, un chien a aboyé. Animal de chair et d'os. Au loin, de la fumée s'élevait des cheminées, on allumait les premiers feux dans les âtres.

Saskia a relevé l'odeur de la mort en lui changeant sa couche.

54

La mort a pris son temps. Chaque jour, elle disait : “C’est pour cette nuit.” Saskia et moi ne nous éloignions pas de son chevet : tous les matins, notre agonisante posait ses yeux caves autour d’elle. Avide de fraise. Lucide, sans plus de cheveu sur la langue.

Lui dire au revoir, je n’y arrivais plus. Qu’aurais-je pu ajouter ? Je lui avais soufflé à l’oreille les conseils tibétains qui avaient ses faveurs, lu des passages de la *Gita*, souhaité je ne sais combien de fois un bon voyage tout en griffant à plusieurs reprises une croix sur son front. Mais elle ne partait pas. “J’suis increvable.”

Saskia s’épanouissait dans son rôle d’infirmière. Elle lavait, changeait, massait avec dévouement. De préférence, toute seule. Elle me ménageait, m’envoyait passer la nuit dans la chambre que j’avais louée : “Vas-y, je la veille, j’ai l’habitude.”

Ça ne me déplaisait pas de m’éloigner. À ma sœur l’honneur du dernier râle.

J’appelais fréquemment mon amie. Si elle compatissait au “projet de ma mère”, je ne lui en laissais guère le loisir. On se voyait d’ailleurs à peine. “Reste le plus possible près d’elle, c’est bon pour vous." Elle estimait que je larmoyais. "Cette fois, il s'agit d'elle, pas de toi."

Nous avons évoqué le festival littéraire à Paris. Une chambre d'hôtel avait été réservée des semaines plus tôt. Allions-nous malgré tout nous y rendre ? Ça lui paraissait déplacé.

"Saskia me dit d'y aller, ça peut durer des jours, elle est à toute épreuve.

— Oui, mais tu risques d'avoir des regrets. Moi, je n'y vais pas. Je ne veux pas que tu me jettes à la figure que je t'ai empêché de rester au chevet de ta mère."

J'ai réservé un seul aller-retour – pleinement conscient de ma lâcheté.

Pour la énième fois, j'ai dit au revoir à ma mère, un baiser qui a fait un bruit de pet (un des pets de ce putain de matelas). Exceptionnellement, elle m'a souhaité un bon voyage. "T'as raison, moi aussi, j'aurais pris la poudre d'escampette." Elle m'a tendu la main et m'a remercié avec solennité : "Tu auras été un bon fils.

— Ouais, ouais, mais fais gaffe." Je lui montrai mes perfides carnets de notes. Trois consacrés uniquement à son désir de mourir, des lignes maraudées sur ses lèvres, consignées par un vautour d'écrivain.

"Quand tu écris, je lis par-dessus ton épaule."

Elle avait retrouvé une voix sacrément assurée.

55

Le deuxième soir du festival, Saskia m'envoya un texto pour me dire de lire mes courriels.

> Un bref compte rendu sur la situation ici. Incroyable ce qu'ils compliquent les choses en Hollande dès qu'il s'agit de la mort. En Italie où, officiellement, rien n'est permis, les gens sont beaucoup plus souples. Étant donné que ça s'éternise et qu'elle n'en pouvait plus de souffrir, je me suis résolue à demander de la morphine au médecin traitant.
>
> Maman a donné son accord. Le toubib a proposé d'envoyer une équipe technique. Une infirmière s'est présentée, personne d'autre. Pas même un médecin. Certes, ça fait un bail que j'ai quitté les Pays-Bas, mais si je ne m'abuse, une équipe se compose d'au moins deux personnes, n'est-ce pas ?
>
> À dix-huit heures quarante-cinq, l'infirmière a placé une aiguille sous la peau du bras droit, elle a injecté de la morphine ; puis dans son bras gauche un somnifère liquide. Elle a réglé le dosage selon les quantités autorisées dans le pays. À dix-neuf heures trente, le médecin est passé pour tout contrôler. Au bout de quelques minutes, il était reparti. L'anniversaire de sa femme. "Amusez-vous bien", a lancé maman, elle

n'avait rien de plus à lui dire. Les premiers effets du liquide ne devaient se faire sentir qu'au bout de deux heures. Mais avant qu'on en soit là, elle a eu envie de regarder le 20 heures ! La formation du nouveau gouvernement. "Ça t'intéresse encore ? – Oui, Oui !" Je n'ai pas pu l'en dissuader. Pas d'autre solution que d'allumer la télé. Elle avait des critiques à faire sur tous les politiciens, bien entendu plus encore sur les catholiques, par exemple votre ministre de l'Économie : "Comment c'est possible ?! Qu'est-ce qu'elle sait de l'économie, cette poissarde ? Jusqu'ici, elle était instit !" Quant au chef (?!) des partis confessionnels, un bonhomme à lunettes, un certain Maxime Verhagen, il lui plaît encore moins. Le journal terminé, elle n'avait aucune envie de dormir. J'ai appelé l'infirmière. À vingt et une heures quarante-cinq, elle est venue augmenter la dose ; peu après, maman a fini par se calmer un peu. En ce moment, elle dort. Son pouls reste puissant. Ça te plaît, là-bas ? Des écrivains intéressants ? Je t'écris ou t'appelle prochainement."

Au milieu de la nuit, le téléphone a sonné : "Maman est morte." Peu avant trois heures du matin, elle était sortie de sa somnolence, avait cherché la main de sa fille. "Elle m'a pincée tout doucement, a essayé de se redresser pour me dire quelque chose : « Maxime Verhagen est un gros ballot. » Et elle est retombée sur son oreiller."

Je n'avais plus envie de dormir. Le boulevard non plus. Je me suis habillé, ai fait mon bagage et suis sorti. Le premier train en direction des Pays-Bas partait à six heures. Pourquoi ne pas aller me bourrer la gueule au Terminus, l'hôtel en face de la Gare du Nord ?

*Ma mère est morte. Champagne** *!*

J'ai arpenté le trottoir en tirant ma valise à roulettes, en quête d'un taxi, ni triste, ni soulagé, en route avec entrain vers le rien. Ne penser à rien. Ne rien ressentir. Les cantonniers lavaient déjà les caniveaux, un Sénégalais au balai vert vif m'adressa un sourire. À la terrasse chauffée de La Rotonde, il y avait deux poètes – un vieux Polonais et un jeune Roumain, des participants du festival. Ils m'invitèrent d'un signe de la main. Avec un rictus, je m'approchai d'eux. On se connaissait à peine – un mot échangé le soir de l'ouverture, le dîner qui avait suivi, tout au plus la lecture de nos faits d'armes dans la brochure du festival –, pour leur rafraîchir la mémoire, j'ai mentionné le nom de mon pays – la Hollande –, ça vous vaut sans manquer un petit sourire et une sympathique compassion. Mieux vaut en fait se pointer en annonçant qu'on vient d'perdre sa mère. Oui, ils avaient devant eux un orphelin tout frais, tiré à l'instant du lit. Mon pauvre ! – *frère pitoyable !* Ils appelèrent le garçon, commandèrent une nouvelle bouteille, un rouge bien frais lui aussi, et on a trinqué à ma mère – les yeux levés au ciel. Le Polonais m'a pincé les genoux, le Roumain m'a tapé sur l'épaule – des coulures de vin aux commissures.

Quel genre de femme c'était ? Optant pour la veine poétique, j'ai répondu : "Un véritable jardin envahi de plantes. Une mère pour toutes les saisons. Partout des mauvaises herbes, des chardons,

* En français dans le texte.

des dahlias et des roses truffées d'épines." Le Polonais avait l'air déçu. Je me suis excusé de recourir à pareils clichés. Nouvelle tentative : "Une sorcière…" Le Roumain a demandé : "Elle savait voler ?" – il avait une tête d'œuf ainsi qu'une moustache dans laquelle son français restait accroché (quelques verres plus tard, je me suis rendu compte que c'était à cause de son bec-de-lièvre).

Le Polonais a dressé un doigt en l'air. *Chuuut…* n'entendions-nous pas le bruissement d'un balai ? Il approcha une chaise, fit venir un quatrième verre. On a retenu notre souffle… mais rien ni personne n'a atterri sur la chaise.

Le Polonais emplit les verres, y compris le nouveau venu. "Ma mère ne buvait pas, une fois par an tout au plus, et après deux ou trois gorgées, elle criait : « Oh là là, j'suis pétée. »"

Cet aveu toucha les poètes. Était-elle par hasard souffreteuse ? Croyante ? Tous deux avaient grandi à la campagne, leurs mamans respectives distillaient des pommes et des prunes – dans la grange derrière la maison. Le Roumain a chanté le tablier de sa mère, qui, chaque automne sentait la *țuică* – petit, sur ses genoux, il se retrouvait pompette à force de le renifler. "Ce qu'on retient, c'est la sensation, commenta le Polonais. Ses mains qui vous soulèvent, se glisser sous sa jupe. Des arômes, des sons, un drap pas tout à fait sec, c'est ça qui vous reste et non pas ses paroles."

Le Roumain opina : "Pour les mammifères, le nez est le sens le plus important." Et après avoir éclusé un énième verre : "Il faut d'abord se vider, être aussi vide qu'un gosse, alors et alors seulement, on est à même de sentir de nouveau l'odeur de sa mère." Ils parlaient en recourant à des citations de confrères – des noms que j'ai oubliés. L'une des phrases continua à bourdonner dans ma tête : "Le chez-soi, c'est l'ennemi le plus faible", mais il se trouve que le combat contre le chez-soi constitue la plus longue marche.

Propos d'ivrognes, poétiques malgré tout. Le Polonais déterra un portefeuille de la poche de son blouson en cuir (qu'il portait tous les jours depuis des années, selon ses dires – le vêtement luisait et sentait la graisse). Il nous montra une photo de sa fille, femme déjà en fleur. D'après son propre père, sa mère hantait ce jeune visage – sa mère juvénile. Mais le poète ne connaissait sa mère que toute chiffonnée : pléthore de lignes et de sillons dans lesquels il lisait des bombardements, la faim et l'exil. Ses parents avaient été emprisonnés ; à cause d'Hitler et de Staline, ils avaient perdu leur toit. La guerre. Ce n'est pas moi qui avais abordé le sujet.

Pour sa part, le Roumain avait une mère qui savait voler pour de bon. Pas des blagues. Deltaplane. "Derrière notre village, en combinaison de ski blanche, elle saute du haut de la montagne. Ma mère est une mouette." Le Polonais : "L'acide gastrique d'une mouette fait fondre un clou."

On se gorgeait. Allumait des cigarettes. Se grattait derrière les oreilles et se frottait le crâne pour le réchauffer. Mais on était trop saouls pour formuler des pensées sensées. "Comment digère-t-on une mère ? ai-je demandé à mes nouveaux amis. Une mère qui, si jamais on refuse de manger ses immuables crudités saupoudrées de flocons de levure de bière, se met à regarder dehors et se lance dans une histoire sur le cosmos. « Au-delà des nuages, les étoiles dardent par millions, filant dans notre Voie lactée, un océan de lumière. Pourtant, la Voie lactée n'est rien qu'une venelle, un point, et la Terre un grain de poussière dans l'univers. Nous nous trouvons quelque part, aux confins de l'espace, un espace qui s'étend, se déverse en palpitant dans le néant, en même temps que des millions d'autres systèmes solaires. Au sein desquels des millions d'autres planètes comme la nôtre, à des années-lumière les unes des autres… Contemple un peu cette réalité, imprègne-t'en – tu la perçois ? Et tout ce que t'as à me dire, toi, c'est que tu n'veux pas finir ton assiette ? »

— Je rêve d'une maman pareille ! s'enthousiasma le Polonais, une femme des grands horizons, pas une mère qui compte les petits pois.

— Une philosophe", zozota le Roumain.

On a partagé le contenu du quatrième verre, levé les yeux au ciel, explorant la voûte qui chapeaute Paris – pas une étoile en vue, mais bien le vide, la distance.

Ça suffisait. Fumé un paquet entier. Le métro. Loin du soleil qui point. Pas de fanfare de larmes, mais en route, gare après gare, vers ma mère morte.

56

Le couvercle était déjà posé. Saskia ne rechignait pas à la besogne. L'entrepreneur des pompes funèbres était passé : cercueil choisi, faire-part commandé, maman transportée dans un tiroir de la morgue. La tête sans chichis ? En survêt rouge ? Non, pour finir, le tweed terracotta et le collier d'ambre. (Pour le voyage.) "Fais-moi confiance, elle est magnifique." Je ne me fis pas prier pour croire ma sœur.

Comme on avait oublié la phrase devant figurer en haut du faire-part, on a finalement opté pour : *La mort est un renouvellement* – Jiddu Krishnamurti. Patronyme plutôt difficile à prononcer pour un gamin, le jour de la rentrée scolaire. Les faire-part se révélèrent trop grands pour les enveloppes sur lesquelles ma mère avait rédigé les adresses – le papier recyclé se déchirait ; de surcroît, on ne pouvait déchiffrer son écriture sans loupe. On en a préparé de nouvelles. Étant donné que nous ne souhaitions pas prendre place, au crématorium, dans une salle vide (combien de connaissances alertes compte une centenaire ?), on a chacun écrémé notre carnet d'adresses.

Tout à coup, Saskia a éclaté en sanglots. "Elle n'a invité personne de ma famille, une sœur de mon père est encore en vie, pourquoi n'a-t-elle pas songé à mes neveux et à mes nièces ?" Ses larmes ont taché les enveloppes. Saskia a mentionné des personnes dont je n'avais jamais entendu parler – une famille tenue à l'écart. Y compris pour moi.

On a passé en revue les souhaits de la défunte. Biscuits de la Maison van Laack. D'accord. Mais aussi des *lempers* pour les neveux et nièces indos. Et des dahlias. Madame tenait à ce qu'on pose des dahlias rouges sur son cercueil. Très bien, cent. Tout l'argent devait y passer. Mais l'hiver avait déjà établi ses quartiers dans mon jardin, je n'avais plus rien qui se puisse cueillir ; quant au fleuriste, il ne parvint pas à en trouver des rouges, pas même après avoir téléphoné à la ronde. Mais voilà, on avait sous les yeux cet ordre écrit en lettres capitales, bien longtemps avant sa mort : des dahlias à fleurs de pivoine.

Des fleurs de la campagne pour une fille de la campagne. Elles poussaient, fleurissaient dans la glaise de ses jeunes années (les vaches s'en délectaient) ainsi que près de notre maison du bord de mer, où l'on était chargé de ramasser, pelle et balayette à la main, le crottin des chevaux de la brigade de sauvetage pour amender le sol sablonneux. Dans le chic Gooi, la municipalité s'y prenait mieux – elle envoyait des machines. À la maison, on faisait de la confiture avec les pétales et de l'onguent avec les tiges. En hiver, la cave était pleine de tubercules, scrotums ratatinés, qui attendaient la fin du printemps pour être enfoncés quatre pouces sous terre, après le gel nocturne, à la pleine lune.

Son dernier chat, ma mère l'avait enterré par un jour d'hiver dans la plate-bande des dahlias. En guise d'hommage. Les fleurs avaient fleuri et saigné comme jamais. Pas de meilleur fumier que les cadavres.

Le fleuriste est finalement parvenu à faire venir un bouquet des serres de Rome. On lui avait demandé du rouge, on a eu du rose. Une révérence à une daltonienne.

La salle était pleine. Trois mondes se trouvaient réunis autour de son cercueil, en deuil de circonstance, mais factice : la famille paysanne, la branche indo et un méli-mélo de proches et de connaissances. Une ou deux dames théosophiques se glissèrent dans l'assistance, mais les planeuses confirmées avaient apparemment disparu du paysage.

Saskia parla de sa mère comme d'une grand-mère dans le lointain, moi de ses côtés bizarres. On fit entendre des bruits de forêt vierge (son souhait) : clapotis de rivières, pluie de la mousson, *bandjirs*, grenouilles de Bornéo – qui jubilent dans la nuit –, orangs-outans en train de bâiller le matin, éléphants en rut, battements d'ailes effrayés, orchestre tropical de perroquets, cacatoès, *tokehs* et geckos. Les dahlias vibraient. Une chanteuse interpréta des airs malais.

À la fin, j'ai serré la main d'anciens et de nouveaux membres de la famille – des Blancs et des Caramels. J'ai causé avec deux soldats à la retraite, membres de la Fondation des tombes militaires ("votre mère était une généreuse donatrice"), ai eu du mal à reconnaître les garçons et les filles de notre résidence de rapatriés qui avaient pris entretemps soixante ans. Le conseiller fiscal a lui aussi fait la queue : "Vous avez oublié de mentionner que votre mère vous a offert une voiture neuve pour vos vingt et un ans. Un peu plus de gratitude aurait été à sa place."

Mon ancienne camarade de lycée, la psychologue, fermait le défilé. "Comme c'est gentil d'être venue.

— Je dois bien plus à ta mère que tu ne le crois. Elle a payé mon avortement quand j'étais en première. Oui, sans elle, je n'aurais jamais pu faire d'études. Dans un premier temps, elle a cru que le père, c'était toi… Pétochard !"

J'ai rougi jusqu'aux vertèbres.

57

Notre mère venait d'être réduite en cendres, nous étions à table, éteints. Les tasses de thé s'entrechoquaient comme au bon vieux temps, le bec de la théière versait de travers, de façon touchante – après avoir servi la famille durant un siècle, lui aussi était orphelin.

Nous nous remettions d'une grande expédition : Saskia avait vidé et décrotté les tiroirs, tirés cartons et valises de sous le lit, j'avais essayé d'ouvrir la malle à la pointe d'un tournevis – en vain, la clé restait introuvable. Légère, la malle semblait vide, mais en la déplaçant, j'ai entendu un vague frou-frou. On cherchait des cartes bancaires, des relevés de compte ou encore des preuves de placements, des papiers de retraite et d'assurance que j'avais rangés en présence de ma mère – or tout avait disparu.

Un coup de fil au conseiller fiscal apporta de la lumière. Notre mère n'avait pas un sou vaillant. Voilà près de deux ans qu'elle avait englouti le reste du capital dont elle avait hérité. Elle ne possédait plus une seule action, plus un fétu de terres agricoles. Plus rien. Sa retraite suffisait tout juste à faire lanterner les créanciers et à camoufler la honte. On comprenait pourquoi femme de ménage, masseuse et coiffeuse avaient été remerciées, pourquoi elle avait tenu toute aide et tout soin de l'autre côté de la porte. Une question d'argent. Faire des économies. Voilà pourquoi elle avait voulu mourir. Notre mère était morte par fierté.

Ayant substitué de l'alcool à la théière, on s'est penchés sur le verso de vieilles enveloppes couvert de son écriture – annotations fourmillant de ratures, du bleu des bavochures. Rots ésotériques. Plus douée que moi pour déchiffrer ces lignes, Saskia en lut un passage. "Nous vivons plusieurs vies en même temps, chaque fois que nous faisons un choix, nous laissons filer une autre voie. Que se serait-il passé si les Japs n'avaient pas tranché la tête de Juste ? Si j'étais devenue une paysanne ? Ces autres vies, je les mène aussi. Même si je n'en suis pas consciente."

Ses lettres nécessitaient une expertise médico-légale – même Saskia ne s'en sortait pas. Lettres à des universitaires, à des politiciens et à des écrivains du monde entier. Certains noms nous étaient connus : Borges, Upton Sinclair et Dick Francis – son auteur de polars et de thrillers préféré. La plupart de ses courriers étaient adressés à ceux qu'elle aimait tant appeler "ces andouilles du Parlement" – elle n'en avait envoyé aucun. (Heureusement qu'elle ne tweetait pas, elle qui avait à coup sûr le tempérament pour ça.)

La lettre à Fanny Blankers-Koen (quadruple championne olympique d'athlétisme en 1948), on se mit ensemble pour la déchiffrer. Après la deuxième bouteille de vin.

> Quelques remarques au sujet de l'appel que vous avez lancé à la jeunesse pour qu'elle coure davantage. S'agit-il là vraiment d'une bonne idée ? Courir,

c'est primitif. Plutôt un truc pour les chasseurs qui poursuivent leur proie une lance à la main. Courir de nos jours, ça donne l'impression que l'on prend la fuite, que l'on a commis un vol. Courir pour sauver sa peau, mais pas pour son plaisir, si ? Courir, c'est un instinct qui nous renvoie à la civilisation. De nos jours, le vélo court pour nous, le cyclomoteur, le train, la voiture, comme par le passé le cheval.

J'ai vu des prisonniers courir, sur ordre de leurs gardiens qui leur tiraient alors dans le dos : tués en prenant la fuite, voilà comment on appelle ça. Assurément, courir revêt pour moi un goût désagréable ; marcher vous emmène beaucoup plus loin. La civilisation réclame d'autres formes de mouvement. Avez-vous, un jour dans votre vie, pensé à l'eurythmie ? Ça, c'est véritablement un pas en avant : exprimer grâce au corps ses émotions. De la sorte, on piétine en consonnes et on sautille en voyelles. Ou personnifier une chanson, un poème, selon l'inspiration que communique l'émotion du moment. Ce que l'on cultive ainsi, c'est une conscience physique et l'amour de la langue. Obéir à ses émotions est préférable qu'accumuler de l'acide lactique dans ses muscles.

Le second feuillet manquait, Dieu merci.

Le sac à main se trouvait sous le trône, coupable replié derrière l'un des pieds, désireux de se planquer, semble-t-il – on l'avait oublié. Personne ne l'avait pris sur ses genoux ni emmené aux toilettes. J'ai caressé sa vieille peau de cuir, égratignée par la vie, mais aussi, par endroits, douce et dégingandée de fatigue. Lourd ? La balance de la salle de bains indiqua près de six kilos. Dire qu'elle avait trimbalé ça partout ! Ça s'entrechoquait là-dedans, le fond menaçait de lâcher. C'est à peine si on a osé l'ouvrir. Zone interdite. Saskia a renversé le contenu sur la table – des pierres ont roulé sur la nappe. Quartz, jaspe, jade, agate, corail rouge, ambre noir et je ne sais quoi d'autre, pour repousser les démons, conférer de l'énergie, ériger un mur de bonne santé. Dans un sachet en plastique, un morceau de savon Sunlight collé à une boîte de Nivea rouillée. On a essuyé un flacon d'alcool à 90 degrés, du fil glacé, des aiguilles, une loupe, un lacet, un couteau suisse. Son kit de survie. La malle de voyage réduite à un sac à main.

J'ai pris une photo – je n'ai pas de meilleur portrait de ma mère.

Dans une poche latérale invisible, on a trouvé la clé du coffre – grossièrement forgée et accrochée à une chaîne en argent. Enfin ! On l'a soupesée, Saskia et moi. Ça nous a émus plus que tout le tintouin de la crémation. À moi cette fois de procéder par effraction… Je me suis agenouillé, ai retiré le batik, glissé la clé dans la serrure rouillée, en tâtonnant, jusqu'à ce que le fer tourne dans le fer et que je soulève le couvercle – j'en ai caressé les fentes, souvenirs d'une hache, tout mon corps s'est mis à frémir. Un coffre vide a bâillé sous nos yeux, pratiquement vide : dans un coin gisait un sac de mousseline, il contenait deux longs gants de dentelle – les mêmes que ceux de la photo de mariage de maman. Ainsi qu'un portrait sépia d'une autre jeune mariée, portant une coiffe brabançonne traditionnelle et des bijoux. Line. La mère et la fille se ressemblaient. Line portait les gants grâce auxquels sa petite Marie devait échapper à la vie rurale.

58

Ils sont passés chercher le lit à pets – barque à roulettes pour laquelle il existe une grande demande. On a remis tous les meubles en place, le sac à main à côté du trône, et renoncé à toucher à quoi que ce soit : le tabouret dans la douche, la théière près de l'évier, les tasses à côté de la bouilloire électrique. Tout est resté ainsi pendant neuf jours – ainsi que ma mère l'avait ordonné. Rien contre quoi son esprit pût se cogner. Elle pourrait s'asseoir où bon lui semblait. Son fauteuil accorderait une place à son ventre. Le coussin sale l'attendait.

Saskia a quitté la pièce. Je me suis assis à la table pour décrire ce qui m'entourait : l'horloge des tantes "françaises", les taches claires sur le papier peint aux endroits où les tableaux avaient été accrochés, les rayonnages pour ainsi dire désertés de la bibliothèque, les photos des filles décédées, du mari et du concubin militaires, le sourire jauni du *swami*, la canne noueuse, les géraniums taillés sur le rebord de la fenêtre.

La porte du balcon s'est ouverte d'un coup, ma mère est entrée, souple et grande. Elle portait des vêtements de jardinage, l'herbe faisait luire ses genoux. Elle a gagné son trône, croisé ses colonnades de jambes, m'a arraché des mains mon carnet et en a lu la première page…

"On se faisait face, ma mère et moi."

Elle a hoché la tête.

NOTE

J'ai pris des libertés dans l'évocation de la région betteravière et des Van Dis. Mon atlas colonial n'est pas toujours exact, seules les cartes de ma mère disent la vérité.

Et ma mère ? Ressemble-t-elle à la femme qu'elle était aux yeux d'autres personnes qui l'ont connue ? Je décris l'*impression* qu'elle m'a laissée. La même remarque vaut pour ses enfants.

Les lecteurs intéressés par mes sources et par les ouvrages de la bibliothèque ésotérique maternelle que j'ai pu consulter peuvent se référer à mon site web néerlandais : adriaanvandis.nl

A. v. D.

OUVRAGE RÉALISÉ
PAR L'ATELIER GRAPHIQUE ACTES SUD
REPRODUIT ET ACHEVÉ D'IMPRIMER
EN MARS 2020
PAR NORMANDIE ROTO IMPRESSION S.A.S.
À LONRAI
POUR LE COMPTE DES ÉDITIONS
ACTES SUD
LE MÉJAN
PLACE NINA-BERBEROVA
13200 ARLES

DÉPÔT LÉGAL
1re ÉDITION : AVRIL 2020
N° impr. : 2000687
(Imprimé en France)